我这爱你的18年

黄志军 \ 著

吉林出版集团
北方妇女儿童出版社

图书在版编目（CIP）数据

我这爱你的 18 年 / 黄志军著 . —长春：北方妇女儿
童出版社，2010.10

ISBN 978-7-5385-5083-2

Ⅰ.①我… Ⅱ.①黄… Ⅲ.①纪实小说—中国—当代
Ⅳ.①I247.5

中国版本图书馆 CIP 数据核字（2010）第 203829 号

我这爱你的 18 年

作　　者	黄志军	
出 版 人	李文学	
责任编辑	李少伟　　张晓峰	
封面设计	蒋宏工作室	
开　　本	700×990　　1/16	
字　　数	200 千字	
印　　张	16	
版　　次	2011 年 6 月第 1 版	
印　　次	2011 年 6 月第 1 次印刷	

出　　版	吉林出版集团
	北方妇女儿童出版社
发　　行	北方妇女儿童出版社
地　　址	长春市人民大街 4646 号
	邮编：130021
电　　话	总编办：0431-85644803
	发行科：0431-85640624
网　　址	http://www.bfes.cn
印　　刷	三河市华新科达彩色印刷有限公司

ISBN 978-7-5385-5083-2　　　　定价：28.00 元

目 录

一岁·出生了…………………………001

当这声音传到我耳际的那一刻,我知道命中注定:我们都无法再作选择!上帝已为我们缔结了生命的纽带,他(她)是我的孩子,我是他(她)的母亲!

两岁·断奶的宅男…………………………031

乖乖,这个地方很危险,千万不要用手戳这个黑色的东西,这里面有个坏东西,如果你不听话,把小指头这样子插进去,它就要吃掉你的手指头。这里面有电……

三岁·保卫妈妈的小男子汉

"妈妈,把手放这里,我的小肚脐眼这里像小火炉,特暖和。"他用温暖的、嫩嫩的小手折开防线,抓着我那冷若冰霜的手,拽着那冰棍样的指头,硬往他自己的小肚脐处放。

 四岁·妈妈,我是捡来的吗?

妈妈,如果我不是捡的,你是怎么生我的呢?

妈妈像白娘子那样到庙里去求菩萨,菩萨就把你送进我的肚子里。我每天吃啊,吃啊,你就一点一点长大。

五岁·为什么要学知识

你不学习，将来长大了也只能像爸爸一样扛大锤，当工人。妈妈一辈子也甭想坐小轿车，一辈子也没有漂亮房子住，一辈子都得去排队买票抢位子啊。怎么办？

六岁·孩子的自控力

他也很希望能把字写好，但是事与愿违就是写不好。他常常发怒把写字的纸一张一张地撕碎，把碎片丢在地上用脚猛踩，铅笔也被摔断好几支。

七岁·上学了

夏收过后,农民在广阔的田野里播下新的种子,插上嫩绿的禾苗,期盼着下一个收获的季节。

骁的婴幼儿期就这样结束了。

献给所有含辛茹苦的母亲们！

　　每位母亲都在为自己的孩子付出，但很少有人会用十八年的时间，去记录这个欢喜与辛酸交织的过程。这本书所记录的细节，所有的母亲都能从中找到自己和孩子的影子，这是母亲们的集体回忆。

I love you for 18 years

"你的寂寞和我的心痛永远在一起……"

每当耳边响起《懂你》这首歌，思念的泪潮便会从心底涌出。我是家中的独生子，大学毕业后本想回到父母身边尽孝，但妈妈认为我们生活的城市发展空间有限，逼着我离家远行。

"好男儿志在四方"的名言一直与我相伴，它像一颗种子，由妈妈亲手种在我的记忆里。所以，我听从了她的建议。我不知道在外发展和回家，到底哪个更好，但这是母亲的愿望，我不想让她失望。

我十二岁开始读寄宿学校，每周休息一天。周六下午六点左右回到家中，周日晚餐后，妈妈送我到公交车站。学校上课的日子，妈妈几乎从不去探望我，哪怕是我生病也是如此。我虽说理解妈妈的良苦用心，但刚离开妈妈的日子还是有些不习惯。每当看到同学的妈妈来学校，我就抱着篮球跑向学校球场，用打篮球来排遣那种失落。

我知道，妈妈并不是不想我。每当我背着书包出现在家的楼下，妈妈便伸出头来笑着叫我的乳名。有时，门刚打开，她就把做好的美味递到嘴边，迫不及待地让我品尝。

母亲是我永远的家园，但我长大了，离

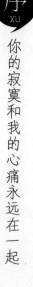

开了。

她希望我离开，也许她并不明白，哪个才是她真正的愿望……

离家打拼，我最放心不下的就是妈妈。特别是妈妈退休之后，爸爸还在继续工作，我们家在这个城市里也没有亲戚。妈妈的生活圈子很小，她又是个有思想的人，退休之后一定会很寂寞。每当夜深人静的时候，我的内心会悄然问道："妈妈，您好吗？"

一天我给家里打电话，接电话的是爸爸。我感到有些意外，平常每次最先接电话的都是妈妈。难道妈妈生病了？面对我不安的揣测，爸爸有些不快地说："你妈妈做月嫂去了！"

"什么?!"我惊讶极了，怀疑自己是不是听错了。

"做月嫂去了！"爸爸回答。

月嫂是多么辛苦的职业啊！一天二十四小时，全部受一个小婴儿的控制，对于多年前就患有神经衰弱的妈妈来说，睡眠首先就是大问题。我记得她的入睡时间在晚上十点左右，超过了这个点就会整夜无眠，而且，一连十多天都会睡眠不好。月嫂这种职业，不可能有正常的作息时间，妈妈为什么要去做月嫂？

我们家的财务状况，很多年以前妈妈就对我透明。我大学毕业时，妈妈为了让我安心工作，再一次把家中的财务状况向我交底。妈妈有退休费，爸爸有工作，近期家中没有什么大的开支。难道妈妈对我有所隐瞒，难道家中经济困难吗？

如果直接问妈妈，她肯定不会承认，我没有给她打电话，只是在第一时间给家中寄去一万元钱。可是一周后，妈妈把钱给我退回来了。这更让我不安，虽然工作很忙，我还是坚持请假回了一趟家。

到家的那天，妈妈因为工作，竟然不能回家和我团聚。我很生气，也有些想不通。晚上，我想从书柜里找几本书带回去，一沓厚厚的稿纸引起了我的好奇。我拿起来，是妈妈秀气的字体，第一页上是"我为你祈祷"五个字。

那是一个不眠之夜,从第二页开始,除了去给茶杯加水,我的眼睛没有离开过手稿。

我很难形容那个夜晚对我的震撼,同时也很奇怪,此前的二十多年里,我竟从来没有留意过这些手稿。妈妈似乎是在秘密的空间里,悄然挥动着神秘的笔,记录着我的成长之路。那是一条漫长又短暂的路,一条既熟悉又陌生的路……

妈妈没有读多少书,也谈不上有很高的文学修养,但这部近四十万字、历时十八年的亲笔记录,对于我来说,是此前读过的文学作品难以比拟的。在那个夜晚,它的熠熠之光照彻黎明前的黑暗,点燃我所有的记忆。

此前,我从没见过妈妈的文章,妈妈写作的动力来自何方?

妈妈回家后告诉我,我现在看到的手稿,并不是最初的。从生下我起,她就在陆续记录一些东西,但那是零散断续的、流水账式的日记。直到后来,我的一位同学的母亲,向她倾诉了自己的悲苦和无援——因为失败的教育,一个家庭处在毁灭的边缘。这促使她重新整理和追忆,将这部十八年的亲子手记最终完成,希望通过它,能向有缘的读者提供帮助。

"当然,我也想留点儿东西给你。"妈妈这样说,用淡淡的语气。

除了拥抱她,我无以言表。这礼物太珍贵,超乎想象!

我毫不怀疑这部心血之作能对读者提供的帮助,这并非自负,觉得自己便是一个成功教育的结果。事实上,我觉得自己辜负了妈妈太多,如果不是天资的限制,她理应有一个更让她满意的儿子。

除了书写一位母亲对儿子睿智和耐心的养育,在我看来,这部长篇手记最重要的价值,在于对生命和爱的追寻,它是给生命的一次虔诚的、爱的祈祷。在一个物欲横流的时代,只有爱与家庭,才能向我们提供永恒的家园，时刻等待着游子的回归和提供心灵的安详。当妈妈告诉我她写这部稿子的目的时，我暗下决心，一定要找到愿意出版它的人，以此告慰她。只有这样，才能让它与更多的有缘人相遇。

提到当月嫂的事情，妈妈的回答让我错愕，原来她只是想找到一个文字功底好的雇主，以便帮助她改好这个稿子，因为她觉得自己的水平太差，书中有很多错别字和错句，也许还有很多错的典故。妈妈的生活圈子真的太小了，她不知道，这本来会有更容易的办法。

我劝她别再去做月嫂了，将这件事情交给我。她没有答应。经历了这部稿子的写作，她已经迷上了写作，而在当月嫂的过程中，她更发现育婴和早期教育是一门学问，她说她很想把自己在实践中总结的经验，写成书，分享给需要它的人。

我说服不了妈妈，对于退休的妈妈来说，这或许是最好的安慰。

经过一番努力，我找到磨铁图书公司以及北方妇女儿童出版社，他们愿意出版这部作品，并正式命名为《我这爱你的18年》。说实话，我更喜欢它最初的名字——《我为你祈祷》。诚然，全天下母亲都会为自己的孩子祈祷，而全天下的孩子们，也会为含辛茹苦把我们养大的母亲而祈祷：祝妈妈们健康长寿！

骁儿

2011 年 5 月

一岁·出生了

当这声音传到我耳际的那一刻,我知道命中注定:我们都无法再作选择!
上帝已为我们缔结了生命的纽带,他(她)是我的孩子,我是他(她)的母亲!

他是我的命运

这是一个令我难忘的日子——一九八三年元月二十五日。

我躺在莆阳化工厂职工医院的产房里,仰望窗外的天空,浅蓝色的天空云淡风轻,阳光明媚,金色的光亮碎碎地洒进房来。

下午四时,职工医院的救护车将我送往二十公里外的县人民医院。晚九时二十分,我终于从漫长痛苦的等待中解脱,我听到医生急切地对身边的护士说:"快!剪刀。"脐带剪断后,医生立即握住了新生儿的左脚,敏捷地在新生儿的左脚掌心拍了两下。

"呱!"掌落声起。

当这声音传到我耳际的那一刻,我知道命中注定:我们都无法再作选择!上帝已为我们缔结了生命的纽带,他(她)是我的孩子,我是他(她)的母亲!在我心中既感受不到欢乐,也想象不出痛苦,只有一种责任!这种责任在很久以前就已经来临,在"呱呱"的哭声中得到证实。现在每一秒都比前一秒更加强烈!

从现在起,在我的生命旅程中不管生存有多么艰难,有多么困苦,我都不能丢弃他（她）！

我躺在手术台上，手术还在进行中。我仍然不知道，婴儿是个男孩，还是个女孩。

前几天，我和丈夫建林散步的时候，他不经意流露出对婴儿性别的过分在乎，看到此刻在手术室内外没有建林家人的身影，我突然想到一个问题：如果说这孩子是个女婴，我和建林的婚姻还能维持多久？

对于现在的人们来说，男孩女孩已经不再那么重要了，但在那时，一方面是几千年来重男轻女的思想，二是国家独生子女政策的强制，生男生女，对很多人来说意味深长，甚至左右着一生的命运。

婴儿的生命特征完整以后，医生用臂膀擦了擦前额，回到手术台前继续剥离胎盘。护士有条不紊地将婴儿的脚印盖在出生证上，然后给孩子做了些必要的处理。这时，大嫂笑盈盈地将我们早已准备好的小花被递了过去。

我躺在手术台上一直忍受着伤口的疼痛，虽然已筋疲力尽，但还是急于知道孩子的性别。就在护士把孩子放在小花被上的那一刻，我用力拉了拉大嫂的衣服，问："是儿子，还是姑娘？"

大嫂恍然大悟，转过头来略带自责地朝我微笑道："儿子！"

儿子的降临使建林欣喜若狂。当别人告诉他，他已经有儿子时，本来倚在墙角打瞌睡的他像被雷击一样跳起来，在走廊里翻了一长串的跟头。

"六年了，可惜我爸爸没有活到今天！这下可好，阳家又有后了。哈哈哈！阳家有后人了！"

其实，他心里可乐的还不止这些，儿子让他觉得自己在家人和同事面前更像个男人！而哥哥、姐姐生的都是女孩。在建林及他的家人看来，婴儿只要是个男孩，哪怕是缺胳膊少腿，天生弱智也远比一个活泼可爱的女孩子强。

医务人员再一次地肯定我和孩子的生命体征完全正常，至少凭她们从医多年的经验分析，不会发生什么突然的变化了。一直陪伴照顾我的大嫂，一次又一次地摸摸我的额头、我的手，把盖在我身体上的被子整了又整，凭借她自己的智慧和经历，一切能想到、能做到的事均办妥以后，已经是凌晨两点。在康妈妈的再三催促下，大嫂拖着疲惫的双腿跟着康妈妈走出产房。建林多数时间待在门外，这时也厚着脸皮偷偷地溜进来与我告别，他们今晚在康妈妈家休息。

产房里夜深人不静，空气污浊，血腥味很浓。婴儿的啼哭声、临产妇女的呻吟声、婆婆们的鼾声、出出进进的脚步声、手术推车辗动的吱吱声，声声灌耳。这些声音使我难以入睡……也许，即使什么声音也没有，我也只能闭上眼睛在似睡非睡中等来新的黎明，而不可能真正地睡着。儿子待在保温箱里，每隔一会儿就"呱呱"大哭一阵，我知道他这是在寻找我，在用一种特殊的声音呼喊我！我应该因此而骄傲，因此而快乐，然而我却愁眉不展，丝毫也找不到建林那种快乐的感觉。

那个晚上我几乎一直在想，对于穷困的我们，恨不得把一分钱掰成两半来使用，我将拿什么来养育他？将来怎么去教育他？

这一夜很长，首先我想到的是自己的家境，自己必须面对的困难，自己必须承担的责任。而后产房里发生的事改变了我的心态，使我觉得自己不必再流泪。同这屋子的有些女人相比，我是多么的幸运啊！

凌晨三时，一个女人被人搀进了手术室，半个小时后随着一声惨叫，她又生下了一个女孩。此前她已经生了四个，全是女孩。

这是偷生游击队的一个成员，二十多岁的她现如今应该已是五个孩子的母亲。家里一切拿得动、载得走的东西，在两年前，也就是三毛出生的那年秋收后，全部被计划生育工作队的拖拉机拉走了。她的家只剩下泥土垒起的四壁墙垣,房子里只有泥土和从空中直射下来的阳光。即使是这样,那时她心里也还是觉得值。

她庆幸自己在计划生育工作队到来之前,能够及时逃到后山那个被野猪遗弃的山洞里,洞的上方有一个硕大的野蜂窝,这群剧毒的野蜂不久前蜇死了来此采蘑菇的谢婆婆,从那时起村子里的人再也不敢到后山去。她冒着随时被野蜂蜇死的危险,靠着洞边的野果充饥而生活了七天,然后逃到原始森林里去,只是因为她坚信,下次一定会生儿子。

从那时起,她和丈夫一直逃亡在外,两年多来他们忍饥挨饿,流着泪埋藏了被狼咬死吃剩的三毛,病死的四毛。丈夫身体好的时候,还可以每天黎明前偷着下山到村民家,做点木工活换些米和盐,天黑后偷着回到他们大山深处的窝棚里。后来丈夫生病,无钱医治,也不能干活,只有野菜充饥的日子他们已经过了整整六个月。山穷水尽,她想到来投靠远嫁莆阳的表妹。一路乞讨而来,在表妹的劝慰和资助下,平生第一次住医院,等到的却是自己无法接受的事实——她的第五个小女儿出生了。

当我后来知道她的故事时,心想,她所面临着的一切,即使是特别坚强的人,身处其中,可能也要垮了。

那天凌晨,还有一个女人走进了产房。

如果说前面那可怜的女人是受封建余毒迫害,那么这次进来的女人则更加讽刺。她已经到了政策规定的生育年龄,她准备生育,只是她所在的单位的生育指标不够,临近预产期的孩子现在已宣告为不准出生的人!她必须请医务人员把毒药注入她的胎盘内,使自己生下一个没有生命的死孩子!否则的话,她和她的丈夫将被工厂开除!

那个夜晚真的很长,我却已经不再忧愁,也不再无助。我想到自己的命运,已经比太多人好了。我决心面对它。

儿子的舌头和耳朵

当时能到莆阳生下儿子，燕子帮了我的大忙。

她是我的同学，也是多年的好姐妹。当载着我的救护车还行驶在化工厂至莆阳城的路途中，她已经为我做好了入院准备。尽一切可能为我们提供方便和帮助的康妈妈，就是燕子的准婆婆。

燕子和同事尼亚一早就来了医院看我。时钟敲了八响时，建林和燕子陪着我和儿子离开手术室，前呼后拥来到病房。就在大嫂与我们商量住院和出院的有关事项怎么安排时，刘老护士长手拿工作日志微笑着向我们走来。她在床前停住脚步，左手端起日志本，右手拿起用绳子拴在日志夹上的笔，问："叫什么名字？"

这个很平常的问题却把我们问住了。谁也不说话，很明显有权回答的人是我和建林。尼业盯着建林，燕子看着我，大嫂先看看我，再看看建林，又回过头来再看看我。建林呆头呆脑地不做声，我不知所措地说："啊呀，这件事还没有想过咧。怎么办？"

"嘿嘿，你们俩平常都在干吗？老大不小的年纪，人家小年轻谈恋爱就把这事想好了。现在倒好，孩子都出生了，出生证上还不知道怎么填，我还真没见过！"大嫂终于沉不住气，冷笑了一声说。

老护士长巡视了一番我们，提出来一个老掉牙的建议供我们参考："要不，这出生证上先填阳毛毛，好不好？"她一边挥笔，一边说。与其说是与我们商量，还不如说在通知她的决定。

在拥挤不堪、嘈杂污浊的病房里度过了一周。三十一日上午大嫂将我们接回家。为了尽可能少让我在寒风中步行，吉普车一直开到宿舍楼梯口才停下来。我们的家就在二楼最东头靠北的一间屋子。

我是个睡眠很轻的人，从入院到出院的这段日子，我几乎没有睡过一个好觉。现在回到家里，大人需要休息，儿子需要喂养，忙忙碌碌，无心思考，稀里糊涂地过着日子，给儿子取名字的事依然未纳入议事日程。当时，我们的粮食完全够吃，不需要急着去领粮票，也就不急着去给孩子报户口。甚至想过了春节，我的身体完全康复了以后再去办理。

我们按照自己的需要安排日子，孩子没有奶吃，这一点把一家人忙得昏头昏脑。回家后的第四天傍晚，建林说："派出所通知春节前一定要把孩子的户口办好，否则的话准生证作废。"

"准生证"作废，就意味着户口不能正常办理了，这可是大问题。必须在一周内将孩子的户口办好，名字就成了唯一的障碍，难道说还用毛毛，显然是不行。我试探着对建林说："哎，就叫阳坚吧？"楼上楼下叫"强"的孩子太多，我突然想到这个"坚"字。

建林一副无所谓的样子说："阳坚，就阳坚。明天去办户口，好歹也算有个名字。"

这个草率的名字，遭到建林朋友初医生的反对。当他听说了孩子的名字后沮丧地摇着头说："这名字取得真没水平，土得要死！李里，我给他重取一个好不好？"

我非常感谢地说："行。就听你的高见吧！"初医生说，名字一定要好好想想才行，回去后他想好了再告诉我们。

送走了初医生，日子前进了半个月。迟迟得不到初医生的高见，难免有些失望，就在我认为初医生也许只是随便说说的时候，建林递给我一张写了十六个字的便条，不屑一顾地看了我一眼说："给。这是小初给儿子取的名字。他捧个字典翻来覆去搞了这么多天，办公室里还有那么多免费参谋，到头来谁也说不好。他说，还是你自己挑吧。"

很多说起来很容易的小事，真要去做，去给个定论时，才知道并不容易。就像满世界跑的都是大姑娘、大小伙子，到了要选择对象的时候却找不到符合自己要求的一样。

我接过纸条，在孩子熟睡的时候取出字典，对着这些字逐一地查找。最后觉得"骁"字挺好。字义上说：①好马；②勇健。有骁将不败的将军；骁士；战无不克的战士。再瞧瞧字的组成：左边是马，右边是尧。"春风杨柳万千条，六亿神州尽舜尧。"史记中记载："尧帝，放勋。其知如神，其仁如天。富而不骄，贵而不舒。黄收纯衣，彤车乘白马。"这个"骁"字，在我看来，怎么解释都很好。

在我为孩子能取个好名字而高兴时，从邻居那里得知了一个意外的消息：嫂子到武汉动手术去了……

大嫂是我人生道路上绝不能缺少的亲人。那年我瘫痪时她给我治病，那年她送我读书，那年她帮助我成家，那天她陪伴我生产……大嫂是我们家的顶梁柱，对我来说她不只是大嫂，还是母亲。

这是大嫂的第三次手术，她怎么样？她还能不能回到我们身边来？我能为她做点什么？

怀着忐忑的心情，我和建林去探望大嫂，孩子请燕子请假照顾。等大嫂做完了手术，才知道癌细胞虽然暂时切除了，但是否扩散还要进一步检查。这期间，因为有同事出差时顺便去了父母家里，得知妈妈也病了。真是祸不单行，我的心抽紧了。

一年前，思想顽固的父亲为了逃避火葬，以死来威胁我们，将正在康复中的母亲送回几百公里外的乡村老家。母亲被迫生活在那种缺医少药，物质匮乏，夏天热烘烘蚊虫肆虐，冬天冷冰冰、寒风凛冽的环境中，于几个月前再次中风。

屋漏偏逢连夜雨。也许下午孩子哭，燕子抱着他踱步时着了凉，黎明的时候孩子开始莫名啼哭，不肯吃奶。早餐以后，我抱着他走进了医院。医生在给孩子检查的时候，无意中触了我的额头，惊讶地说："哎呀，你在发烧。"

量了下体温，三十九度。为了防止产后热，医生命令我住院。

儿子三十八度，就这样我和儿子一起住进厂职工医院的病房里。什么叫鬼使神差，什么叫阴差阳错，这接二连三的事搞得我们神魂颠倒。

母子俩躺在病房里，每当停尸房的鞭炮响起，我就会情不自禁地想起母亲，想到黑黑的棺材，想到花里胡哨的花圈，想到送葬的人们……病房的隔壁是一个癌症病人，每当他妻子的哭声传到我耳边时，我就会心乱如麻，加倍地思念大嫂……

我们在医院里住了十天，当办好出院手续，提着大盆小桶往回走时，刚好遇到口腔科的彭医生。她刚从上海学习归来。

"哎呀！儿子。来来来，快给我抱抱。"

她慈爱地从我的怀里抱过孩子，用眼睛审视了一番，首先说了几句赞美的话。因为职业的敏感，她逗了逗孩子后，用自豪的目光直视我说："李里，算你走运。算你儿子有福气，今天被我发现了！"

瞅着彭医生得意的神色，我全身酸麻。特别是那加重语气的"发现了"三个字，使我像突然踩塌了污水井盖，我望着她，弄不清她发现了什么。心想："莫不是还得去住院？"

"你还没看见啊？你儿子的舌头和我们不同。"

我和建林都凑了过去，两个人简直像瞎子，怎么看也看不出儿子的舌头和我们有什么不同。甚至在我们看来，他现在小，只是舌头也比我们的舌头小而已。其余的没什么两样。

"你们看，我的舌头是尖的。可以抬起来。"彭医生说着把自己的舌头伸出来给我们看。

"你们再看看，你儿子的舌头是平的，抬不起来。这孩子如果是这样子长下去,将来说话时吐词不清,就是我们通常说的大舌头。"她用纤细的手指去拨弄骁的小舌头,边拨边说。

我终于明白了,有一种灵魂突然脱壳的感觉。迷茫的变成了沮丧,刹那间我的眼眶红了。

"李里,不要急嘛。看把你紧张的!过两天,今天不行了,过两天我有空的时候你抱过来,我给他剪一下,就没事了。这里有一根筋,正常的人这根筋没有这么长。你看(她张开嘴抬起自己的舌头给我看),我把它剪开就没事了,用不着害怕。"彭医生再一次用手指把骁的舌头拨起来解释说。

告别了彭医生,建林把我们送进屋子就走,尼亚这时来探望。我和尼亚是同事,还是邻居,大家共用一个走廊。平常谁家有事就会主动走去帮忙,出出进进的非常随便。当她从我手里接过骁儿子时,我第一反应就是抓紧时间坐下来搓洗泡在盆子里的衣服,一如既往地想着边干活边与她聊天。令人难以置信的是,她抱过骁儿子后沉默了几分钟,无声无息地就那么端详着他。我一件衣服搓完了还没有听到她的声音。

这种怪异的感觉迫使我抬头去打量她。只见她紧绷着脸,深皱着眉头,满目疑惑地盯着孩子左看看,右瞧瞧。我丢下手中的活试探着靠了过去,心惊肉跳地等她发言。

她实在太专心致志了,我走到她跟前,她也没有发现。她像一位资深的艺术大师那样,全神贯注地端详着手中的作品,足足有五分钟。

"完了啊!李里。唉!这都怨我。我怎么当时不提醒你?现在把这个孩子给害惨了!"

尼亚那一声凄婉的哀叹和莫明其妙地自责,像台高速运转的粉碎机,把我的心研磨得碎碎的。我失魂落魄地看看儿子,再看看她,再看看儿子。她见我云里雾里胡乱地搜索,这才瞪大眼睛盯着我说:"你还没有看出来呀?看你儿子的耳朵根,要多羞有多羞,真是羞死人!"

经她这一指点,我惊慌失措地摸了摸儿子的耳朵根。只见他耳朵根的软骨向下耷拉着,我本能地用手去拉了拉,没用,软骨已经定型了。

"怎么办?"我向她求助。

"我家林林当时生下来就是这个样子,护士送孩子喂奶时将这个情况告诉我,并让我在喂奶的时候注意用手将她的耳朵根往上牵一牵。月子里的孩子,这些小毛病很容易纠正,林林现在有蛮漂亮的一对耳朵。但是,你们家骁儿大了,我刚才用手掐了掐,好像这耳根子长硬了。你就试试吧。"

这孩子出生在深冬时节,发育很好。出生时满头贼亮贼亮的乌发像黑色的瀑布从头顶直铺脖子根,非常可爱。那么多经验丰富的奶奶、医生、护士都没有及时发现这个问题。我甚至想:也许是上天刻意留下这个不易引起注意、无碍于功能的缺陷,去抚平他人生道路上的沟沟坎坎!也许……

然而,这种自欺欺人的理论并没有支持多久。

艰涩的日子和着春光一起走到了五月,骁一天天长大,喂养他的奶水渐渐不足!孩子的头发开始发黄,腿的力量没有进步,似乎停止了。在我为此而无计可施的时候尼亚再次对我说:"李里,奶水的营养跟不上你儿子生长的需要了……要不,你试着给他喂点鸡蛋黄看看,他不肯喝牛奶也只能这么办。我林林像他这么大时我就是这样喂她的。"

我挑了一个最小的鸡蛋把它打开,小心翼翼地把蛋清扒出来,用筷子尖沾了点盐放在一起搅和,加水蒸好就慢慢地喂儿子吃。也许喂多了一点,他小小的胃有些接受不了;也许是孩子生长到一定的时候就会将体内的毒素往外排。喂了三天,也许最多只吃了一个蛋黄,他开始拉肚子,一天二十多次。

在建林无情的责备声中瞅见儿子慢慢地消瘦、身体变得软弱无力,我的心好痛啊!我抱着他第二次住进了医院,十多天的时间输液和其他治疗均无明显效果,十多天里这里有两个孩子因消化紊乱,离开了这个他们还没有来得及了解的世界。目睹那让人心碎的场景，我是多么提心吊胆啊！

就在儿子的健康和生命面临危险时，让我同样牵肠挂肚的母亲，闭上了她特别不情愿闭上的眼睛，永远地睡着了。

噩耗传来，我和建林抱起耷拉着脑袋的病儿走出医院，爬上一辆开往武汉运货的车子，我们的心不知有多么沉重！经过二十多个小时的奔波，来到了安放母亲遗体的灵堂。

灵堂就设置在那个泥土房子的堂屋里。母亲的遗像挂在棺材的最前面，这里有一张方桌，方桌上是正在燃烧的香和烛。我跪在母亲的遗像前，想起一年前离别时惨淡的场景泪如雨下；我趴在装有母亲遗体的棺材上，想到自己的处境痛哭流涕。我多想棺材能够再大一点，多想还有一块裹尸布把我也裹起来塞进去，同母亲一起长眠在墓地里……

我不知道是否有上帝，我也不知道母亲的灵魂是否可以护佑我们，我不知道是否有天国，我更不知道母亲是否到了天国，是否仍在为她的子孙操心……只是很庆幸，骁儿子的病在没有药物治疗，奶水特别稀少，环境特别恶劣的情况下竟然好了。

六月底，我们将母亲安葬后重新回到莆阳化工厂的家。

最初的教育

母亲的离去对于我来说是早有思想准备。有生有死谁也逃不过，一个贫困多病的躯体，在经受了一千多个痛苦呻吟的昼夜后终于结束了！也许我这么想有些大逆不道，总有一天要遭遇五雷轰的。但是，几十年后我依然是这种感觉。因为我忘不了最后一次离别时母亲那生不如死的表情！忘不了她无泪而绝望的目光！忘不了我帮她剥下的由于疾病而变异的肤壳……

料理母亲的后事给我们本就紧张的经济雪上加霜。

孩子睡着的时候我一遍一遍地数着钱，好像说不定多数几遍就能多出一张半张来似的。每数一遍，我还要把钱握在手里，在屋子里慢慢地踱来踱去。

建林知道我为钱的事伤脑筋，他试探着劝我说："李里，你带儿子去我们家好不好？妈就这么个孙子，妹妹们非常喜欢他，有她们帮忙带孩子，你也不必这么辛苦。"

我反复地思来想去，当然考虑最多的不是什么婆媳姑嫂之间的关系，而是我们对婆婆应尽的义务。在我的潜在意识里，我认为我的婆婆是应该受到尊敬的，我们应该赡养她。

我解释说："现在我们明摆着经济困难，上个月的赡养费还没有给，难道说还去盘剥？于心不忍啊！"

建林说："这没什么，小雨一直由妈妈养着，星期天哥哥一家、姐姐一家都回家吃饭，他们每月也只给妈妈五元钱。你如果去，我每月给妈三十元钱，反正就三四个月的时间。等到你上班后把账还了，再多给妈点儿钱，难道还不行啊？我认为，只要你愿意，绝对没问题。"

我沉默。建林见我还是犹豫不决就下命令似的说："这样吧，妈早已托人带口信，让我们回去玩。星期天，我们就去。如果妈同意，妹妹同意，你就留下来好不好？"

周末来到了，建林亲自将我和儿子的衣服收拾好装进包里，用自行车带着我们回到婆婆家。两个妹妹远远看到我们，跑过来从我怀里把骁抢了去。骁也很乖巧，让姑姑们抱着他。当建林把他的想法说出来时，全家人都非常高兴。三妹诚心诚意地说："我们这里菜便宜，有我的工资和妈的退休工资，完全够用了，不要你们给钱。只要嫂子愿意就好，我们太想骁骁了。"

建林把钱硬塞给婆婆,我就暂时留下了。

婆婆才五十多岁,身体很好,走起路来轻轻松松,说话的声音强劲有力,是个大嗓门。开始的几天,一不小心,她的声音就把骁儿子给吓哭了,乐得小雨和妹妹趴在我肩上哈哈大笑。婆婆见我瘦,奶水也不多,她总是买些营养丰富的菜给我吃,有时我吃不下,她就会不高兴。而她和妹妹们,则随便就些咸菜就是一顿饭。

这样的日子只过了十多天,小雨的爸爸妈妈也不知是心里不舒服,还是真的巧合,几乎天天回家吃饭,但从不给婆婆钱。妹妹们对他们的行为有意见,但不敢明说,有时在婆婆耳边嘀咕。又坚持了一周,也许婆婆真的开销不了,她老人家就天天嚷嚷:肉多少钱一斤,鱼多少钱一斤……有时还会摆出不高兴的样子。我明知道这不关我的事,但心里依然不是滋味。若不是婆婆和妹妹们强行挽留,也许我在那里住不到一个月。

两个妹妹老大不小,却常常在我跟前耍着玩,完全没有某些姑嫂之间的隔阂。小雨非常可爱、乖巧、伶俐,说起话来很有哲理,有时也很搞笑。只是在妹妹们教她读书、写字、做算术题时大煞风景。我默默地观察,过了一段时间我发现这孩子学习能力非常一般,年龄也不到六周岁。而妹妹们却很急躁,一个问题、一个字,教两三遍,小雨若是还不会,妹妹们准会数落她,说她如何如何笨拙、愚蠢,有时还会施以武力教训。而婆婆则在一旁教训妹妹,有时母女之间为了小雨的学习问题争得面红耳赤。

看到小雨夹在她奶奶和姑姑之间,学习没有进步,玩起来也不开心。我开始试着换一种方法来教她学习,看看能不能让她进步,能不能抓住机会让她提前一年上学。在我看来单纯的认几个字并不难,难的是这些字代表什么,能够说明什么;数数也不难,难的是怎么去理解数和数字之间的差异。

一天,婆婆从商店买回来一包水果糖,大概有半斤之多,并随意把它放在桌子上叫我们吃。于是,我把糖全拿过来放在地面的凉席上,有意将其分成不等的四份。然后说:"小雨,这里有四堆糖,奶奶、我、你、弟弟每人一份,现在你先拿。"

小雨真是个让人疼爱的孩子,她先把那份最少的挪到跟前很满足地说:"婶婶,我就要这堆。"然后,谨慎地看了看我的目光说:"这堆大的就给奶奶,姑姑们上班去了,她们还要吃。"说完她又有些胆怯,像是担心自己说错了话,低下头不敢再看我。

我把她拉到我的怀里,紧紧地抱着她,亲亲她的稚嫩的小脸,以此来赞扬她。我剥开一颗糖塞在她嘴里,对她说:"小雨,来。我们先数一数,看看这堆糖有多少颗,好不好?"她并没有意识到我在教她学习。所以,她跟着我很自然地数着,数了一堆再数一堆,时而从多的往少的里面拿去几个,时而又还回来,合起来,再分开,再合起来。这样慢慢地使她在脑子里建立数的概念,反复多次告诉她数字代表的是具体的物体,物的多少可以用一、二、三……来表述。

我在里屋和小雨数水果糖的时候,婆婆就在一墙之隔的客厅里选菜,我们之间的每一次对话,每一次停顿,每一个笑声都毫无保留地送入她的耳朵。从这一天开始,妹妹们辞去了教小雨读书的工作。婆婆也不许我干家务活,我和骁的换洗衣服一不小心就被妹妹们拿去洗净晒干。小雨也不再恐惧学习,每时每刻都跟着我。我一点一点地教她,从不规定任务,但是很讲究质量。教她数数、计算的时候从不让她硬邦邦地坐在凳子上看着书本的图案,而是让她接触实实在在的物体。吃饭的筷子、餐桌上的菜盘子、地面的石子、路边的小树、摸得着的叶子……一切可以利用的物体都是教学的道具,并且用声音的起伏和手势引导她的思路。

小雨开开心心地跟着我玩耍,不知不觉中学习有了很大的提高,九月一日背起书包跨进了校园,第一学期轻轻松松考了个全年级第二名。在教小雨学习的过程中,目睹她的进步,我的内心世界萌动着一种幼儿教育的理念,更加细心地观察着骁儿子的举动。

　　婆婆家居住环境并不好,屋前屋后没有大树,天热起来后,屋外阳光很毒,苍蝇蚊子也比较多,地沟里常见老鼠活动。蚊虫似乎特别喜欢有乳香的孩子,每逢酷热难耐的日子,我们很少到室外去活动,避免太阳晒伤骁儿子娇嫩的皮肤,也防止蚊虫叮咬他。我们在不足十米,由几个小屋子组成的弯弯曲曲的过道里走来走去,为了逗孩子乐,有时还会小跑几步来增加气氛。也有些串门的邻居,来和婆婆打打麻将,老人家特别喜欢玩这个。有时候三缺一,妹妹就硬拽着我,教我边学边陪婆婆玩上几圈。

　　八月中旬一个炎热的下午,我们几个人照旧坐在家里纳凉。当表的指针运行到三时三十分时,我开始喂蒸鸡蛋糕给骁儿吃。骁儿坐在婆婆的腿上,我一勺一勺地把黄色的鸡蛋糕喂给他吃,见他吃得津津有味,毛毛妹妹和小雨一左一右坐在我们的两侧,每当我将满满一勺鸡蛋糕准备送到骁骁张着的小嘴时,她们也张开嘴做出拦截的动作,嘴巴张得老大,有意挑逗起他的占有欲和食欲。当我将最后一勺鸡蛋糕送入骁儿的口中后,妹妹敏捷地接过空碗向厨房走去。她依然沉浸于挑逗骁儿的快乐中,在毫无思想准备的情况下,厨房门框上方的一条壁虎突然闯入她的视线。

　　也许妹妹从来没有见过这种灰不灰、绿不绿,全身长满像疥疮那样疙瘩,三角形脑壳的怪东西,刹那间,她就像夜深遇鬼一样大声尖叫起来,手中的碗也"咣当"一声掉在地上。

　　婆婆腾起满身的肉追着喊声过去,小雨害怕地抓着我的衣服,我抱起骁儿跟在婆婆的身后,还没有明白到底发生了什么事时,骁儿一眼看见妹妹被壁虎吓得手舞足蹈的样子、飞舞的头发,和一声接一声的怪叫,顿时从心底里乐开了。他双手使劲耸耸我的肩膀,"咯咯咯"笑得前仰后合,一双腿在我的肚皮上踢来踢去。

　　婆婆脱下鞋子将壁虎打死。妹妹擦去受惊而流出的眼泪,又被骁非常有趣的样子逗乐了。

这是他出生以后，第一次对外界事物的刺激而产生的强烈反应。

"难道说他已具备某种思维能力？"我一次又一次地回想，开始寻求某种方法，企图早日打开他思想的大门。

姐姐的宝贝女儿利利在我和骁未到婆婆家之前，只是在每周日和姐姐、姐夫一起到婆婆家来玩一天，从不愿意在婆婆家留宿。可是我们来了以后，她却常常不肯回家，总是无限亲昵地喊着"小舅妈"，像小雨一样黏着我。

傍晚来临时，气温总算降下来了。我穿着洁净的裙子，怀抱着骁儿子，带两个小侄女向室外走去。晚风轻轻地吹拂着我们的头发和裙子，吹走了因高温而产生的沉闷和燥热。我们不紧不慢地向通往城里的一条路走。这路能通汽车，但此时只有马车和驴车走过，路面是用炉渣和泥土铺成的。

这是一条由人工修筑在广阔田野中的路，四周能看到的只有田野，农舍在朦朦胧胧的遥远处，听不到乡村狗的吠声和农民的喊叫声。我们呼吸着沁人心脾的空气，边走边讲故事。故事高潮的时候，两个小侄女开心地笑着，头顶上的羊角辫子在晚风中摇摆。骁骁也跟着笑，我不明白他是被故事逗得乐，还是被姐姐们的辫子逗得乐，是自己真心的乐，还是和着别人乐。

故事低沉的时候，两个小侄女低落着脑袋瓜子，有时还会掉下一两滴泪珠。每当这个时候，骁就紧紧地搂着我的脖子。我同样弄不明白，他被什么而感染。我不能幻想他现在能听懂我所讲述的故事，但是，过了今年或者明年他也许能听懂一点点。我想，我应该尽可能多记一些故事，在他能够听懂的时候，给他讲个够。

话又说回来，现在他听得懂和听不懂都没有关系，两个小侄女乐于听故事。特别是小雨还能从中学到知识，有时候当我讲到曾经教她认过、写过的字时,我会停下来,要么让她捡起地面的棍子或石子在地上划几下,要么让她背诵字的笔画,加深她的记忆。

俗话说,贫贱夫妻百事哀。在这段住在婆婆家的日子,虽然显得悠闲,却也终于出现了不和谐的旋律。

入 托

九月的第一个周末,天刚下过一阵暴雨,毛毛妹妹的好朋友平平特意跑过来逗骁玩。我们六个人坐在客厅里,五个大人像逗杂耍的小猴一样,希望骁能玩几个开心的动作。当他在我们的指挥下完成了再见、拍手欢迎、摇头晃脑……以后,大家再也想不出招儿来逗他时,婆婆从一个三磅的小水瓶上取下那个装饰用的铝皮罩子递给骁。

他两只嫩嫩的小手握着那个毫无生机的东西左瞧瞧,右看看,搓过来,搓过去。也许他厌倦了,也许是不小心,罩子掉到地面。"当当……"的响声给了他快乐。不知他是为响声高兴,还是为自己的举动高兴,不知他是有意,还是无意,只知道他一个劲地拍手,一个劲地笑。并用眼睛和手势要求重新拿回它。婆婆搂着他的胳膊,在婆婆的保护下他自己走过去把它捡起来。眼珠子不停地转来转去,瞧瞧再瞧瞧,摸一摸,搓一搓,最后举起它向地面敲去,每敲一下,就会"当"的响一下,他就再寻找一次。

虽说小小的骁绝对弄不懂这罩子、地面、声音之间有何联系,但他无意中发现了,就去寻找,在我看来是件了不起的事。当他一下一下地敲着嫌烦了以后,又使出一招,把它举起来,用力往外甩。

"叮当……"它从室内一路轱辘到了室外。

我专注于发现他思维能力的事,完全忘记了周围的一切。就在我们哈哈大笑时,毛毛妹妹沉着脸走到室外,将罩子捡回来,嘴里不干不净骂着:"笑！笑你妈的鬼！你怕这不是钱买来的！"然后,摆出一幅很凶的面孔,并握过骁儿的小手,轻轻打了两下。

骁儿缩回了伸出的小手,也不知是觉得自己受了委屈,还是手被姑姑打疼了。他把头深深地埋在我的怀里,好像他要诉说,又好像在疑问:"妈妈,我错了吗？毛毛姑姑为什么打我？"

我无法回答他的提问。

室内一派寂静。窗外天空飘来一大片灰白色的鳞云,我抱着骁儿向河边走去。

从婆婆家到河边有三百多米,才走了二十多米时,平平向我们追来。

我们默默地走着,谁也不说话,骁儿把自己的脑袋耷在我的肩膀上假装睡觉。这与我平常抱他到室外活动的样子形成了鲜明的对比,平常他东张西望,用小手这里指指,那里点点,想让他静也静不下来。

我们静静地穿过一排排宿舍,把汽车修理厂和水泵房抛到身后。走过二百多米的一条年久失修的水泥路后,我们来到了渡口。我并不是要渡到河的那一边去,我只是想在河边等那个应该对我们负责的男人！他上周末没有来,今天一定会回到我们身边。我在靠河水的一根枕木上坐下来,看着滔滔的河水,泪水止不住淌下来。

平平没有劝我,只是苦涩地笑着说:"嫂子,我来抱骁骁。今天的事,我全看到了。嫂子,你真好。"

其实我并不要平平来陪我,我也不责怪毛毛妹妹。我只是觉得自己好窝囊！好无能！我只觉得自己老大不小,应该料想得到今天的困难,不应该把儿子生下来又让他受委屈。我觉得他没有错,而且,很可能他真在动脑子,我应该奖励他……

平平从地上捡起石子，一个一个地把它抛到河水中，骁骁在"嘣咚、嘣咚"的击水声中，在瓦片从水面漂过再漂过的"咻咻"声中，在水花四溅中又乐了起来。

看着随水东流的小草，还有渡船拖曳出的涟漪，我祈祷：让我的困苦和烦恼也随之东流吧。

我们没有等到建林。

天渐渐地暗了下来，昏黄的路灯渐渐变得明亮了，我们回到屋子，毛毛妹妹一如既往地在我身前身后开心地玩耍着，一切都像昨天那样。她是无心的，毕竟还是孩子。

我们来到婆婆家的这段时间，建林每周六的傍晚都会骑着自行车回家探望我们。他每次都要买很多礼物，有时是二十斤苹果，有时是三十个面包。我知道他的工资交给婆婆以后自己也剩不了多少，看他日渐消瘦的样子，他不给我钱，我也不忍心要，所以我几乎是身无分文。

夜静更深的时候，想到债务，想到骁儿隔三差五因为便秘而号哭，想起他没有寒衣，想起他没有玩具……泪水会顺着面颊浸湿枕头。我想念大嫂，不知大嫂的病是否完全康复，我想念燕子，我想念我的家……

中秋节就在这种思念中到了，我多么想念我敬爱的大嫂啊！她的身体是否完全康复？出于礼貌还想买点月饼给婆婆。可我摸摸钱包发现只有九毛钱，再偷偷地看了看商店里最便宜的月饼也要一毛二分钱一个。我只能做一个没有教养的儿媳妇！我猜想中午的时候建林的哥哥、姐姐都会带家人回到婆婆家来和婆婆团聚。如果他们都带上礼物，而我一点表示也没有，那多么难堪啊！我没有钱，该死的建林也像是人间蒸发了一样，一连两个星期见不到他的身影。

"难道建林在我哥哥家等我一起团聚？"这一个闪念，更加坚定了我回化工厂的决心。我想了想不能张口向婆婆借钱。从婆婆家走那条只有马车通过的大路到城里,只有五公里多一些,正好这里到城里没有交通车,可以省去车票钱。从城里到化工厂只要五毛钱的车票。我捡了几件小衣服,抱着骁儿就出发了。

中秋节这天非常闷热,我抱着骁走了不到一里地,便大汗淋漓。十时三十分我们总算跨入城门,踏上了人民路。就在我抬头向前方望去,企盼找到一个能帮助我的人的时候,上帝把燕子的身影送入我的眼帘。我大声喊了几遍,她才听到,停下脚步朝四周看了看,却没有认出我,继续向前走去。我那一刻有种绝望感,像个溺水的人一样,拼命地接着喊她。

这个曾经声称如果把我烧成灰,毫无标记地埋葬在无名的公墓里,她也会从杂草丛中找到我的朋友,在我们相距不到三米的地方,凭着她送给骁儿的那顶太阳帽,将信将疑地向我走来。她盯着我的目光使我既惊讶又迷茫,说出来的话更让人哭笑不得。

"李里,你不是在建林家里住吗?怎么像从墓穴中爬出来的鬼魂!又黑又瘦,跟旧社会受压迫的农村妇女没两样!如果不是骁骁头上的帽子,你刚才如果再喊我,再追我,我一定会以为遇到神经病了。来,骁。让燕子阿姨看看你。"骁儿刚刚睡了一觉,像见到老朋友样向她扑过去。她把我们送到车站,买好车票和冰棒送我们上车。

回到离别两个月的家,从邻居圆圆那儿才知道建林到枝江支援去了,下星期才能回。我谢绝了她留饭的好意,在家里左搜右寻,却没有找到一毛钱。怎么办?家里还有两个侄子,嫂子还在康复中,今天是中秋节,我无论如何也得买十个月饼拿着去。

就在我一筹莫展的时候,看到了橱柜上的那个灰色的零钱罐,让我又喜又惊。迫不及待地打开它,"哗啦啦"的零钱撒到桌上,我数了数有三元多。我喜不自禁地捧着它们往商店走,买了二十个小月饼来到哥哥家。一家人好久没有团聚了,只是开心过后我还得回婆家去,我清楚哥哥的经济状况也不比我们强多少。

国庆节以后我和骁儿再次离开婆家,回到只有十七平方米的属于我自己的家。我的假期十月底结束,从我目前的经济状况来看,我必须去上班了。上班前的这段日子我想得最多的是一定要把孩子送到托儿所去,只要他能适应托儿所的环境,最多半年我们就可以把债务还清。

　　按照厂里的规定,我们到医院给他进行了必要的体检,办好一切入托手续。我特意挑选了一个晴天,给他穿上一件用黑红两色毛线编织而成的新毛衣,肩上钉了一条白色的手帕,粉红色的脸蛋儿本来就很招人疼爱,再经这般打扮,给人一种肉乎乎想咬他一口的感觉。他现在发育很好,从外表看也不像只有八九个月的孩子,不了解情况的人都认为他足足有一岁了。我抱着他边说边笑走进了幼儿园,为了让他早点熟悉这里的环境,我抱他在幼儿园慢慢地走了一圈。

　　这里环境很美,进园是一个大花坛,色彩斑斓的菊花争奇斗艳,中间一颗两层楼高的玉兰树。乳白色的墙壁上贴了一些猫、狗动物的图案,还有用线牵着的气球的图案,有活泼可爱的小朋友的图案。总之,这里的一切都衬托出活泼、可爱、亲切、和蔼的感觉。托儿所在二楼,入托的方式很简单,孩子体检后名单就由职工医院送到了他所在的班。只要没有传染性疾病,随时可以把孩子送进来。托儿所门外有十几张连在一起的可以旋转的小椅子,椅子的靠背上也画有小动物的图案。我先把他放在画有熊猫的小椅子上,用手拨动转盘,让他玩了一会,在他特别开心的时候才抱起他走进托儿所。这里的保育员一个也不认识,一个年纪稍大的阿姨指给我一个围椅,我把骁放进去。开始那会儿他还觉得很乐,就在他低头摆弄一个吊在围椅上的红色小喇叭时,我一闪身就溜走了。

　　一个小时后我去接他,他还是坐在原来的位子上。满面通红,眼睛也是,显然他哭得很厉害。我远远地喊了他一声,他奋力地朝我扑过来,只是他挪不动身子,气得大叫,两个脚、两只手同时扑打围椅。阿姨怕我心疼孩子,解释说:"你走一分钟都不到,他就开始哭。我一直抱着,刚刚有个孩子撒尿，我才把他放进去。"

她确实是在给一个孩子换尿布，即使不是这样，我也没有责怪她的意思。我微笑着向阿姨点头致谢，伸手把他从围椅中抱起时心想："这种环境迟早是要让他适应的。"

我很想坐在围椅上继续听阿姨讲，企图和阿姨聊聊天。可是，这孩子一秒钟也不想停留，小手就像一把有力的钳子，紧紧钳着我的脖子，那双脚就像钩子一样勾住我的腰，脑壳猛烈地向外摆，又是哭，又是叫。没有办法，我只得再次点头致谢，与阿姨告别。

走出托儿所我仍然没有放弃再试一次的想法，我弯腰想把他塞进一个小时前让他开心的转转椅，但没有成功，他像螃蟹一样死死地钳着我的身体。

第二天起床时发现他感冒了。用了一周的时间给他调养，再送他到托儿所，这次让他在那里待了两个小时，让我们无可奈何的是这孩子不仅睡梦中抽泣，而且当天晚上就开始发烧了。送托儿所的事就只能暂时告一段落。

怎么办？我是一定要回车间去上班的，安葬母亲时向互助会借的钱还差很多！冬天已经来到了，要继续生活下去的唯一出路只有这一条了。

跟儿子最初的战争

现在摆在面前的问题："谁来带孩子？"

我们没有能力请保姆，住房和收入都不允许这样想。一筹莫展时，我想到了婆婆。婆婆已经退休，身体健康。毛毛妹妹在家待业，她完全可以给上班的小妹做饭。小雨早已离开婆婆的家上学去了。能不能请婆婆来帮我们一段？这时我没有什么长远的打算，心想孩子一天天长大，日子一天天往前移，移一段，算一段。

婆婆也还通情达理，十月底来到我们家。

十一月一日我回车间上班。当时，我的工作是四班三倒的运行分析工。这样的工作时间打乱了正常的生物钟，我们厂的劳动纪律非常严厉，当晚班的时候总有一班人在各个岗位的外围进行巡回纪律检查。

晚间要工作，白天也没有一个安静的休息环境，我真是很辛苦。话说回来，这种辛苦我是可以预见得到的，也是有充分的思想准备的。然而，有一件事情我们却毫无准备，我没有想到我的生理功能不能适应生物钟的这种调整，奶水一天比一天稀少。

焦急之中，我甚至骂自己还不如一头母猪，母猪吃些草，奶水可以供十几个小猪，而我却喂不饱一个孩子。我们邻居有个孩子快两岁了还完全靠母乳喂养，而我的儿子才九个月我已没奶水喂他了，真是个废物！上班有时闲聊，我也会把这些苦恼的事说给同事听，胖乎乎的关技术员安慰我说："李里，你还喂了他九个月。如果你只上白班，如果你不是没有钱非得来倒班的话，也许你还可以喂他一阵子。我比你更糟，我儿子只吃两个月的奶，就自己喝牛奶。有些事是没有办法的，人和人的适应能力是有差异的。"

"九个月完全可以给他断奶。"其他同事这样说，而且还列举了很多例子。

这孩子三个月就长了两颗乳牙，现在有八颗乳牙了。我不在家的时候，他能吃鸡蛋、面条、稀饭。可是他馋奶吃，我在家时他就不肯吃这些东西。他啃着奶头不放，吸不到充足的奶水一定是又累、又气、又饿，于是边吸边哭，有时用牙撕咬。他的小乳牙吃东西也许不管用，撕咬乳头则让我疼彻心肺。

他哭的时候空气进入到乳腺管中，将本来就稀少的乳汁堵塞了，只要有一根乳腺管被堵，整个乳房就发烧。为了孩子的健康又不敢吃药，而且这种情况也没有什么药可吃。只有采取人工挤压的方法把空气挤出来，甚至用擀面杖像擀面一样使劲挤压乳房，挤出被空气阻断了的、排不出来的、已经成干粉状的白色米粒样物质。那种疼痛真是让人难以忍受！而我只能咬紧牙，不能叫喊。我一叫喊建林就不忍心那么干了，而我和孩子都没有办法把那种白色粉状物搞出来。

为了能拿到一个月五元钱的奖金，即使全身发烧、软弱无力，我还得照常去上班。最让人心神不安的是孩子瘦了，胳膊、大腿上的肉开始松软。我觉得我和他都要垮下去的时候，同事们一次又一次地劝我给他断奶。

"你看你儿子很快就会面黄肌瘦！现在是大脑发育的黄金时期……也许你儿子将来会很笨。"他们这么警告我。

于是，我和建林商量给孩子断奶的事。建林一千个反对，婆婆也不肯带走孩子。

"这孩子与别的孩子不同，人家孩子有人抱就行了，这孩子只有和你在一起，他才有笑脸，你九个小时不在家，他九个小时一丝丝笑意都没有。就像是人家借他米，还他糠一样。谁逗他都白搭，我是不会带走的。建林他们兄弟姐妹都吃到自己不吃了为止，最小的毛毛上学还在吃我奶。我没有给哪个孩子断过奶。小雨也是一样。"婆婆推脱着说。

这种日子真是使人心碎。我那难得在家休息的一个夜晚，儿子吃奶和尿床的次数有八到十次。我寻思着这样下去对我们都是一种残酷的折磨。可是，用什么办法能让建林和婆婆支持我？

夜间骁儿咬我的时候，我就狠心肠地打他。我打他，他就哭。婆婆和建林也被他的哭声吵醒，一晚上好几次，大家都无法睡着。这一招还真管用，只有两个夜晚，婆婆和建林就屈服了。

"算了,算了,这孩子命苦,遇上一个这样狠毒的妈。建林,我带走算了。要不,怕过不了几多时,这孩子就会被他妈给打死。"婆婆流着伤心的泪说。

十天以后,我去探望他。婆婆用那种见到八代仇人一样的目光瞪着我说:"你来干什么? 你来惩他! "

我歉意地笑笑,往屋里走,孩子躺在摇篮里睡觉。

"李里,你给老子滚! 你去问问,你看我们周围的这些人有哪个说你好? 十一个月大的孩子就断奶,我们这里人听都没听说过。李里,你真是个没有良心的坏女人……"

婆婆还在我身后唠叨,说实话我不生气。她和我所处的角度不同,她老人家不理解我,我也不能强求她来理解我。我理解她,她疼她的宝贝孙子。她辛苦了,我感谢她。

也许是婆婆的声音高了些, 孩子醒了。我从摇篮里把他抱起来。"哇!"这孩子还认得我。他趴在我怀里,又像第一次从托儿所接他那样子钳着我。孩子的举动,让我心里很难过,心里最软的一块地方,一下子被他击中了。

刀子嘴豆腐心的婆婆,边咒我边给我端来洗脸水。儿子的脸脏兮兮的,鼻涕嘎巴儿贴在额头上,眉毛上也有,鼻子与上嘴唇间红红的,两个小脸蛋儿因没有涂护肤霜,有很明显的被霜风吹过后留下的小裂纹。

"他不肯洗脸,一洗就哭。"当我用毛巾给孩子洗脸时,婆婆这么解释。

很明显用一般的方法给他洗或者擦,他都会感到疼痛。我轻轻地用水把有嘎巴儿的地方先湿润一下, 像对婆婆又像对自己说:"到哪里去搞些蛤蜊油给他涂涂?"很多年没有见着"蛤蜊油"这种既便宜又很适用的护肤用品了。

我小心翼翼地用热水将嘎巴儿一点点浸润,眼睛里只有他的小脸和那些必须洗去的东西,没有注意婆婆的动作。我给他洗完脸后,婆婆从商店买回来一盒蛤蜊油，把它递给我。这里是工农混居的地方，退出城市舞台的蛤蜊油还能买到。

儿子断奶后跟随我一起回家，他的食欲很好。一天吃五餐，鸡蛋、泡馍、肉包子、牛奶、瘦肉、鱼、排骨汤、鸡汤、青菜，我们给他什么他就吃什么。那因饥饿而减退的红润很快就回来了，小腿也越来越有劲。我的身体也得到恢复。

然而，骁儿一岁的时候既不能说，也不能走。很多同龄的孩子要么就能说，要么就能走了，个别孩子既能说，又能走。但骁儿很喜欢听故事，我讲故事时他不哭也不闹。随着我的手势和声音的起伏，他的表情有时会发生变化。每天睡觉前我都给他讲故事，听着听着就睡着了。春节前他管我叫爸爸，这样叫了一周后才会叫妈妈。我们说出称谓叫他用手指认，他能指认出家人。春节期间我告诉他用鞠躬的方式给家人拜年，他很快就学会了。

尽管如此，他依然摆脱不了我的巴掌。

建林从十月起借调到厂子弟小学任教，孩子断奶后就到了学校接近放寒假的日子，这时候他的课程安排也很少，我们就自己带孩子。

这孩子虽说没有漂亮的大眼睛，没有高高的鼻梁，但自有一种惹人想去抱他、逗他的吸引力。因为没钱，我不能给他买成衣，只能自己设计。衣服的别具一格，使别人更加喜欢他。集体宿舍有很多单身青年，他们也帮着我们带。

选择了就是一种责任，我必须担当起这种责任！我不能让孩子因没有新衣而遭人唾弃，我要更好地打扮他。没有钱的日子真的不轻松，我要上班，要带孩子。为了省钱，我把我和建林的旧衣服拆下，看着裁剪书，边设计，边选料。要使这些早已失去艳丽色彩的布重现生机，我还得在适当的位置给绣上一点活泼的图案，避免过于简陋。

常常为了省几毛钱，我不得不把他放在床上，给他几件天天都玩的玩具,让他自己去摆弄。因为我从来都没有学习过缝纫、绣花,现在做这些事纯粹是生活所迫而已,所以我要静下心来想老半天也不能搭理他。

骁看不到他需要的手势,听不到他想听的声音。他不能用语言来表达自己的心愿,开始只是哭。他哭,我就去抱他。可是,谁来帮我做事?所以,有时候就让他哭一阵子。慢慢地他也越来越难哄,有时甚至刚把他放下,他就哭。他也许在动脑子,有一段时间总让我抱着他出去玩,因为在室外玩,我就给他讲故事,就逗他。回到家里却要把他放在床上,想事,做事。于是,骁就常常把那些玩腻了的玩具往地上甩,有时还会拿着砸自己的头。

有一段时间我赶活,根本没有时间陪他玩,他哭闹,我就打他。天天都打他。首先是轻轻地打,接着就是重重地打。最后那一次我打过他屁股的手都有灼热、痛的感觉,可是没想到这孩子竟然没有哭。圆瞪一双小眼睛愤怒地仇视着我。那目光明明是在反抗,明明是在质问,明明是仇恨,明明是愤慨!

猛然间,我想起街头,想起那些因叛逆而流浪街头的孩子;想起监狱,想起那些因叛逆而走进监狱的孩子;想起刑场,想起那些因叛逆而走上刑场的人……

我低头看看自己的指尖,指纹是清晰的;看看自己的手指,手指粗粗的;看看自己的手掌,手掌厚厚的。我开始反省自己:难道说我在生他之前曾接到过他的申请?我的手应该去创造财富,承担自己的责任。现如今却将指纹、指干、指掌,清清楚楚地印在他白白嫩嫩的小屁股蛋上,那由于打儿子而留下的红热变得有些血淋淋,这是一种罪恶!从这一刻开始,我暗下决心,至少是在半年之内我决不再打他。

很多年以后我仍然坚持自己的观点:一个人如果不具备抚养新生命的能力,最好还是拖一拖,等具备这种能力以后再生育好了。我从来都不认为十月怀胎有什么了不起,为人母有什么值得炫耀的。即使分娩的痛苦也是自己选择的。我的这种观点曾有一次被我的老父亲痛骂了一顿，但是我依然没有醒悟。

那是一个寒冷的日子，凄风苦雨。我去菜市场买菜，看到一个不忍目睹的残疾女人，蓬头垢面，四肢在地下爬行，身子匍匐着乞讨。腰部用绳子拴着两个三四岁的孩子。两个孩子各拿着一个沾满污垢的白色破茶缸，女人在肮脏的过道中间匍匐前进，不时凄惨地叫着。那声音让我毛骨悚然。

她用这种方式向旁人乞讨。这个场景使我的心久久不能平静下来，以至于回到家里还心有余悸。我想："如果我是警察，如果我是法官，我要把他们的父亲，也就是那两个孩子的爸爸抓去枪毙！"同时我也在心里责备那个悲惨的女人，难道说自己一个人受罪觉得寂寞，还要生两个孩子来陪着？我回到家里，把这事和我的想法说了出来，所以父亲骂我。

接下来我又完成了一次轮班作业的历程，休息那天，尽管天气很温暖，非常适宜于带孩子到外面去玩。可是我不能，我给他设计的衣服还没有完工。早餐后我从盒子里把那些他早就玩腻的玩具摆在床的一端，让他自己玩。首先每隔一两分钟我还会喊他一声，或者做个动作逗逗他。可是，慢慢地我就开始沉思，这次设计的是一个白色的围裙，上次已经裁剪好了，但必须设计一个简单的图案用红色的绣花线把它绣上去，使它无论与哪件衣服搭配都很漂亮。

我不能搭理他，没有多久，他开始用脚乱踢玩具，只是因为有被子拦着，他踢不开，他用手往外扔，玩具扔光了，再用手抓自己的衣服，抓自己的头发，看他那恼怒的难受劲，我不得不收了活去抱他。谁知这个小混蛋，他两手扯住我的头发，猛烈地用他的小头来撞击我的头。他不哭也不叫，只是猛烈地撞，简直像是要与我同归于尽。

我没有忘记自己的承诺！只是用手去掰开他的手，躲开他的撞击，并温柔地对他说："好乖乖，别抓妈妈的头发呀……"

他紧紧地抓着我的头发，也许他想："我不能放了你，放了你，你又去干活，谁陪我玩呀……"急中生智，我忽然惊恐地喊道："呀！骁，快！看看那是什么？"他害怕地松开小手，顺着我手指的方向看过去。

我抱着他来到走廊，把他放在地上，拿起一根小棍子，在放厨具的桌子下敲一敲，看一看。好像真的是刚才我确实看到了什么，现在寻找着似的。一只蟑螂爬了出来，他胆怯地靠拢我。我赶紧用脚将它踩死，并指着死蟑螂轻轻对他说："别怕。你看看这个坏东西，它偷吃我们家的油，而且到处乱爬。不讲卫生，把屎巴巴到处乱拉。我们一不小心吃了它拉到油里、盐里、碗里的屎巴巴，就要生病。生病了就要上医院打针，乖乖，你怕不怕打针呀？"我边说边把蟑螂指给他看。

也许他想到了医院，想到了护士的白色工作服，想到了扎进屁股的针头，他胆战心惊地抱住我的脖子说："怕。"

我把他的手从我脖子上拿过来鼓励他说："别怕。来，妈妈把它扫走。"接着我藐视地用棍子再一次敲了敲那只死蟑螂，他赶紧偷着用脚去踩它一脚，只是可能踩的重了一点脚下有松软的感觉，将蟑螂的内脏踩了出来，那个情景使他胆怯。我摸摸他的头说："乖，别怕！"我再用棍子去拨动它，再把棍子递给他，他会意地照着我的方法拨了几下。看着它一动也不动地听从他拨来拨去，感觉到确实没什么值得可怕的，回过头来开心地笑着。

建林的假期到二月底结束。三月一日他得回到车间去上班。

一个无力解决的问题再次摆在我们面前。

两岁·断奶的宅男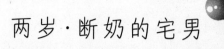

乖乖,这个地方很危险,千万不要用手戳这个黑色的东西,这里面有个坏东西,如果你不听话,把小指头这样子插进去,它就要吃掉你的手指头。这里面有电……

拯救馋嘴猫

这孩子还不会独立行走,而且他很懒惰,不愿意学步。他会正确地喊爸爸、妈妈、奶奶……他会正确地说灯灯、要、不要……这些简单的句子。对于从前讲过多次的故事,到了使人高兴的情节他会快乐地欢笑,听到我对死亡、对哭泣的描述时他会趴在我怀里一声不吭。也许是我不断调整的声调和随着故事情节变化的表情感染了他。

孩子不吃奶,在家人和外人看来,离开我也能养得活,确实如此。养活一个断奶的孩子并不是一件特别难的事。街头那些被遗弃的孩子,有的甚至于断脐后就离开了母亲,即使看起来是那样残酷,多数仍然活了下来!

我们住房很紧,如果三代人一起居住在十七平方米的屋子里,确实又拥挤又不方便。所以,任凭我们怎么给婆婆做工作,婆婆也不肯答应再到化工厂来和我们一起拉扯孩子。但是,全家人都愿意把孩子送到婆婆身边,由婆婆和妹妹们帮着带,即使是我们不给钱也乐意,因为他们太喜欢这个孩子了。他是婆婆的骄傲,是婆婆的希望,也是全家唯一的姓氏继承人……

骁与我分别，他是痛苦的。婆婆不会讲故事，也想不出花样儿来逗他，他看不到我的身影，听不到我的轻唤，他真的很痛苦。特别是到了星期天，看着小雨、利利依偎在自己妈妈的怀里，他那痛苦的表情让大人们也着实心酸。虽然谁也没听他说过"我要妈妈"，那是因为他没有说出这句话的能力！其实，他的心灵深处在呐喊："我要妈妈！"每当这个时候他会莫名哭泣。

他是孩子，孩子对食物的偏爱有时也能消减一点思念。当家人将他的哭，误解成为对某种食物的需要时，家人就会大方地给他挑，给他买。他和同龄的孩子一样对那些甜的、香的食品也是喜欢的。所以当他得到它们时，他也会用笑，甚至用"谢谢"来回报家人。只是在星期天他不让婆婆抱他，也不是特别地依恋在建林的怀里。他用让人怜惜的目光望着伯母，望着小雨，有时也会讨好地看着她们笑一笑。

骁对小雨母女那种特别的目光，在他离开我的第一个星期天就被婆婆和伯母看出来了。于是婆婆对小雨说："小雨乖，别让你妈抱着，让你妈抱弟弟。"小雨本来就喜欢弟弟，只是自己没有大人那种理解力。于是，她找个小凳子坐在母亲两胯间的位子，乐意地把妈妈让给弟弟。伯母抱着他以后，他先用眼神感谢小雨，再扑到伯母的怀里，去亲亲伯母的脸，去摸摸伯母的头，用笑眯眯的眼睛看着伯母。伯母噙着泪去亲他的额头、脸蛋儿、小嘴、脖子、小手……

我的工作性质决定了我不能在法定的周日休息，为了尽可能地多给予他一些母爱，每当休息的时候，不管我有多累，不管我身体有多么差，我都会风雨无阻地去看他。

从化工厂到婆婆家交通很不方便，不能和建林一起休息的日子，我只能乘车到城里。然后，步行五六公里的路程。生孩子以后我的身体越来越差，有几次，我疲惫不堪地乘车去看他，当车到达莆阳站时却无力站起来。

"这个女人怎么还不下车，怕是没坐过车的！"售票员毫无同情心地边嚷嚷，边用力把我从车上推下去。

车开走了，我慢慢地站起来。有时站不起来就在地上坐一会，等缓过神来再继续往前走。

从城里去婆婆家有两条路，一条路通汽车。他们单位进进出出的物资都通过这条路运往火车站，而后转运到全国各地。另一条不通汽车。通汽车的路要远二公里。但是，如果遇到好心的司机他会带你一段。所以，我常常选择这条路。一边走一边用乞求的目光朝路过的货车看一看，偶尔有司机注目的时候再乞求地向他招招手，渴望他大发慈悲往前捎我一段。有时真能遇上好心的司机，这时什么讲究也没有，拖货的车子、农用车、拖拉机、毛驴车，只要车主点头，我就爬上去。我太累，我太想早一分钟见到儿子。

万般辛苦都在见到儿子的一刹那间消失了。每当我在室外轻唤一声"骁骁"，他就不顾一切向我扑来。依偎在我怀里不停地喊我，亲我。每当这样的日子，婆婆和妹妹就不让我做一点事，把我所有的时间都留给儿子。我全心地陪他玩，给他讲故事，教他说话，教他走路，团聚的时候我们都很开心，分别的时候我却要偷偷地离开。

孩子一天天成长，或许是对母亲的思念占用了他整个的大脑，他的语言能力停止了前进，每次我离开后，他都要哭着喊"妈妈"，让家人抱着他到我带他玩过的地方去找。他的性格也在发生变化，越来越急躁，越来越凶狠。他打人，用指甲抓人的脸，用手扯人的头发，无缘无故地大哭大闹。而打人、挖人、扯头发时的目光是非常仇视的那一种。

婆婆的家在一个丁字路口的拐弯处，一边是住着上千人的家属院，一边是菜市场。一年四季，每当黎明到来的时候，那些炸油条的、蒸馍的、卖包子的、煎饼子的小商贩，就抬着自个儿用油桶筑的炉子来到这里，边做边叫卖。

这里只是一个露天市场，刮大风和下暴雨时，常常会弄得鸡飞蛋打，一片混乱。每当这种时候，婆婆门前的屋檐下、过道里，就是这些小商贩藏身的地方。

婆婆也很和善，让他们避雨，免费供给他们饮水。这样的一户人家，这样一个善良的婆婆，有哪一个小贩会怜惜自己的半块饼、几个馄饨、一点面条、一截黄瓜，来讨那个婆婆怀里的宝贝孙子开心呢？就是在这种环境里，人们用无数的食品去哄他，去挑逗他。没多久，这孩子就成了名副其实的小馋嘴。

有一天早晨，婆婆仰面抱着他，毛毛妹妹喂他面条吃。邻居宋阿姨从门前经过，大喊一声"骁骁"，随即做了一个空中捞月的动作，把一把空气送到嘴里，猛烈地咀嚼着，发出夸吱夸吱的响声。

骁笑眯眯地伸手去要。宋阿姨本来什么都没有，所以只是向前跑，继续逗他。骁怎么能分辩清这是宋阿姨的阴谋？他急了，用力一推小妹妹的手，冷不防之下，面条和碗都掉了下去。小妹妹和婆婆都没有生气，一个劲地告诉他那里什么也没有。可是宋阿姨还在挑逗他，分明做出有的动作，还招手叫他过去。婆婆知道宋阿姨是逗他玩的，就站着不动。他甩手就给婆婆两个耳光。婆婆却像中了奖一样哈哈大笑，抱着他追上宋阿姨。宋阿姨张开嘴，什么也没有，他再去掏她的手，两只手是空空的，他再去翻她的口袋，口袋里什么也没有。婆婆见他失望的样子很心疼，带他到市场买了一个包子，这才算完。

接着，我抱着骁和妹妹一起逛菜市场。一个衣裳破烂不堪，满脸污垢的乞丐津津有味地馋食一块饼。他丢掉自己手里的包子，吵着要去追。妹妹见我要打他，赶紧把他抢了去。

全家人都依着他，要什么给什么，就算看着他丢掉也乐意，可这种馋嘴已经到了使我忍无可忍的程度。我也分析过他馋嘴的原因。我知道家里人都很疼他，绝对不缺吃，只是缺乏教育。婆婆的观点很传统，总认为孩子小，馋嘴是天性，"小孩子生下来就只知道吃，民以食为天，长大就好了。"

我不赞许这种看似合理的陈旧观念，我认为不能这样任其发展下去。我多么盼望天气快点暖和，好把他带到身边来教育！我们就这样分居到了五月中旬。

　　有天晚上，夜深人静时，门外传来急骤的脚步和"咚咚"的敲门声。

　　我们赶紧起床开门。

　　"李里，建林，快起来！舅舅死了。我们的车就在你们院子外边，妈在车上。妈说，让我把骁抱上来给你们带两天，星期六你们一定要把他送回去啊！"姐姐急急忙忙地说完走了。

　　骁笑眯眯地向我扑来。真是让人难以想象，这么大点的孩子难道说他一直没睡？室内灯光昏暗，我们只开了盏十瓦的小红灯，他甜甜地喊着"妈妈"，猛烈地亲我，过了一会儿就在我身边睡着了。难道说他已经有了家的概念？

　　第二天我上中班，上午九点左右，我牵着他走进尼亚的家。尼亚刚招呼我们坐下，就迷惑不解地看着我说："骁儿去了这么久，除了长了点个儿，我看什么进步也没有。怎么搞的，你看人家楼上楼下的孩子像他这么大都能说能走了……"

　　我和尼亚的关系很近，她说话又很直率，不管你好受还是难受。我的心里凉凉的。她边说边打开糖果盒，骁伸手就去抓，就在他即将抓到糖果时，我猛地咳嗽了一声。

　　也许这一声很突然，他回过头来看着我。我摇摇头，示意他不能抓。我万万没想到，他把手收了回来，一头扎进我的怀里。

　　我奖励地亲亲他，谢了尼亚，回到家打开抽屉，取些钱，抱着他边走边说往商店里走。商店糖果柜里有十多种花花绿绿的漂亮诱人的糖果。我温和地对他说："小乖乖，这里糖果随便你要哪一种，妈妈都会给你买。千万要记住，以后没有得到妈妈的同意，你就不能吃别人家的东西。想吃什么，就告诉妈妈。听见了没有？"为了让他能听明白，我说话的速度很慢。他点点头，我再亲亲他。

我让营业员每种糖果给抓一把，付过钱，我让他自己提着糖果，跟我一起走着回家。

从商店到家里，这段距离应该有三百米，我牵着他慢慢地走着。骁自个儿提着满袋子糖果，像个凯旋的将军，甜蜜蜜的笑容，见人就主动打招呼。

打开家门，我把他放在床上，把糖果全部抛洒在他的跟前，感觉是满满的一床。他咯吱咯吱的笑着，似乎在庆幸："失去的只是一个或几个，得来的这么多。"

我剥开一个塞在他嘴里，过了一会我把嘴张开，示意他把嘴里的糖给我吃，他就真的把它喂到我的嘴里。我一点也不明白，只是想到两天前我让他把他手里的糖送给我，他当时叫着摇头说："不！"难道他真的知道这是他的家，回家了就不再那么小气。

我又重复地对他说着刚才说过的话，并解释说："随便吃人家的东西就是馋嘴，馋嘴的孩子妈妈不喜欢，馋嘴的孩子就像馋嘴猫，馋嘴猫妈妈不喜欢。"他跟着我就想学说话，于是就笑呵呵地说："猫，猫。"我反反复复地叫他一起说"馋嘴猫"，这天上午他学会了这个词，这也是他第一次连着说三个字的词。

中午，姜江和几个单身男人相聚在我们的餐桌旁。我和建林商讨着怎么来渡过眼前的日子。单身汉们七嘴八舌地给出点子，并个个承诺帮我们一起拉扯他。于是，我们准备用溜岗、早退、拆零换休，这样一些方法来将日子混过去。只是我的工作性质不能混，只要走进车间，铁定的八小时就出不来。

我把抽屉打开，清理了一下这段时间我和建林想方设法争来的加班换休条。我欣喜地发现有二十多个。我计算了一下，从现在到九月一日，我加起来只有二十个白班，其他的班次我们好好地调整一下。有这么多人，还怕扯不过来！

我让儿子面对面坐在我的腿上，对他说："骁，以后就跟着爸爸、妈妈，还有这些叔叔，和楼上楼下的小朋友们一起玩。你听话，妈妈就不把你送给奶奶。妈妈天天给你讲故事，教你说话，教你走路。让骁骁变得和其他的小朋友一样聪明，好不好？"也许他不能完全听懂这么多，但他一定听得懂"讲故事"这三个字，和我在一起的日子，他每天都能坐下来听我讲一段，特别是临睡前，他一定要我给他讲故事，在故事中进入梦境。

在我的精心安排下，孩子快乐地成长着。只是建林很笨，他不会讲故事。傍晚时如果我上班，建林就会抱着他到我工作的地方去，跟随我左右，看我工作。孩子困了，他再把他抱回家，零点前孩子醒来，他再抱着他到铁路边等我。下雨天也一样。

每当我在黑暗中走过铁路道口前那排低矮的工棚，每当昏黄的灯光下出现我的身影时，他会乐滋滋地叫一声"妈妈"，然后挥舞着双臂向我扑来，我就加快脚步跑过去。

舅舅的丧事只用了两天的时间就处理好了。婆婆心里牵挂着骁儿，在送走舅舅的同时也辞别了老外公和其他的亲友，回到家里，等着我们把骁送过去。

我们没有在预定的时间送骁过去，而且，又过了一周还是没有把骁送过去。婆婆按捺不住心中的牵挂，星期一的早晨她乘早班车到了化工厂。

"妈妈，奶奶来了。"我正在给骁穿衣服，背对着门口，没有看见婆婆，骁面对着门口，当婆婆的身影在门口出现时，他立即很有礼貌地说了这句话。

"哎哟！小东西，你怎么会说话了？"婆婆像见到太阳突然从西边升起，诧异地看着他。

"奶奶，坐。"儿子又抢先说话了。

孩子的进步让婆婆吃惊，分别才十来天，现在他能独立走路，说五六个字的句子，而且表达的意思很准确。他的脸蛋儿白里透红，是一种营养、健康型的红润。婆婆默默地留下来住了十多天，这些天孩子依然在进步，他能自己在房子里慢慢走着玩。一天，燕子来了，我指着她对骁说："骁，你说，燕子阿姨肚肚有什么？"

"燕子阿姨肚肚有个小妹妹。"他笑眯眯地一口气说出了十一个字的句子。我们都很惊讶！

特别是燕子，简直是乐坏了，她特想生个小女孩。老人们都说像骁这样的小毛孩子说得很准。

婆婆临走前的那个傍晚，我们一起在长长的葡萄架下散步。她思索着说："李里，我想明天回去。我到这里来，原本是接骁骁的。但是，从来的那天早晨起，我就打消了这个念头，我带了他两个多月，说话、走路一丁点进步也没有，只学会了馋嘴。才那么几天，他就会说话了。现在别人给他东西他也不要。看样子，老一套不管用了。我只晓得给他吃饱，让他睡足，他不哭就行了。哪个还给他讲故事？再给我带，我看他会是个小傻瓜。我想了想，留下吧，家里还有两个没出嫁的大姑娘，也不放心。你们的房子又太小，住着实在不方便。我想，还是你和建林自己辛苦点，好好带他算了，实在忙不过来或者说休息时就把他带回来送给我们看看，大家都怪想他的。"

"一张白纸可以画出最新最美的图画，写出最新最美的文字。"伟人毛泽东在中国解放初期面对一穷二白的中国现状曾经这样说。

在我的思绪中一个新生命，一个新大脑也是一张白纸，教育就是一支多功能的笔，握着教育这支笔的人启蒙他的智慧，而智慧又影响他的思想，他的情操。骁儿跟着婆婆和家人，在那样一种环境中生活，醒来的时候，看得最多的是五彩缤纷的食物，最容易得到的也是这些东西。他的脑子装的就只能是这些东西，五彩缤纷的食物就是白纸上的图画，无休止的挑逗就是白纸上的文字。没有人一遍一遍地教他说同一个词语，他也不是天才，甚至早些时看来，他的智力比同龄人还略低一点点。但是，来来往往的人们却一遍一遍，甚至于十遍百遍不计其数地用食物去引诱他，所以他不能进步。现在环境变了，没有人再用食品来挑逗他，我总那么信心百倍地教他，他怎么能不进步？

初为父母常常会处于企盼和忧虑的矛盾中。我也这样，当其他同龄的孩子能够走着玩，而我的孩子不能时，心想："我儿子能够走路就好带了。"

其实，完全不是这样。

断奶的宅男

婆婆不能帮着我们一起抚养骁儿子，孩子具有独立行走能力以后，我们的家随手能够触及的都是危险！

首先，床头是黑色的电源插座。那插座的高度正好等于骁儿站在床上两手平举的高度，两个小孔的大小正好与儿子的指头大小相同。现在他有能力自由地爬到床上去玩，床是他活动最多的地方。低级动物有用爪子掏洞寻找食物的本能。人也一样，也许是探索，也许是好奇，也许什么都不是，只是手指本身所具有这样的功能。小孩子最喜欢用手指去掏小洞眼，这一点我是很明白的。如果条件允许的话，也许我们会挪动床铺摆放的位子，避开那个危险因素。但是受条件限制，明摆着的危险都无法消除。

每天我们要在床上睡，孩子要在床上玩，这处危险我们摆脱不了，就必须面对。这也是我的人生态度。再者，我想一个人如果要靠心疼他的亲人每时每刻来保护他，总不可能保护一辈子。怎么样教育，才能让他从咿呀学语时起就学会保护自己呢？

我试着训练他学会避开危险，选择安全。每天起床以后，第一件事就是握着他的小手让他伸出两个小指头；用甜甜的声音告诫他说："乖乖，这个地方很危险，千万不要用手戳这个黑色的东西，千万不要这样子（做一个用两根小指塞的动作），这里面有个坏东西，如果你不听话，把小指头这样子插进去，它就要吃掉你的手指头。这里面有电，电是看不见的，但电可以把人打死。"

我知道要一个正在学步、学舌的孩子去听懂什么是电，这种妄想比对牛弹琴还可笑！我知道要一个几乎刚断奶的孩子去理解什么是死亡，那也是同样的幼稚可笑！但是我面对的是生命，是高级动物，他的思维会前进。而且他现在懂得要听妈妈讲故事，虽说他并不知道故事里讲的是些什么，但是，讲故事的时候妈妈打着各种各样的手势，不同的变换各种声音，他觉得很有趣，妈妈陪着他，他很快乐。于是我会很慢很慢地用一种听着难过的声音对他说："如果，如果你的两个小指头这么插进去。你就要离开妈妈，再也听不到妈妈讲的故事了。"

每当我讲这句话的时候，他就紧紧地抱着我。也许他想到了在婆婆身边的日子，姐姐们都有妈妈，爸爸也有妈妈，而他没有妈妈。也许他讨厌那些五光十色的食品，他觉得那些东西把他吃得笨笨的。每当这时我就心疼地亲亲他，紧紧地抱着他说："如果你把小指头插进去，你去的那个地方不但没有妈妈，爸爸也没有，还没有奶奶，姑姑也没有，那里只有大灰狼。"

每当他爬到床上玩的时候，我就会先告诫他，提醒他。然后我会留心地观察他，看看他是否能够做到。

那是一个残酷的日子，我的一个同学在生产现场不幸触电身亡。照理解，我不应该把儿子抱着去参加那个撕人心肺的追悼会，在他幼小的心灵里建立死亡的概念！而我觉得这是一个好机会，面对同学的遗像，面对同学家人的眼泪，面对黑色的棺材，面对棺材里躺着的尸体。我紧紧地抱着他,在这些东西面前,再给他说电,再给他说死亡,也许他能够多明白一点,在以后的日子就会多一点安全,少一份危险。

除了这个电插座我们家还有四个热水瓶,没有合适的柜子或台子能够把它妥善的放起来。柜子里高度不够,桌子上最危险,他的身高与桌子的高度差不多,稍有不慎就会使热水瓶的水从他的头上淋下来。我们厂里曾发生过这样的事故。想来想去我将其摆放在紧邻碗柜的角落里的地面,整个屋子找不到其他比这里更安全的地方了,用桌子和两个凳子做成一个临时围栏。

天天把热水瓶的盖子一个一个地打开,握住他的小手,让他的小手去感受灼热的蒸汽。然后又让他摸盆子里的水。这样比较过后我用特别温柔的声音说:"骁骁乖,这些开水很烫是不是?"他点点头。我接着说:"开水可以把你的小手烫伤,没有手(我把手放后面,做出个没有手的人),像这个样子怎么拿东西吃?怎么玩球?"他不解地看着,也许他想:"吃东西有妈妈喂呀! 球球可以用脚踢呀!"

我猜想这两件事还不能让他明白手的重要,于是我说:"你看看,如果你没有小手,这个样子怎么能抱住妈妈的脖子吗?没有手的小孩子,不听话的小孩子,妈妈也不喜欢,妈妈也不给他讲故事……"他紧紧地抱着我,我亲亲他说:"要记住啊,你的头不能钻到桌子底下去,你不能把这些凳子拿开,球球掉到里面去了,你也不能去捡,要站在这里,大声喊妈妈,大声喊爸爸,让爸爸、妈妈来捡,也可以让叔叔、阿姨帮忙捡……"

我天天重复这些话,重复这些内容,时时刻刻提醒他,同时也找机会观察他,看他是不是记住了,有没有自我控制的能力。慢慢的孩子就懂得了"电"是危险的,你说哪里有电,他就会跑开。慢慢的,孩子懂得了"烫"的意思,每当我往热水瓶里装水或从热水瓶里倒水的时候,他就会跑得远远地,并用嫩嫩的声音像我提醒他那样说:"妈妈,烫。"

"李里，我们带儿子回去一趟好不好？"送走婆婆后的那个星期天恰逢我也休假，周末的早晨建林与我商量着说。

"行啊。"为了让婆婆开心，也为了不让其他人对我和婆婆之间的关系产生什么联想：婆婆来时家人和邻居都知道她来接骁儿，而事实是骁儿没有跟着婆婆走，于是我赞成地说。

星期天我们十几个人相聚在婆婆家。只是今天很特别，我们一贯认为抠门的哥哥，八点刚过，就提着一篮子鲜得让人馋嘴的桃子走了进来。

哥哥一身大汗，顾不上去洗，蹲在地上用身子护住篮子，从最里层挑了一个最大的，这个桃子比其他任何一个都至少要大三分之一。他赶紧用水洗了洗，接着把它硬塞在骁的手心里并得意地大声说："骁，吃这个！"

这个桃子看上去真的很惹人馋，它已经有九成熟了，表皮透着鲜嫩的绿色，红红的尖子似一团欲滴的鲜血。

"姐姐吃。"骁双手举着这个桃子，毫不迟疑地把它向小雨的嘴塞去。

"你吃，姐姐那里还有。"小雨和利利并排等着，她没有想到前不久那个馋嘴的小弟弟会让给她，吃惊之余，一味地推手拒绝。

"姐姐吃。"骁再次伸长胳膊，用力将桃子硬塞过去，差点将小雨逼到仰面朝天。

"小雨，给。"两个孩子推来推去，这时毛毛洗好了第二个桃子把它递给小雨。

小雨接过毛毛递来的桃子咬了一口说："吃，像姐姐这样吃。"

这时大多数人手里都握着桃子，婆婆也洗好一个递给我，并提醒说："李里，叫孩子吃啊。"

骁回头看了看我，似乎在提问，我点点头说："吃呀。"

骁这才开始津津有味地吃桃子。

"你这个小东西，你有鬼啊！老子昨天知道你会回，一大清早就跑到城里去买桃子。衣服都汗湿了，汗都没有擦一把。买的时候看着这个桃子最大,把它藏在篮子的最里面,担心路上会遇到熟人被挑出来拿走。现在老子哪个都不管,小雨也晾到一边,从底下把它找出来,洗干净给你吃。你还不吃,非要姐姐先吃,你怕是毒药是不是?你担心伯伯毒死你呀!"哥哥像有冤要申一样,把骁拉到他跟前,先做个要打他的动作,接着心肝肉疼地亲他一下。

"哈哈哈……"十几个人差点把房子都要笑垮了。

建林满嘴装着桃,含混着说:"你说鬼话,他多大点,哪晓得这么多!太夸张了吧。"

"建林,嗯,不见得。你想想啊,如果说他只是因为喜欢小雨,硬要塞给她吃的话。李里离他最近,而且,他最喜欢妈妈,那他怎么不塞给李里?来,你说给我听听。利利和小雨并排一起,他怎么只塞给小雨,而不塞给利利啊?你说给我听听。他一定知道给桃子的人是小雨的爸爸,心想:'这个东西你们都不吃,光叫我一个人吃,到底吃不吃得哦?'"多年从事小学教育的大姐,理了理思绪,像个心理学家一样分析道。

"他想:'还不如让姐姐先吃,姐姐能吃,就说明没有毒药。我也可以吃。'建林,是这样的。"婆婆附和着说。

"孔融让梨。这还不知道?"从军多年的妹夫也发表自己的见解。

"哈哈哈……"多数人都赞同姐姐的说法。

骁还小,没有能力把自己的思想表达出来,只是跟着大家尽情地笑着。

其实这就是幼教的成果。

骁回家后的这段日子,已经改掉了馋嘴的坏毛病。我们的邻居没有人再用食物去逗他、哄他。他能像成年人一样,瞅着别人吃东西,而丝毫不馋。今天,他没有想到这个叫伯伯的人会出此一招。但他还记得伯伯,记得伯母,记得心疼他的小雨姐姐。在他措手不及时可能想到要物归原主,根本不是大人们添油加醋的那种说法。

这件事让我看到了他雏形的自我控制力,便试着培养他与陌生人相处,为再次送托儿所做好准备。

八十年代,现在回想起来那才是真正的社会主义。

那时我们的工资虽说不高,但够用。房子虽说很小,但没有房租。水电按需供给,每月每户一毛钱。煤气按需供给,每月二毛钱。医疗按需供给,一次三分钱。孩子入托每年才收一元钱的托儿费。

我们住招待所,现在回想起来这种环境真是特别适宜于孩子的成长。我们的邻居都很年轻,容易相处。孩子有玩伴,二楼就有八个和骁儿相差无几的小朋友。另外还有十多个单身男人,他们之间有的是夫妻两地分居,有的是刚刚分来的大学生。我们夫妻俩很大方,与所有的人相处得不错。特别是单身小伙子,他们的茶水,电扇,我们全包了。有时单位加班加点抢修,有时探亲归来误了食堂里开饭的点,只要我在家,他们就会走过来,揭开锅盖看看,打开碗柜瞧瞧。我就知道他们还饿着肚子,赶紧起身忙碌。有剩饭就炒,想吃面条就煮……他们衣服破了,扣子掉了,拿着往我们床上一丢,即使是什么也不说,我也会在最短的时间里给他们缝补好。所以,当他们溜岗回来后,我也就可以放心地把骁子交给他们,安心地去工作。骁儿不肯吃别人的东西,人家带他也不要付出什么物资成本,所以,他们也乐意带他玩。

骁不能上幼儿园的日子里,我们就这样东家一小时、西家一小时地把他托人。虽说楼上楼下的邻居够多的,但因大伙都是有工作的人,遇到生产事故,设备抢修时孩子是很难找到人看管的。怎么办?我们试着把他送给陌生人。让他去适应更加复杂的环境。有一天生产线上设备抢修,中午吃饭时建林提前把消息告诉了我。思来想去我把他送到张妈妈家,他在张妈妈家玩到建林去接他,没有哭,也没有闹,还把带去的糖给张妈妈吃。

张妈妈是我同事的母亲,从我们家到他们家只走三分钟就可以了。

其实从骁回家的那天起，或者说更早一些，张妈妈就很想给我带孩子，用以感谢我对小张的关怀。只是很不幸，她老人家身体不好，严重的风湿性心脏病把她关在屋子里，只能举着拐杖，弯着腰慢慢地在家里挪动身体。这样的身体条件，只能带非常听话的孩子。

每当无可奈何时，我先耐心地给骁把道理讲清，让他背上糖果点心，带上玩具，最后反复说："你如果乱跑，不听话，明天就让爸爸送你到奶奶家去！那样子，妈妈就不给你讲故事。"他就会乖乖地在我们用凳子围好的圈子里活动，张妈妈就用纸给他折飞机，每折好一架新式飞机，张妈妈就让它呼啸着起飞。飞机掉在圈子里，他就笑眯眯地去捡，接着再飞。飞机掉到圈子外，张妈妈重新折，折好了再飞，再捡。建林也会尽早去接他，我们都知道把孩子放在张妈妈家是件很危险的事。

尽管有那么多好心的邻居帮着我们拉扯着孩子，但分别的日子依然来到了眼前。

预防针的隐患

七月中旬，建林说："厂里要派人到枝江去支援，二十天的时间，管吃，管住，厂里的工资奖金照拿，还有加班费和一百元的支援奖。我想去。但骁儿……"

这个条件真的很诱惑人。等于一个月能挣三个月的钱。

这时候，我们的经济已经谈不上困难了。债务全部还清。一家人身体都好，特别是骁儿在那么多叔叔、阿姨的拉扯下天天都很开心。但是我们没有风险金，没有任何额外的储蓄。我想了想说："去吧。你给他奶奶说说好话,请她到这来住二十天。你不在家,房子的问题就解决了。"

建林为了赢得家人的欢心,临走前那天傍晚用自行车把儿子驮了去,心想他妈见了骁骁一高兴,不就跟着来了嘛。我在他们身后叮嘱说:"建林,可不能把骁留在那里呀!后天厂里打预防针,那可不是开玩笑的事啊!漏掉了可没法补啊!"

"放心吧,难道说这点我会不知道。"建林头也没回走了。然而,说得这么确定的事,孩子还是没有如期带回,建林解释说:"没办法,他们非要留他,明天妈妈送他回,绝对不会耽搁打预防针的事。"

第二天的阳光明媚,天气晴朗。婆婆提着包裹,妹妹抱着骁走出家门,准备将骁送到化工厂来打预防针。

"胖妈妈,胖妈妈,等一等。"她们才走了几步,方医生大声喊着追了过来。"这么久没看见骁骁了,让我看看。你们这是要到哪里去?"

骁甜滋滋地喊着:"阿姨。"

"他们厂里今天打预防针,李里说一定要送回去打针。这不,昨天才来的,今天又要送他走,都舍不得。现在他可听话!不吃别人东西,能走,能说。"婆婆解释说。

"不走,只是要打预防针啊。这个好办,今天我们医院也打,防疫站统一行动,一样的药,又不收费。"方医生看到婆婆说要送孩子走时,妹妹眼眶都红了,于是安慰着说。

"是一样的药吗?"母女俩惊喜地追问了一句。

"放心,胖妈妈。我还会害你?难得跑,十点钟抱来。"方医生再次保证。

十点钟,婆婆把骁骁领到医院,方医生给他打了一针。

打完预防针后,婆婆带着骁在医院的树荫里玩到十一点。当孩子用手揉揉眼睛好似嗜睡的时候,婆婆用手摸了摸他的额头,似乎感觉到有点低热,赶紧抱着骁回到医院去问方医生。

"没事的,胖妈妈。今天只怕有一百多个孩子都打了,你们在外面玩了这么久,他玩累了,天又热,抱回去让他好好地睡一觉,放心吧。"方医生胸有成竹地说。

回到家里婆婆给他吃了一块西瓜,毛毛妹妹还想逗他玩,看他有些眼皮都抬不起的样子,婆婆制止了她,就让他先睡。

午餐他没有吃,母女俩借机午睡。艳阳高照,除了睡觉也没什么事要做的。这一觉都睡得格外的沉,室内静静的,室外那些天天吵吵闹闹的声音似乎也销声匿迹了。四点钟婆婆从地板床上坐起来,睡房里没有挂钟,所以也不知道现在是什么时候,她习惯地走到孩子身边用手轻轻在他的前额一摸。这一摸让她魂飞魄散。

"骁!骁!"没有回声。

"骁!骁!奶奶叫你,怎么不答应?"没有回声。

"妈!怎么回事!"毛毛因受惊而醒,揉着眼睛跌跌撞撞赶了过来。

"骁,骁。"毛毛边喊边用手去扒他,毛毛用手把他扒着翻了个身,只见他硬挺挺地将脸贴在床上,一副毫无生气的样子。

"妈!"毛毛哭喊着。

"骁!"婆婆哭喊着。

婆婆抱起满身滚烫的骁,孩子的脸色红一阵,白一阵,任她们千呼万唤,就是一个不吱声。

毛毛用手去扒他的眼皮,扒开的部分睁开着,久久也不合拢。

"老阳啊!你要帮帮我啊!千万别把孙子带了去啊!"

公公去世几年,骨灰一直没有安葬,也没有将其存放在公共的寄存处。几年来,公公的骨灰就悬挂在婆婆睡房的墙壁上,很多时候一家人都睡这间屋子,骁现在也睡这间屋子。

婆婆抱着肢体僵硬的骁,跪在公公的遗像和骨灰盒前,撕心裂肺地呼喊着公公。指望公公的灵魂能够保佑她的小孙儿!

"爸爸啊,爸爸!求求您,您把我带走吧,别带骁骁去。"毛毛跪在父亲的遗像前苦苦地哀求着。

路过门前的人被室内凄惨的哭喊惊动,满怀猜疑地往里走。看看孩子的脸色,那是一种濒临死亡的脸色。摸摸孩子的头,有的说冰凉,有的说滚烫,前前后后也许只差一秒半秒竟有如此差别。而孩子时而呼吸急促,时而像是停止呼吸,更是让人心惊肉跳!

"他妈呢?"进来的人问。

"他妈说好今天一定要送他回去的……"婆婆和妹妹边哭边说。

"五点多钟了,这孩子看样子是没救了。""去给他妈妈打个电话,也让她看一眼。"进来的人提议说。

一些人留在屋里陪婆婆,一些人陪毛毛妹妹到百米外的地方去打电话。那时的通讯条件很差,而毛毛只知道建林单位的名称,根本就不知道电话号码。好在邮局的人也天天从门前过,彼此之间很熟悉。邮局往我们厂的总机挂,总机把电话转到建林的单位,郑大姐首先听到毛毛的哭声,搞不清是不是自己听错了,一个劲地对着话筒"喂喂"。

邮局的工作人员赶紧抢过毛毛手里的话筒说:"……请转告你们单位的建林,他儿子病得很严重,已经不行了,赶快回家!"

"什么?!他出差了!怎么办?"郑大姐全身哆嗦着说。

"……请告诉他老婆,让她赶快回来。"接着电话断线了。

郑大姐手忙脚乱地翻开电话本,给我们单位打电话。

"……李里生病了,在家休息。"我们车间的车间主任在电话中说。

"……怎么办?得想办法让李里去看孩子啊!"郑大姐说。

车间主任抬头看了看墙上的挂钟,时间是六点整。"怎么办?同志们。李里的儿子在她婆婆家,快不行了……"车间主任对办公室准备下班的人们说。室内一片愕然!

……

"李里,你准备一下,你儿子病了。你哥哥说等会用车送你去。"二十分钟后车间主任跑到家中告诉我。主任刚走,大嫂气喘吁吁跑来说:"李里,你哥哥要车去了,没事。怎么自己病了也不告诉我们?自己注意点,没事。"

大嫂就这么走了。在我看来这些人急急地来急急地走,都是认为我自己在病中,现在又没有了开往城里的班车。在我看来,儿子活泼乱跳地离开我才两天,出不了什么大事。所以当哥哥沮丧地说"一时找不到车,可能要晚一些"时,我还淡淡地说:"算了,等会让小谢用自行车送我去。"

显然,他们都知道了消息的危险性,而我还蒙在鼓里。

邮局电话断线后,一切方法都用尽了,但没有再次要通。

消息很快传到其他家人耳里,男女老少一大家人口聚在公公的骨灰盒前,流着泪等待着死神的光临。骁骁的伯父、伯母从几公里外步行赶到婆婆家,姑父来了,姑妈来了。他们看着要断气的孩子,至少是他们认为要断气的孩子,没有一个人说,把他抱到医院去,没有一个人说把他送到城里医院去!他们单位职工医院的救护车就停在二百米远的地方!进城的那条路我抱着骁儿子走过很多次。也许他们觉得没有再救的必要,死亡已经来临。与其让他死在半道上,还不如让他死在家里。

哭泣,流泪,抹泪,叹息,等待,企盼,祈祷是他们的全部。

骁骁的伯母娘家在农村,也许潜在意识里有些神、魂的概念。她跪在公公的遗像前哭泣着烧着纸钱,他们都跪下了,都哭泣,一张一张地把黄色的布满洞眼的纸钱分开,一张一张地烧着,边哭泣边哀求地烧着……

也许是他们的祷告感动了上帝,天完全黑了的时候骁儿子的呼吸慢慢变缓,而且是有节奏了,再扒开他的眼皮,眼皮会很快合拢。没有人去做饭,没有人要吃饭,没有人能吃得下饭。他们看着表,看着钟,开始整理东西,更多的人到室外眺望。

九点钟,我们终于赶到了。婆婆抱着骁,妹妹提着包,一家人心急火燎地迎着车灯光跑了过来。

停车和开车门几乎在同一秒钟进行，当我探出头来，身子还没有站直，婆婆像被警察追捕的小偷急需转移赃物一样，把骁儿子一下塞进我的怀里。

"骁，看看妈妈。你哪里不好呀？……"我亲亲他的脸说。

"妈妈，我要回家。"骁亲亲我说。

"你这个小东西，是不是诚心诚意整我啊！那么多人喊你，你都不吱声，眼皮都不抬一下。你妈来了，你就说话。"婆婆抹着伤心的泪一边钻进车子，一边用嘶哑的声音责备地说。

车子往回开，我没有与家人打招呼，因为婆婆不肯让车子再停一秒，一个劲地催促："快走！"

吉普车向城里开去，十多分钟后我们进了城，车子从莆阳人民医院的门前经过，司机关切地问："李里，是不是停下来？"

"没有必要，开回厂去。"从接过孩子那一刻起，我一直在和儿子不停地说话。车窗是开着的，也许车内加速流动的风有降温的作用。我再次亲亲他的太阳穴没觉得他烧得很高，于是这么说。

就这样我们回了家。我拿出体温计为他量了一下，只有三十七度二，于是给他喝了些水，讲了一会故事，没多久他就甜滋滋地躺在我身边睡着了。两天以后，婆婆又提出要带骁回去，看她老人家很坚定的眼神，我不能说什么。

又是两天后，一个非常炎热的正午，整个天际间飘浮着一种淡淡的白色雾气，这是一种干燥而炽烈的气息。水泥路面被直射的太阳晒得可以烤羊肉串，身上的衬衣一下子便湿湿的像用糨糊粘在身上一样。长长的走廊里一片寂静，人们都在午睡。我的门外忽然响起了"咚咚"的敲门声。

"谁呀？"我虽说没有睡着，但躺在床上吹着电扇，能不起床的话，我肯定是不会起床的。

"妈妈。"

这不是儿子的声音吗?! 我愕然翻起身来,一种不祥的感觉袭上心头。难道……婆婆那么想要带他回去,怎么顶着这样毒热的太阳把儿子给送回来了?

"李里,你快点看看孩子的屁股,看看怎么搞?我们还没有吃饭,有东西吗?给他吃点什么,我不饿。"门开了,儿子向我扑来,婆婆一边擦汗,心有余悸地说。

我让儿子趴在床上,儿子的半个屁股整个红肿着。其他没什么。

"李里,我在这里等建林回来。一家人要怨死我了。说我千不该万不该把他再带回去。我这条老命怕是折腾不起,十一点多毛毛帮他擦屁股发现的,那时我在做饭,毛毛跑过来一把鼻涕一把泪把火关了,马不停蹄地把我们送到城里,坐(去)汉口的车来的。"婆婆一边抹着眼泪一边说。

到了上班的时候,我们抱着骁走进职工医院,巧遇院长门诊。陈院长是个资深的外科医生。

"这个样子看不出什么毛病,是不是打过针?"陈院长问。

"前几天打过预防针。"我回答。

婆婆离开我们稍远点,自责地叹息着。

"要么就是消毒不好,打针的地方开始发炎了。要么就是小儿麻痹症。如果是消毒的问题,你用毛巾给热敷一下,也许过两天就好了。如果是小儿麻痹症,你也可以住院观察。但现在仅仅只是观察而已,也不能用药,你也可以回去自己留心观察,有变化再来住院。"陈院长检查后说。

第二天红肿的部位开始缩小,后来慢慢不见了。只是我心存疑虑,因为,我没有看见那打针的洞眼里流出什么东西来。我很小的时候,若是刺或竹尖子样细小东西扎在肉内的话,最后一定要随脓液一起挤出来,伤口才会好。所以,尽管那屁股不红不肿,我还会常常去触摸。

我一点点地用指头去摸,而不是用手掌去摸。每当我细心地摸到一个固定的地方时,他就用手来推我,两条腿向上跷。我知道这地方一定还有东西,只是怎么把它弄出来呢?他每天照常玩,照常跑,你若不去故意压它,他也不觉得有什么不适,不哭,也不闹。在常人眼里,他不知有多健康,多活泼。带他到医院查看过多次,医生肯定地说:"没问题。"

然而,一种罕见的疾病像池塘泥里的藕深埋在骁的肌体中。

小西瓜与大人格

让我们望眼欲穿的九月一日终于来到了。这一次我和建林都铁了心,就算他病,也得把他送到托儿所去。现在天气很好,最起码不用担忧他因哭而着凉,他一天天长大,这种居无定所的日子必须结束。

早晨,我们牵着他聆听小鸟的歌声,走在通往幼儿园的林荫道上。微风吹来,叶子窸窣作响。上班的人们,从各家各户汇集到小路,再汇集到大道上,那些用自行车拖着孩子的,怀里抱着孩子的,还有像我们一样牵着孩子的人们,急急忙忙地往幼儿园的大门涌。熟悉的人们相互打招呼,孩子们不时被大人们爱抚着。

路上没有孩子哭,所以骁也很高兴,临近大门时,他还笑着给建林挥手说:"爸爸,再见。"但是进到院内,眼看一个个小朋友的爸爸妈妈都离去了,也许他才意识到我也会离去,笑意没有了。我们往楼上走,不知道他是否还记得这个地方,只知道他不走了,停下来让我抱。我抱着他上楼,在拐弯处他搂住我的脖子。小婴班在左边,大婴班在右边。也许是我往右拐,感觉他搂得松了点。

"好乖乖,你看这里多漂亮。你在这里玩,爸爸妈妈下班来接你。再见。"我亲亲他,还没等他挥手就向楼下跑去。

这一天我上白班,托儿所不管吃饭的事,中午建林接他回家,下午建林上班的时候再把他送去。下午四点,我去接他,在楼下似乎就能听到他的哭声。几个阿姨都围过来,说他哭得最凶,简直是没有停息。尽管如此,我觉得和去年同期相比有进步,至少还让我在这里坐下来和保育员说话。

送孩子的事让建林头疼,他自己笨得要死,一路上呆头呆脑地抱着孩子像是赶车,到了托儿所就像要躲避鬼门关那样,把孩子像丢石头一样往地上一放,转身就跑。有时孩子拼命抓着他的衣服"哇哇"直叫,保育员过来帮他忙把"石头"搬开,每当这时建林就想起电影中母子分离的镜头。而当他不得不送孩子时,他就打趣地说:"妈呀,又要老子去当演员。真是残酷无情!"所以,大多数时间都是我送孩子去托儿所。

我给他装糖果时就开始描述这些糖的包装,什么小白兔最乖,什么小狗熊最笨……想办法逗他开心,一路上就给他讲故事,有时和他追逐玩耍,有时抱起他摸摸路边的树叶,有时弯腰扯一根杂草,不知不觉就到了托儿所,进大门的时候就鼓励他,让他挥手和我再见。刚开始我只是每天送他去,但尽量早一点去接他。有一天我下了夜班就直接去接他,有个上了年纪的人见我一脸的疲惫安慰我说:"没关系,我们听惯了,你让他去哭好了,别把自己的身体累垮了。"我当时好感动啊!因为前一天,有个年轻的阿姨说:"看了这孩子就讨厌,一个星期了,还哭!哭什么哭!又一个讨厌的张凡!只怕是哭一年还不够!"

张凡是我同学的儿子,比我儿子大十个月,却在同一个班。也不知道那孩子究竟是哭什么,不叫爸爸,也不叫妈妈,就那嚎嚎地哭。据阿姨讲一年了,每天都眼圈红红的,声带哑哑的。

我还是天天送,早点接。这样过了二十多天,孩子感冒,但没有发烧。

我知道孩子流鼻涕是使人讨厌的事。张凡就那样,那里的阿姨不喜欢他,从来都没见有人抱他。当然,也许我只是没有看见而已。所以当儿子流鼻涕很严重的时候,我请假在家里休息了两天,国庆节放了三天假。这些天虽说没有送他去幼儿园,但我给他讲了一些幼儿园的故事,有时还把他抱到幼儿园去看小哥哥、小姐姐做游戏。慢慢的,他似乎开始明白幼儿园是他生活的另一处天地。国庆节后再送他时,他自觉地向我挥手再见。我接他的时候,他像只快乐的小鸟向我飞来,甜甜地大声喊我。

从这以后,保育员开始喜欢他,因为他听过太多的故事,有时我也让他重复一句二句,他的表达能力比同龄的孩子要强一些。他不哭,阿姨们更喜欢抱他,逗他。每次接他的时候,那天说他像张凡一样讨厌的阿姨还要叮嘱一声:"阳骁,明天早一点来啊!"有时几个阿姨跑过来亲亲他才放他走。

十一月份的一天傍晚,我们回到家里,我给他讲完《棍子先生》的故事以后,他忽然一本正经地说:"妈妈,我有一个姨妈,还有一个干妈,还有两个奶奶,是不是?"

"没有啊。你只有姑姑,没有姨妈,现在还没有干妈,只有一个奶奶,哪来的两个奶奶呀?"我不解地说。

"姨妈姓李,干妈姓马。"他不慌不忙地解释说。

"哎呀,你小子能耐着咧!才去了几天幼儿园,又是姨妈,又是干妈的,说不定明天还给你爸找个二妈、三妈的咧!"邻居小唐提着安全帽,笑着走过来取笑他说。

"你告诉妈妈,姨妈长得什么样,干妈长得什么样?"我以为是我的哪个同学见他可爱的样子,说着逗他玩。

"你不知道呀,我来告诉你。姨妈头发短短的,姨妈姓李。干妈,个子高高的,姓马,她们说,明天我到幼儿园去,就不能再叫阿姨,要叫姨妈,干妈。"我明白了他说的是托儿所两个年轻一点的保育员。

第二天上午建林送他,下午我去接他。每天,这个时候他都会赶快挥手和保育员再见,然后向我跑来。而这一天,他两只手拽着我往里拖,几个保育员都站起来笑着迎我，又是递凳子，又是搜安全帽，使我受宠若惊。于是，我坐下来听她们讲。

"妈妈，这是姨妈。这是干妈。这是奶奶。这是奶奶。"

"哈哈……"屋子里乐开了，一群孩子也跟着乐。

"李里，你儿子特好玩。他知道你的名字，还知道你在哪里上班，他爸爸叫阳建林，在大修队上班。他怎么都知道？这些孩子没有一个知道的。特别是张凡，大概一门心思只记得哭了，他比你儿子大多了，狗屁不通……"

也许是受故事的启迪，不到两岁的骁开始思考问题，对于我的指令有时会显出不乐意接受的表情。

建林的同事小谢，个子有一米八多，皮肤白白的，站在走廊里像个巨人。星期天到我们家来玩，他大大咧咧地喊着儿子的名字往里跑。儿子不认识小谢，这时正在和我做游戏。我提醒他说："快叫谢叔叔。"

平常嘴很甜的他，却一脸不情愿的样子，紧闭着小嘴不吱声。

难道说他分不清谢与谢谢的关系？难道他在想：这个叔叔到我们家来玩，我为什么要谢他！

"叫谢叔叔。"我再次试探性地催促他喊。

"谢谢叔叔。"他果真疑惑地看了我一眼，无可奈何地称呼，那目光好像的确在说："妈妈，我凭什么要谢谢这个叔叔？"

虽说他很不乐意，但我惊喜地发现，这孩子确实在动脑子。

"嗳。不对，不是谢谢叔叔，是谢叔叔。这个叔叔姓谢。你想想看，爸爸姓阳，小希哥哥叫他阳叔叔，他姓唐，你称他唐叔叔……听明白了吗，听明白了再叫一声好不好？"

经过我细心地解释，他终于听懂了，回过头，像要弥补自己的过失一样，高兴地跳起来叫道："谢叔叔！"小谢和我们都被逗得哈哈大笑。

从这时起，我开始更加细心地观察他，培养他的引申思维、举止规范，还有在公众场所的识别能力。

冬天来了。早几个月还生机勃勃布满林荫道的葡萄叶子，从高高的支架顶棚上消失得无影无踪，只剩下一条条无精打采的藤蔓。

"买西瓜哟！买西瓜……"这是邻居的喊声。

我从窗口往外探，想证实一下自己的耳朵是不是听错了。

"看什么看，还不快下来！"邻居婀娜友好地叫我。

我将信将疑地拉着骁儿子的手，跟着人们去看。

走过葡萄架，大门不远处密密麻麻地围着一圈人，叽叽喳喳。人圈中间停着一辆手扶拖拉机，车厢里装着西瓜，西瓜表面稀稀疏疏地盖着一些稻草，稻草上盖着渔网，矮矮瘦瘦的老实巴交的青年农民坐在稻草上。那农民短短的头发，黑黑的皮肤，五官还算清秀。他就那样半躺半坐着的样子，一点儿也不着急。

"喂！你这是干什么？"一个急性子男人推着自行车，仰头冲着那个农民嚷嚷。

"你到底卖不卖？！"另一个男人见那农民纹丝不动地样子，没好气地用手扒开稀疏的稻草，看了看西瓜问。

"你不卖，就莫拖到这里来！……"几个男人开始动手解开渔网。

"是的，这里不是武汉市，不开展览会……"女人和孩子们七嘴八舌地附和。

"啪啪！"一个男人拿起一个西瓜，用手捶开分给大伙吃，那表情就像是自己家请客。红红的瓜瓤流出诱人的瓜汁，人们争先恐后地你一个、我一个开始动手搬。

"李里，这个好，给你。"高个子立凡看我伸长着脖子在外围想挤又挤不过去，递给我一个西瓜。

"再来一个就够了。"我接过西瓜说。

那农民无能为力地站到车旁,想拦又不敢拦的样子,伸长脖子向外张望,还是一声不吱。我有些疑惑,心想难道他不会说话?就拿着两个西瓜站在旁边观望。

"喂!你称啊!"一个女同志冲他喊。

"来,来,别急,我来称。"这时从人群外挤进来一个和那人年龄、高矮差不多,身体略强壮点的男人,手提一杆秤说。

这些西瓜都是黑皮,个子很小,三至五斤一个,味道确实很好,又红又甜,水分又多,皮也很薄。如果是夏天,估计车前那几个男人就买完了。只是现在天寒,孩子们已经穿棉衣了,有些肠胃不好的人不敢买,再就是人们担心冬天不能多吃,又摸不清西瓜的来路,都没有多买。

"买西瓜哟……"又有一些人从院子里拉着调儿跑了出来。特别是看热闹的孩子们越来越多,孩子们有的学着大人的样子,拿着瓜拍拍,有的则抱着瓜往外走。两个卖主好像是有生以来第一次做买卖似的,声音压抑而低沉,听起来就像蝈蝈的叫声。当车上网子被打开以后,顷刻间西瓜从车厢里滚了出来,人们一哄而上,挑的挑,选的选,买的买,偷的偷。

出门的时候我走得急,没有带多少钱。这西瓜便宜,才两毛钱一斤。再说,天凉,没有必要,也不敢买得太多。我等呀等,终于称好重量付了款,于是,牵着骁儿往回走。

"李里,别着急,把西瓜放这。"邻居伸手拿过我手里的西瓜把它们放在门后的旮旯。

"让骁骁在这里玩玩,等会一起上楼。"

于是,我们一起坐在葡萄架下聊天。我的左边有一个人"买"了一个西瓜,我随便问她说:"多少斤?"她笑了笑,没有回答我。

骁儿和小伙伴们再次向西瓜走去,这时西瓜早已不在车上,而堆在地上了，不知世事的他也学着别人的样子这个摸一摸，那个拍一拍。他肉乎乎的小手，憨态可掬。我们远远地看着，咻咻地笑着。

大点的孩子左拍拍，右提提，试试西瓜的重量。

卖主的身边严严实实地围着大人，吵吵嚷嚷，称重、收钱、找钱，忙不过来。不但没有心思管孩子，就是大人只要他不怕在熟人面前难为情，拿着西瓜溜走也不会被他们发现。

一个六七岁的孩子提着两个西瓜，偷偷地看了一下卖主，把西瓜平安地送到等在墙角处母亲的身后，两只手在裤子上擦了擦，看了看母亲投给他的赞赏的目光，又回到西瓜堆。这位母亲无意中与我的目光相对，也许她感受到丝丝疚意，赶紧用右手拢了一下齐肩的披发，露出了右耳垂后面的一颗黄豆大的黑痣。

我邻居中一个五岁左右的女孩子，也抱着一个西瓜笑眯眯地向她妈妈跑来了。"再去，不要跑，他看不见。"这个母亲接过西瓜说。

又有两个孩子以同样的方法抱回了西瓜，他们的母亲"嘿嘿"地笑着把西瓜接下来。

他们的行为让我觉得怪可笑的。一个西瓜还不到一元钱，在我看来这群孩子的心灵也像一张白纸，做父母的在这张白纸上写上什么文字，他就会留下什么文字，画上什么图画，他就会留下什么图画。我忍不住"扑哧"笑得重了些，引起了邻居的注意。

"别跑，小心摔跤。再去，叫骁骁也抱一个回。"邻居说。

"李里，怕什么呀！骁骁那么小，尽管大摇大摆抱个西瓜走，保准没有人拦他，你信不信？"

我边挥手边用手捂着嘴笑，没有发言。我不相信不到两岁的骁能把西瓜抱回来，这些西瓜没有把子，他的小手抓不住。假若他抱着西瓜走，今天风大，我给他穿了件棉衣，西瓜会挡住他的视线，看不见前面的路。我不发言是因为不愿意让人另眼相看，扫了大伙的兴。

没多久，小孩子们又抱来了"战利品"，有一家利用这种方法竟弄到了五个西瓜！

"骁骁在后面。"一个孩子放下西瓜时乐乐地对我说。

"我的妈呀！"我惊异地脱口而出。赶紧迎了过去。

他真的抱来一个西瓜跟着大伙跌跌撞撞往回走。就只是在过沟的时候犯了难。他学着稍大点的孩子，猫着身子先把西瓜放下，慢慢地让自己滑到沟里，再站在沟中把西瓜从一边挪到另一边，把西瓜挪过了沟，爬起来，抱着西瓜高一脚低一脚向我走来。让我百思不得其解地是他竟然边跑边阴阴地笑，我弄不明白他是学着别人笑，还是觉得自己有能耐笑。只是他那样子，那摇摇晃晃的样子没法让我不乐。大伙儿也捂着嘴笑。我接过西瓜，牵着他往卖主身边走。卖主称重、收付款的速度实在太慢，等了很久，才交了陆毛捌分钱。

"骁骁，以后不能随便拿别人的东西。外面的东西，如果我们想要，就要用钱去换。这就是钱。这个西瓜，我们没有给钱的时候，它是那个人的，你不能把它抱走。你看，妈妈现在给他钱，然后你才能把它抱回去，听懂了吗？"交钱的时候，我把西瓜放下，让他站在我的跟前，我手里拿着钞票轻轻地对他说。他点点头，我奖励式地亲亲他。

夏天过去了，秋天也结束了，骁屁股上那一处不让我触摸的部位，并没有随着时间的变迁而淡出我的思想，稍有心闲的时候就会去想它，与人聊天的时候也会把它拿来作为话题。

三岁·保卫妈妈的小男子汉

"妈妈，把手放这里，我的小肚脐眼这里像小火炉，特暖和。"他用温暖的、嫩嫩的小手拆开防线，抓着我那冷若冰霜的手，拽着那冰棍样的指头，硬往他自己的小肚脐处放。

屁股上的凶险事件

接近元旦时有一天,我又在车间和同事们谈这事,这天我们班里的朱敏请假,另一个班的吴露带班。吴露听过我的描述友好地说:"李里,你这孩子可能还是个事。我表妹前几年好像就是这样,后来把整个一条腿都锯掉了……"

"李里,我跟你讲,你别不把它当回事!我同学的儿子也好像和你说的情况差不多,后来不知怎么搞的得败血病死了。"关技术员也提醒我说。

"怎么办?"本来我就因此而常常心神不宁,现在经她们两位一说,越加觉得有事要发生。于是,我和建林商量,准备元旦后带他去武汉儿童医院做检查。我借元旦的机会赚了两天轮休。

元月三日轮到我出班休息,建林请轮休假,我们抱着骁儿子来到武汉市。在我的同学肖蕊夫妻俩的陪同下走进这家全国有名的儿童医院。就诊的孩子很多,我们分头行动:我抱孩子,建林排队挂号,肖蕊的丈夫童新排队看病,肖蕊排队拿药。

建林这人有时候真的很烦人,每逢孩子生病,喂药、打针,你别想找他帮忙。他很会耍心眼儿，找借口逃离开去。就说儿子剪舌筋那天，照常理讲应该是由他抱着儿子上去做手术，当医生做好准备时，他忽然不见了。后来我追问他，他两眼往上一翻说："有什么办法，那时硬是要上厕所。皇帝老子管天管地，也管不着人家拉屎放屁啊！"

好容易童新的队排到头了。眼看着医生握着一根针管，针头孔有缝毛衣的针头那么粗，目的是要将针头插进去，在骁儿子的屁股上做穿刺，抽出些东西看看。现在，我多想建林能从我怀里将骁接过去。而且，现在孩子大了，他有力量进行抗争，我担心我制服不了他，我的目光向四周搜索着，可悲的是建林又不见了。

我硬着头皮坐到凳子上，童新、肖蕊也朝四周看了看，就在我将骁反转身来时，他们俯下身来帮我。我把孩子压在双腿上，肖蕊紧紧抓住骁的双手，童新紧紧抓住骁的双腿。听他像挨宰的鸡一样号叫。

随着儿子一声惨叫，脓液往针管里直窜，但仅仅只抽了三毫升就没有了。医生很有把握地说："没事，打针消毒不严造成的深部化脓。隔一天换一次药。"

一块黄色的纱条用镊子将其塞进去一点点，我知道这是为了不让穿刺的孔结痂堵塞。一块白色的纱布将其盖住，贴上胶布就宣告结束。

我们如释重负地向院外走去。

天空乌云密布，狂风怒号，院子里的纸屑、垃圾被狂风卷起又甩掉，甩掉再卷起，弄得天昏地暗，人的眼睛也睁不开。约莫过了二十来分钟，天空飞起细细的雨，但一时还压不住漫天的灰尘。我抖了抖身子，不禁哆嗦了几下，后悔不该在来医院前将衣服减了再减，伞也有意不带。就三四个小时怎么天气变化得如此剧烈！我紧紧地搂着还在因疼痛和恐惧而抽噎的骁，心中想着拿什么来给他遮寒的事。建林脱下外衣，把衣服递给我，从我怀里接过儿子，我把他的衣服盖在儿子的身上。

"李里，我们赶快走，搭车回去。"童新说。

我们加快速度往站台走去。站台上细细的雪花在空中飘来荡去，风越来越猛，树叶子很快就冻结了，叶子在风的作用下摇摆着，发出碎冰擦击的声音。我们哆嗦着身子乘车回到了童新的家。

一个十四平方米的屋子住着三代六口！我想了想对建林说："既然儿子不需要住院，我们今天回去好了。"

谢过肖蕊的家人后，我们往办事处赶。风一阵紧一阵，雪一拨比一拨急。不幸的是由于路面打滑，我们没有赶上回厂的班车。昨天我们来的时候，气温还很高，本来我们就减少了衣服，面对呼啸的风，飘落的雪。我们的心中只有一个愿望，尽快回家，无论如何也得往家赶！

我们赶往武昌火车站，上了火车，车厢里非常拥挤，没有座位。一路站立着挤在人堆里，虽然累，倒还不觉得冷。车窗和拥挤不堪的人们把寒风堵在车外。

晚十一点多钟车到化工站，这是一个简易的小站，停车的时间只有两分钟。车门开了，建林先跳下车，我把孩子递给他，再递过去包袱，然后跳下车。刺骨的寒风像刀子一样削着我的脸，两排牙齿情不自禁地相互撞击着。我站稳后第一件事就是迅速地从身上脱下呢子风衣，把骁儿子重新包裹一下。

眼前是皑皑白雪，我们分不清哪是钢轨，甚至于连方向也分不清，厚厚的积雪覆盖了枕木、覆盖了铁轨。我们跟在火车后面，沿着火车前进的方向走了几百米。这里有一个有人值班的交叉道口，搬道房的强光提醒我们到了拐弯处，我们踏上汉宜公路。

夜深人静，天气恶劣，公路上的雪差不多有二十公分厚，而且没有车碾过，没有人踏过。我们穿着皮鞋往回走，公路两旁的树像慈祥的老人护卫着我们往前走。我们走在老人的中间就不会滑倒，即使是滑倒也不会滚到坡下，不会滚到积雪更厚的田野，不会滚到被雪淹埋的沟渠里，或池塘里。

雪还在下，风还在咆哮。这条路有四五公里远，我们轮换着抱孩子，也许孩子困倦，他真的睡着了；也许他冷，只是蜷曲着；也许他乖巧，只是不做声而已。我们换过来又换过去地抱着他，他从不吱声。孩子两岁了，他的体重、身高都不比同龄孩子差。我的大衣很难像一个口袋一样把他整个包起来，而且是根本就包不拢。我们抱着他迎着风雪前进，为了尽快赶路，我们能走多快就走多快。孩子在胸前随着我们前进的脚步一起一伏，所以，难免走着走着他的脚就从大衣里露出来。每当这时，我或建林都会重新将他裹好，加快脚步继续赶路。

第二天，婆婆及家人踏着积雪赶了过来。婆婆像诚心悔罪的人样，常常一个人坐在屋子里发呆，念叨着如果当时将孩子送到化工厂来打预防针，孩子就不会遭受这个罪。有时想着想着还会偷偷地流泪，她更加恨方医生，常常用脏话咒骂她，甚至发誓今后再也不搭讪她！婆婆就是在这种心境的驱使下，留下来帮我们带孩子。

按照儿童医院的医嘱，两天以后我抱孩子到职工医院去换药，婆婆也帮着我。换完药后，我把儿子递给婆婆，其实他完全可以自己走，只是我们都有些不忍心而已。

我从处置桶里取出那块应该是吸满脓液的纱布，捡起丢弃的那根棉签扒开纱条，想寻找一个白色或者黄色的小点。因为我认为一定有这么个小点，而且是非有这么个东西不可。我没有找到，于是就问护士，把自己的猜测讲给护士听。

"我说你要干什么？脏得要死还去扒来扒去。打针搞的，又不是长什么东西，怎么会有那种东西！细菌，你知道吗，那是细菌感染，细菌是要用显微镜看的。"

我放心了。红着脸说："谢谢，对不起。"

两天后，我们同样来到这里换药。使我感到奇异的是那换下来的纱布上没有什么东西，看不到脓，看不到粘稠的东西。

"再不要换药，好了。"换完药护士说。

婆婆并没有急着回家，还是留下来带孩子，因为她知道，如果她回去，骁儿子就得天天上幼儿园。

第二天孩子玩的时候不小心把纱布弄掉了，我看了看，也没有再去包上。可是一周以后，这个地方开始流水，流一种像桐油样的东西。我们又把他带到医院，再包扎，再换药，仅仅两天，这些东西又没有了。就这么重复着过了第三周。我开始犯嘀咕了，夜里也无法安睡。

我和建林商量，想把儿子抱到莆阳医院去，重新检查。我开始怀疑儿童医院的诊断结果。可是，建林百分之百的信任儿童医院，婆婆站在建林一边，我说服不了他们。

我开始胡思乱想。以前我曾有过一个堂哥，从小到死，他的屁股上都有一个流水的洞。虽说我没有亲眼见过，但听堂嫂描述过。朦胧地记忆里我觉得有些像儿子屁股上的东西，我开始怀疑可能不是打针消毒的问题！

为了这事我和建林吵嘴，他不理我，我也没办法。但是我觉得现在自己身体还好，我可以一个人把他带到莆阳去，燕子在莆阳待产，她可以帮我。

这是冬季的一个晴天，我无助地擦着眼泪，抱着孩子往楼下走去，儿子默不作声地趴在我肩上。

"妈妈，奶奶来了。"当我们踏上通往莆阳那条笔直的公路时，骁儿说。

我没有回头，继续往车站走。

"李里，我和你一起去。没事我就回去。"婆婆提着包和我们一起等车。

燕子的爸爸帮我们找到了莆阳外科的权威王教授，这个教授在莆阳是堪称一绝的外科专家。曾有一个遭遇车祸双腿辗断的男人，本来双腿只能放弃，但王教授打破常规，将那双腿错位对接，使这个人得以重新站立！这在全国还是首例。

"这是个囊肿。囊肿就像个鸡蛋，囊肿有壳，现在被儿童医院给戳穿了。"王教授检查后肯定地说。

"那怎么办？能不能开刀！"我忧心忡忡地询问。

"能不能不开刀？"婆婆心有余悸地补上一句。

"可以开刀，我们通常采取开刀的方法，把囊肿挖掉。"王教授看看我很肯定地说。

"也可以不开刀，先吃点药。"王教授用犹豫的目光看看婆婆。"现在已经被儿童医院给戳穿了，囊肿里面的东西开始往外流。你看，这个斜的剖面是穿刺时留下的，它像个阀门，这么盖着囊肿。当它里面的东西，也就是你说的桐油汁流完了时，阀门把它盖住了。当它里面装满了东西，阀门就自动打开。它像个鸡蛋，但与鸡蛋不同，鸡蛋流完了就完了，囊肿里面的东西流完了还会再生，接着再流。"王教授用足智多谋的双眸盯着我解释。

"先开点药吃吃？"婆婆苦笑着脸抢先说。

"行，今天我给你开点药，回去给他吃，看看行不行。也许他小，生长速度快，也有吃药吃好了的现象。"王教授边开处方边说。

婆婆很高兴，王教授的一席话驱走了半年来深埋在她心中的自责。同时，孩子不用开刀，吃点药就行了，这更加使她开心。于是她改变主意说："李里，我再跟你走，再带他一段，等孩子完全好了再回去。"

回到家中，我却总也安心不了。王教授的话使我再次回想堂哥，我记得当年母亲告诉我，堂哥哥是因为他妈脾气不好，小时候堂哥哥哭，他妈用力把他往椅子上一蹾，把骨头蹾坏了，后来股骨头处就常年流桐油汁。儿子的这个部位也正好在股骨头处，莫不是当年堂哥哥就是长的囊肿？莫不是那魔鬼的炊火烤了堂哥哥四十多年。他长得那么矮小，没有男人的体魄，最后让他死于败血症！

这样想过之后，我有多么害怕啊！我恨不能一时三刻拿把刀把囊肿挖出来。于是，我再找建林，再一次想抱骁儿子去莆阳。建林不解地骂我，无情地咒我，婆婆当我的面不骂我，只是给我脸色看。

　　"李里，给你说个事，你听了不要生气啊。"有天邻居低声对我说，"你婆婆说你这个女人比蝎子还毒！哈哈。十一个月就不给孩子奶吃……个个医生都说不要开刀，你非要开刀……未必你比人家教授还有本事！哈哈。"我一点也不生气，不怪婆婆。说真的我也拿不准，只是好像上天在对我说：一定要这么做！

　　我再一次抱着骁儿子去找王教授，这次婆婆和我们一起下楼。

　　"……我越想越不对头，这是个孩子，孩子的肉怎么能够让它一点一点变成桐油汁？王教授，就算我求您，请您帮我忙，给他开一刀，把囊肿挖出来……"我可能真是蝎子精投胎，不然的话，我怎么能这么执著地请求？

　　"不行，眼看就要过年了，我再给你开点药，过了年再说。"王教授的目光在我和我婆婆之间打量了一下，很慎重地说。

　　"要不，这样，你看行不行，你到你们医院找找陈院长，把我说的情况告诉他，听听他的意见。"王教授见我呆呆地坐着，久久不接他递过来的处方，委婉地补充道。

　　我还能有什么办法？再次辞别王教授，辞别燕子。

　　"奶奶，再见。"婆婆与我们在莆阳医院门外分手后，我咬紧牙关抱着骁往车站走。一路上我琢磨着王教授的眼神，琢磨他说的话，我觉得王教授只是想拖到年后去做手术罢了，而不是真的可以不做。

　　接下来我该怎么办？我能怎么办？我冥思苦想又过了两天。大伟打电话告诉我，燕子真的生了个女儿，母女平安。于是，我带着骁去探望他们。

　　"李里，骁的事是像你说的那样，一定要开刀。那天，你走了以后，王教授对我说，现在眼看就要过年了，他怕万一有什么事，搞得一家人没法过年……"燕子极不情愿地提醒我。

探望燕子的时候，燕子给了我一些药费条，这些药费条没有陈院长的签字是不能报销的，两方面的原因促使我去找陈院长。

"囊肿。那没事。这是一种很常见的东西，我想想看，今天不行，明天好不好，明天早晨八点，你把他抱过来，我给他做了。"陈院长听了我的叙说，看了看孩子的实际情况轻松地说。

我好高兴啊！只是现在还有两件事我必须要做，第一是找一个人帮我，第二是还得给骁儿做思想工作。没有燕子，第一个问题就只能找大嫂。我知道建林不会帮我，我还得做好再和他吵嘴的准备。大嫂没有推脱。

这时骁儿子刚两岁，但我觉得他很懂事。虽说他特别害怕上医院，看见穿着白色工作服的理发员也会远远地躲藏起来。但是，这段时间我带他上武汉、到莆阳、穿刺、换药、吃药，为给他开刀的事与建林争吵，这一切的一切一点也没有拉远他和我的关系，相反他越来越依顺我。他一天到晚紧紧地跟着我，听我讲故事，学着念唐诗。我把他看成个大孩子，一点一点地给他讲为什么要带他看病，病是个什么东西，如果不开刀，将来他会怎样。

晚餐的时候我还是没有对建林完全死心。据陈院长讲，选择采取局部麻醉的方法，开刀的部位并不疼，如果是大人就一点问题也没有。但骁儿子太小，医生、白大褂子、手术刀……都会把他给吓倒。为了不让他的反抗影响到手术的进行，我们得像农家杀猪宰羊一样，把骁儿子按在简易手术台上，使他的肢体不能挣扎。

陈院长说最多三五分钟就搞定了。虽说大嫂答应帮我，但我还是想建林也能在场。于是我说："建林，明天上午陈院长给骁骁挖囊肿，你请半天假,帮忙抓住他,好不好?"他横眉怒目而视,一声不吭地吃过饭打麻将去了。我知道他会是这样子,所以心里很平静。接下来,我先给骁讲了一个《桃太郎》的故事。也许故事里的蓝天、白云、山鸡、大海、珠宝……让他听着很开心。看他开心的样子,我温和地说:"好乖乖,明天妈妈和大舅妈带你上医院,找一个技术最好的,就是一点也不让你疼的医生。首先在你的小屁股上打上一小针麻醉药,再过一会儿,就用一把很小很小的小刀,把屁股上那个叫囊肿的坏东西挖掉。再上点点药,再过几天屁股就好了。就不会再流臭水了。不过,打麻药的时候会有一丁点儿疼,就像小蚂蚁咬一下那样,一会儿就不疼了。"

"妈妈,小蚂蚁有多大?是小蚂蚁大,还是小老鼠大,还是蟑螂大?"小老鼠、蟑螂他都看到过多次,所以他拿来对比。

"你看小蚂蚁就这么点,知道了嘛?"我撕了一丁点儿碎纸屑放在他眼前说。

"妈妈,是囊肿坏,还是爸爸坏?"他这天真无邪的对比真有点让我哭笑不得。

"怎么能这样说嘛,爸爸天天上班赚钱给你买东西啊,怎么能说爸爸坏?"

"爸爸打麻将。"他眼珠一转反驳我说。

"那也不能说爸爸坏呀,那个坏东西是个吸血鬼,它吃你肉……所以啊,我们明天就请院长伯伯把它挖掉……然后,妈妈再给你做好吃的肉片汤,让你吃好多好多有营养的东西。让你长得高高的,大大的,棒棒的。天天听妈妈讲故事,好不好?"

"好。"他高兴地说。

通过这样耐心细致、绘声绘色地描述了一个多小时以后,也许他真的明白了。

早晨,我夹着一床小棉被,牵着骁儿子向医院走去。来到医院,我抬手看了看表，心里盘算着陈院长和大嫂很快就要出现了。

"今天有一个手术，没有时间，明天好不好。"临近八点，陈院长大步流星地向医院走来。我非常礼貌地迎了上去，他慢条斯理地边说边往里走。我知道，这是没得选择的了。于是点点头既表示同意，又表示谢谢。无声无息地牵着骁儿子的手往外走。

"对了，还有啊，我和麻醉师商量过了，这孩子太小，局部麻醉他说不行，怕出问题，还是要全麻。反正要不了几分钟，几分钟就搞定了，手术也不能在观察室做。明天再来吧。"陈院长刚走几步又回过头来说。

次日我还是夹着那床小棉被，在同样的时间牵着他柔嫩的小手走在通往医院的公路上。

这条公路笔直而通达，三百多米的直线一端是铁路道口，一端是医院。我们迎着晨寒往前走，骁步子很小，我随着他的速度慢慢走着。

一只老鸹飞来，在我们的头顶盘旋了一周，然后落在医院路旁那棵在寒冷中挣扎的苦栗树的树杈上。当我们迫近医院时，这只老鸹面对我们，好像眼盯着我，鬼使神差地"呱呱"叫了两声。那凄婉嘶哑的叫声仿佛像一只尖尖的利爪挖我的心。我情不自禁地弯下腰来抱起骁儿子，就在这时，苦栗树上一粒早该跌落的果子落在我们胸前。

"妈妈，我自己走。"骁儿子见我抱着被子，体谅地说。

"别，让妈妈抱着你，你走累了。"我倍加心疼地说。

到了医院，我们依然站在昨天的位置等着陈院长和大嫂。今天大嫂先出现在我视线里，只是她并没有停下脚步，而是边加快脚步从我们身边走过，边说："李里，我今天很忙，没时间帮你。等会我打电话让建林来。"大哥跟在大嫂的身后，淡淡地看了我一眼走了。我知道大嫂是违心的，但只能用无奈的目光望着他们远去。

"等我查完房，就开始。"陈院长从我们身边经过时说。

我抱着骁到窗口排队挂号，当我拿着挂号单退出人群时，满鬓银丝的老父亲不知何时来到了我们身边。他默默地抽着烟,眼睛圆睁睁地瞪着我几秒钟,深深地吸了一口烟,痛心疾首地说:"建林他不同意! 奶奶也不同意! 你一个人瞎胡闹乱搞! 看你怎么收场! 你可不要搞得全家人跟你倒霉啊!"

昨天大嫂和我聊天以后,在她看来孩子动手术这么大的事,建林及建林家人却像陌生人一样旁观,有些不可思议。于是,她总是追问我,到后来我不得不把实情告诉她。晚上,她将此事告诉了哥哥,他们权衡一下轻重怕承担责任,所以今天大嫂不来帮我。父亲听到了他们的谈话,就想用他的威严来阻止我。

我从来没有想过在我最不愿意看到他老人家的时候,他却坚定地守候着我。但在斯巴达教育理念(斯巴达教育在某种程度上来说是很残酷的。这种教育的精髓是优胜劣汰。提倡把弱小的、残缺的生命早早地丢弃掉,使民族更加强胜)的影响下我的决心已定,我可以没有孩子,但我决不能有一个残疾的孩子! 在我看来,人的一生并不是短暂的,几十年的艰苦跋涉,路途不知有多少坎坷! 决不能因为我今天的软弱,把他推向一条更加坎坷的路! 我也懂得老父亲的心,完全明白话中的含义,但我不能听从于他。于是,我无情无义地说:"死了拉倒!"

那个时刻,我真的好孤苦! 我的心被眼前的事搅得七零八落,没有心情给骁讲故事,只是默默地抱着他,只是想多抱抱他。他也很乖,一点也不闹,时而捧着我的脸看看,时而又抬头看看老外公。我们就这样心烦意乱地等到十点,我难以忍受地亲亲他的小脸,把他送到手术室的门口,护士将他接了过去。

"妈妈!"

"咣当"一响,手术室的门关上了。

手术室设在职工医院门诊大楼的第二层的西边,门外是长长的走廊,走廊的左边有一排长凳子足可以供十个人坐;右边是眼科的门诊部,没有人来就诊,医生有的去买菜,有的躲在里间织毛衣,门虚掩着。中间是一个二百多平方米的大厅,大厅将长长的走廊分割成东西两个部分。最东边是妇产科的门诊部,到妇产科要经过耳、鼻、喉科的门诊部。大厅的正门是外科门诊部,没有人来就诊,医生有的看书,有的看报,有的烤火,门同样虚掩着。

与正门对着的是楼梯。如果是夏天,光可以从外科门诊部高大宽敞的窗户里横穿后,再透过玻璃大门将整个大厅照亮。只是现如今已是隆冬,自然光没有那么强,大厅有些朦朦胧胧。

从心理上讲我那天特别排斥老父亲,一秒钟也不愿意看到他。但是他老人家却提心吊胆,坚定不移地总是那样与我保持着几米的距离。我们在一楼,他也在一楼,我现在上了二楼,他也来到二楼,我以为他站累了,他会走过去坐着休息,就留下那长长的凳子去等着他。然而,他没有,他蹲在楼梯口抽烟。时而向左看看,时而向右看看,时而抬头看看屋顶,时而又自个儿换个地方站一会,再换个地方蹲一会。

他内心的恐惧我是知道的,他对人生态度的观点有那么一部分和我相同,我记得小时候曾听他说,他珍惜健康的生命,唾弃残缺的生命。只是到了自己的亲人健康残缺时,他同样不肯放弃,他一个人床头床尾心甘情愿地服侍他瘫痪三年的妻子——我们的母亲,就证明了这一点。我猜想可能昨天他听到了太多的他不愿意听到的字眼,比如麻醉,比如万一,比如……

三五分钟很快就过去了,三五分钟的时间是陈院长给我预计的手术极限时间。十分钟过去了,手术室的门没有开,我觉得我的眼睛有些湿润,走到一个爹看不见的地方,轻轻地擦了擦眼睛,用力拍了一下自己的脑袋,强装着轻松自如的样子走到爹跟前说:"爹,您今天不买菜了?"

爹不说话,只是看看表,再看看钟,又开始用小小的长方形白纸卷着黄色带黑的烟丝……

我们心事重重地在大厅和走廊里踱着步,五分钟以后,我与爹换了个位置,我来到大厅,爹进了手术室的走廊。

　　透过大厅窗口的玻璃我可以仰望天空,天空是透明的蓝色,零零碎碎的白云像牧民随意抛散的羊绒。阳光透过楼梯上方的玻璃倾泻在楼梯上,一级一级忽明忽暗,缓缓地移动。这一切在我看来都象征着吉祥,象征着健康和快乐。然而,手术室的门却仍然紧闭着。走廊里静静的,房顶是白色的,墙壁是白色的,楼梯的扶手是白色的,窗子、窗帘是白色的,凳子是白色的,窗子里晃来晃去的身体也是白色的。

　　三十分钟过去了,手术室的门依然如故!

　　"现在眼看就要过年了,万一有什么事,搞得一家人没法过年……"王教授的声音在我耳边回响,它在暗示我什么? 我终于忍不住了,情不自禁地泪如雨下。

　　我十个指头交叉地握着,一抱一松,抱的时候指关节发出"咯咯"的响声, 松的时候还有疼痛的回味。我这样在手术室前的走廊里踱来踱去,也不知道何时与父亲又调换了位置。

　　三十五分钟、三十六分钟,我不说话,爹也不说话,爹一支接一支地抽着他的老烟,每吸一口就会看看钟、看看表。

　　我看看钟、又看看表,三十六分钟……四十分钟过去了,手术室的门还关着!

　　难道说那万一的现实,已经一步一步地逼近? 我奋力地擦了一把泪,准备迎接它!

　　"你到底是个什么角色? 把这大的事丢给她一个人?"这是爹用肝肠寸断的哑音骂建林。

　　建林"嘿嘿"着,皮笑肉不笑地看了爹一眼。这笑或多或少含有愧疚,特别是这时还看不到孩子,他也有些紧张。我又奋力地擦了一把泪水,呆若木鸡地盯着手术室的门。我知道建林向我走来了,我咬紧牙关把泪吞了下去,给他一个满是仇恨的背影!

我不理睬建林,建林又回到爹的身边,请求原谅地递给爹一支烟。爹不屑一顾地回绝了。他又再向我走来。

正在这时,手术室的门开了。

"妈妈,我疼。"骁软绵绵地瘫在我的怀抱里,有气无力地呻吟着。我亲亲他的额头,亲亲他的小脸。

"怎么样?为什么搞了这么长的时间。"我提心吊胆地用手摸摸他的小腿,一双小腿都还在,我又兴奋又迫切地问陈院长。

"啊呀!这个伢,这是个么伢哦!我搞了几十年的外科,不只是自己没遇见过,听都没听说过,只从书上看到过!那也是不知多少年了。"陈院长一边向刚上楼的另一个老外科医生招手,一边大声用武汉话说。"这个伢多大啊?"

"两岁,刚两岁。"我回答。

"他妈的,这么一点点!两岁怎么会长这种鬼东西啊!他长了个窦道。你遇到过没有?"陈院长问那个医生,来者摇摇头。陈院长继续说:"就像红薯被老鼠啃,不,还不是那样。就像雀子的窝,表面上只一点点。对了,如果不是被儿童医院穿刺过,表面还是好好的,就像蚕茧。那里面、那里面真是恶心死了!哇!"陈院长捂着嘴几乎要吐出来了,不得不停了几秒才接着往下说:"那肉都臭了!幸亏发现得早,不然的话,不知道搞到什么时候这条腿完了还不说,只怕是、只怕是……"陈院长的目光从我脸上掠过,好不容易把"死"或"死亡"的字眼咽了回去。

"我现在把里面的腐烂组织都挖出来,那个洞有这么大!"他用食指和拇指做了个合不拢的样子,感觉比鸡蛋还大的圆。"横的有八公分左右,竖的有、也有那么多,深度有六公分左右。屁股股骨这里肉最厚,是不是?它全部烂光了!这个伢,真是受罪!"

他同情地停了停,看了看我说:"现在你去把住院手续办一下,这么大的伤口不能在门诊处理,要住院。"

勇敢的小羊

建林去办住院手续,我抱着孩子往住院部走,我们走得慢,建林跑得快,几乎与我们同时到达住院部。

建林知道我很生气,嬉皮笑脸地先看着我,再看看儿子,等着我安排下一步的工作。我明白现在不是和他吵架的时候,孩子已经平安地躺在我的怀里,还有必要为这事争吵?我现在的任务是安慰儿子。现在麻醉药的效果还没有完全消失,疼痛还会加剧。今天我们还没有吃饭,我自己也感觉到很饿。现在需要给孩子喝水,需要有人给我们做饭,于是我吩咐说:"你先回去,提瓶开水来,带上杯子和毛巾,然后再回去做饭,用瘦肉泥下面条,要快!"

"是,夫人!"建林用赎罪的目光看着我,举起右手敬了个军礼,把同室的人逗笑了。

经过了近一个月的折腾,和今天上午生死攸关的煎熬,听了陈院长对手术的描述,我由衷地为自己的决定而自豪!

建林以最快的速度将上述事情一一办到,他饿着肚子给我们送饭,儿子吃了一小碗面条,精神慢慢缓和。麻醉药渐渐失效,他一声接一声地痛苦地呻吟着:"妈妈,我疼,妈妈,我要回家……"

我抱着他走出住院部,在住院部与门诊部之间的小花园里走着,小心翼翼地和他说话,小心翼翼地听他呻吟,轻轻地摇晃着自己的身体,轻轻地拍拍他的身子,就这样走着约莫过了一个小时,他睡着了。我们回到住院部,我把他轻轻抱到病床上。两个小时后他醒来开始呻吟,重复嚷着刚才的话。我亲亲他的小手,用甜蜜蜜的声音解释说:"小乖乖,你知道吗,我们现在不能回家。今天上午陈院长伯伯用小刀将你屁股上那个叫窦道的坏东西挖掉了,把窦道丢到臭水沟里去了。现在,院长伯伯在你的小屁股上放了一些药,你还要继续吃药、换药。我们还不能回家,我们要住在医院里,等你的病好了以后才能回家。"

"妈妈,我要回家……"

"别闹,好孩子。妈妈给你讲一个新故事,你从来没有听过的新故事,好不好?"他现在有一点想听新故事了,脸上又有了些笑容。

"从前,在一个叫和平山的山脚下住着三只羊,它们是大羊,小羊和中羊。和平山上长着许多青青的小草,骁子,能不能告诉妈妈,小山羊最喜欢吃什么?"

"青草。"骁得意地答道。

我奖励地亲亲他的额头接着说:"大羊,中羊和小羊它们天天到山坡上去吃草,那鲜嫩的小草甭说有多好吃,就像我们家的肉片汤。"

"妈妈,明天吃肉片汤好不好?"骁舔了舔嘴唇说。

"好的,明天让爸爸买肉……"接下来,我继续讲那个三只小羊的故事。

在山坡中间有一个很大很大的广场,三只羊吃饱了后,还可以在广场上唱歌、跳舞、捉迷藏。它们的生活特别快乐……可是,有一天山上来了一只大灰狼!

有一天早晨,空气特别新鲜,小山羊特喜欢那甜菜味的空气。它高高兴兴往山上走,刚走到山坡上,一个又粗又大的声音出现了。

"你是谁?"这是大灰狼的声音。

那声音小山羊从来都没有听见过,好恐怖啊。小山羊停住脚步,哆嗦着说:"我是小、小山羊。"

"你来干什么?"大灰狼恶狠狠地问。

"我来、来吃青草。您、您是谁啊? 我以前怎么没见过您?"

"我是大灰狼! 你没有见过,你妈妈见过的。我要吃掉你!"

小山羊吓坏了,拼命往山下跑,跑到半道上遇见了中羊,小羊惊恐万状地说:"别、别去。山、山上来了一只大灰狼。它说要、要吃掉我!"

中羊不相信,继续往前走,走到半山腰就遇到大灰狼,它也被吓坏了,拼命地逃了回来。

中羊和小羊把这件事告诉了大羊,大羊也半信半疑,就亲自到山上去看。这次更危险,大羊差点儿就被大灰狼抓住了。

从此,三只羊再也不敢到山上去吃草了,只能在家门口吃那些又老又黄啃不动的干草。而且家门前的干草也快吃光了,小羊不再长高了,还那么小,大羊更加衰老,胡子也慢慢变白了,中羊一天比一天没劲儿。

怎么办? 大羊在家里开动脑筋想啊想,终于想出了个好办法……

第二天,月亮婆婆还在天空织布的时候,大羊、中羊和小羊就上了山,它们轻轻地吃着青草的嫩芽,喝着晶莹剔透的露珠儿。吃饱了以后,太阳公公还没有起床,它们就向山顶跑去。"蹬蹬蹬"的脚步声惊醒了大灰狼,大灰狼猛烈地向它们追去,快追到山崖边时,大灰狼有点跑不动了。因为大灰狼还没有吃早餐,瞌睡也还没有完全醒来,又饿,又困,又累。

大灰狼想:"干脆,等它们下山从我身边经过时再吃了它们。"于是它停住了。

大羊猜出了大灰狼的心事,于是就说:"来呀,狼哥哥,我这小羊的肚皮白白的,特别鲜嫩可口,你现在不来吃了它,等会就有一个猎人会来捉拿你,到时候你不但是吃不了它,而且还会丢了性命。"三只羊停下来挑逗大灰狼。

大灰狼越想越气，于是起身就追。眼看追上了，三只羊按照想好的计划，突然拿出事先准备好的木棒，齐心协力向大灰狼打去。大灰狼肚子饿得呱呱叫，头也昏昏的，三下两下就被三只羊给打倒了。三只羊用它们的角顶呀顶呀，把大灰狼顶到悬崖边。大羊喊："一、二、三！"哗啦啦，大灰狼被它们顶到悬崖绝壁下面去了。

"好，顶得好！"骁听得入了迷。

"它们又像从前一样过着和平快乐的日子，吃着嫩嫩的小草，喝着鲜美的露珠了。"

骁儿子沉浸于故事之中，可过了一会儿，又开始表现出疼痛难忍的样子。于是，我轻轻地用启迪性语气说："小乖乖，告诉妈妈大灰狼坏不坏？"

"坏！"骁恨恨地说。

"那妈妈告诉你，你屁股上那个叫窦道的东西比大灰狼还要坏，你知道吗？"

他点点头。

"这个坏东西长在骁儿子的小屁股上，医生用刀挖它不小心就会把旁边一些好肉也给弄伤的，受伤的地方最容易感染，感染以后就会长出一个更坏的东西，为了防止感染，骁儿子必须要吃药、打针、换药。就像大羊、中羊、小羊它们把大灰狼打昏倒以后，还得把大灰狼顶下悬崖一样，如果它们只是把大灰狼打昏了，就停下来唱歌、跳舞，那样过不了多久，大灰狼又会醒来，大灰狼醒来以后，就会把大羊、中羊和小羊统统给吃掉。你知道吗？"

他装模作样地点点头。

"那个窦道现在没有了，你还要通过吃药、打针、换药，那些坏东西才会跑得远远的……"

夜幕降临，医院里那单调的白色给人一种阴森森的感觉，病房的隔壁住着癌症病人，静寂时能听到他痛苦的呻吟。窗外那些没有生机的干瘦树枝在晚风中轻轻摇摆着，像魔鬼的爪子张牙舞爪，骁坚决不肯留在医院，他不敢睁开眼睛看医院的一切，把头缩在我的怀里一声接一声吵着要回家。没有办法，为了不影响同室的病人，也为了让他能安然入睡，我们在征得医生同意的情况下把他抱回家。

次日早晨六点半我把儿子用被子包上，在被子外面捆上带子，等着建林抱着他和我一起到医院去，赶上早晨七点的第一次查房量体温。但是建林出乎意料地提着菜篮子往门外走，我一个箭步跑过去猛烈地关上门，把他拦了下来并愤慨地说："你今天抱还是不抱！"

他不理睬我，继续用手去拧门锁。我用身子挡住了门锁，情急之下顺手从柜子上拿起菜刀横眉怒目地说："你！抱还是不抱！你相不相信，我今天会砍了你！"

"骁啊，你不能恨爸爸。如果爸爸今天不把你送到医院去，你妈就要用刀砍死我。"建林像被警察押解的犯人，走到骁跟前请求谅解地说。

我真不知道是该哭还是该笑，我真不知道他是哪位菩萨的弟子！建林机械地把儿子抱着送到医院的病床上，像魔鬼追命一样头也不回地跑了出去。

儿子的体温很正常，建林给我们送早餐的时候，我说："建林，今天第一次给他换药，我一个人恐怕抓不住他，你帮忙换了药再去上班好不好？"他假装没听见跑了。

恨归恨，怨归怨，孩子的药还得按时换。没有人帮我，怎么办？我真的有些心灰意冷。

孩子才两岁，看到医生胆战心惊的，等会镊子、刀子，还不知道会吓成什么样子。但他总是需要一天天成长的，我期望他今天比昨天大，今天他会比昨天懂事一点。于是，在走进住院部的换药室之前，我用轻轻柔柔的声音对他说："小乖乖，等会儿妈妈带你去换药。乖乖！"

儿子害怕地把脸贴了过来，我鼓励地亲亲他，接着说："换药的时候，你的伤口一定会很疼。但是你要坚强一些，让医生好好地瞧一瞧，看看那个坏东西是不是真的没有了。你千万不能乱动，你想想看，爸爸上班去了，就妈妈一个人，你如果乱动，妈妈怎么能抓得住你？你乱动，医生就没有办法仔细地瞧一瞧，也就没有办法把伤口清洗干净，那个比大灰狼还要坏的坏东西就会跑回来。知道了吗？"他的小手一直紧紧地抱着我，我们走进处置室。

"先把巧克力给我！哇！先把巧克力给我！我要！……"处置室内一个十多岁的男孩子，奋力张开他的嘴，呼喊着抢他妈妈手中的巧克力。

"你看！你害臊不害臊！你看骁骁来了。"男孩子的母亲把抓着巧克力的手在空中倒来倒去，躲开男孩子的抢夺。

"我就要，哇！"这男孩子回头看了我们一眼，一屁股坐在地板上撒野。

"啪！"那母亲打了男孩子一下，便开始破口大骂。男孩腾地一下跳起来，准备和他母亲展开搏斗！

"好，给你，给你。你不要乱动！"母亲的表情忽然来了个一百八十度的大转弯，男孩子拿到了巧克力，笑逐颜开地吃着。

男孩子坐在母亲的腿上吃着巧克力把腿伸出来，护士蹲下去给他解开绷带，男孩子又开始哭喊，在他准备再次挣脱的时候，男孩的父亲走了进来抓住他。护士给他换药。父亲承诺换完药以后再给他买巧克力。他们是我楼下的邻居，这孩子前段时间把腿摔伤了，而现在已经几乎痊愈。

我把骁儿子放在指定的处置台上，把他的裤子扒掉。骁儿子像海龟一样趴着，我的左手托着他的头，身子紧靠他的身子，右手压着他的两条腿，站出很稳固的姿势，随时都准备他反抗。

我站定以后，护士的准备工作也做好了，陈院长大步向我们走来。陈院长挨着处置台站立着，护士开始剥开胶布。

"妈妈，我疼，哇……"儿子开始大声地哭喊着。

"好孩子,别动,让医生把大灰狼抓走……"

"唉哟!医生,求求你,轻点……"护士把纱团从伤口处取了出来,那表皮迅速向下耷拉着,这一下可能真的很疼,儿子使劲摇晃着头,尖叫着求饶。护士听到这么小的孩子能说出这种求饶的话,感觉非常有趣,情不自禁地微笑着。

"别动,乖。你疼,忍不住,就使劲咬妈妈的手,好不好。"我的心一阵撕扯。担心他的腿会乱踢,赶紧用身子压着他,伸长脖子亲亲他的额头说。可是,他的腿没有动,身子摇晃的幅度也只限于两肩左右。我慢慢地把身子立起。

"这个洞太大了,你们一定要注意,这里面还有很深的地方,不能漏掉了哪个角落,要这样把镊子伸进去,注意看!要这样。你们看,这白的是骨膜,你们想,这里应该有多厚的肉,但是现在只有骨膜了。每天都要这样子清洗。清洗完了以后,要把纱条塞满,还不能塞得太松,要适当紧一点。不然的话,小孩子生长很快,几天就长好了。如果不注意,屁股上将来留下一个大洞,成为阴阳屁股,穿裤子就难看,以后再动手术就难了。"陈院长亲自拿起镊子,用镊子夹着棉球清洗他的伤口,非常严肃地对护士说着。

"妈妈,哟,哟,医生,轻点,轻点,哟,哟……"骁儿子只是不停地哭着,求着,但并没有乱动。我不再压他了,把头转过去,看看那些换下来的纱布,看看那些棉球。在陈院长清洗完以后,有那么几秒钟的时间伤口是敞开的,我往里瞧了瞧,不由自主地打了一下寒战。心想:"如果再多犹豫一段时间,这股骨的骨膜还能不能保住啊!"这一次换药时间很长,换得很仔细,清洗得也很干净。

十点钟后,我给建林单位打了个电话,他很快就跑来了,把孩子抱着送回家。接着以同样的速度离开了家。

"吴爱国,你们大修队这两天在干什么?"建林匆匆而来,忙忙而去,给我一种他特别忙碌的感觉。和他同一岗位的邻居吴爱国却很闲暇,看他在外面择葱,我顺口问了一句。

"昨天制盐检修,有点事,上午就做完了。今天什么事也没有,都坐在那里打牌的打牌,看的看。怎么?刚才建林不是回来了嘛?骁怎么样?"

"没什么大问题了,只是要住院,暂时还不能让他跑着玩,跑来跑去怕把胶布搞掉。"我用表示感谢的口吻说。

"李里,你们家建林到底是怎么搞的啊?像他儿子是人家养的一样,嘿嘿。昨天,办公室派人到制盐喊他三次,说是儿子开刀,让他到医院去签字。旁人听着都有些发麻,而他却一副无所谓样,没事就站在那里跟别人闲聊。快十一点钟时,事也做完了,黄主任来检查。黄主任看到建林时说:'建林,你怎么在这里啊?你儿子怎么样了?'黄主任催他,他才走。嘿嘿,好有意思。"吴爱国先是皱眉疑惑地盯着我,又带着不可思议的表情再次笑了笑往回走。

"建林,明天我得回车间上班去。这孩子住院一天两天是出不来的。你还有二十多个轮休,我一个也没有,你请轮休假,在家里带儿子。"晚餐时我说。

"妈妈,我不要臭爸爸。爸爸上班,妈妈不上班。"骁心有余悸地说。

"对对对,还是我儿子好。我去上班。我带不了他,我给你开病假,管他加不加工资啊!牛年马月的事,不休病假也不一定加得到。"建林赶紧附和道。

接下来的那天早晨,建林还是不肯送儿子去医院,由于我抱不动用棉被包裹的儿子,就还是站在门口用刀逼他,他还是特别委屈地说:"儿子,你看,你妈妈要杀爸爸,爸爸没有办法,爸爸只能把你送到医院去,你千万不要怨恨爸爸啊。"但是还不到十点钟,他就握着给我开好的病假条心安理得地在我眼前晃了晃,接着把儿子送回了家。

这一天陈院长又亲自到处置台前检查伤口的情况,再次对护士强调了几乎同样的话。这一次换药，儿子很乖，只是像昨天一样不断地祈求、摇头和哭泣。让我感到高兴的是他的伤口几乎干净了，换下来的纱条上有一处芝麻大的鲜血，这鲜血是走向康复的象征。

建林不肯请假在家带孩子，我有严重的内风湿病历记载，很轻易地就可以开到病假条。我们单位领导也知道我儿子的情况，于是我就顺理成章地在家带孩子。

正是一年中最寒冷的季节，住院部里人很多。那些包裹着纱布的面孔，拄着拐杖蹒跚的步态，蜷曲着身子的呻吟，时而奔跑时而急走的护士和医生，还有被人们推进推出的担架车和车上垂死的病人……对两岁的骁来说，这些都让他感到特别害怕。

当我们走进医院时，他就把眼睛闭上，把头尽量埋进我的怀里。所以，我们只能在家和住院部来回奔走。每天早晨六点半我就把他包裹好了，开始几天，建林在我凶神恶煞地威胁下，不得已承担搬运工的义务。他每天都委屈地请求儿子原谅，直到最后他自己听着自己的表白过后，都会情不自禁地笑出声来，而我也习以为常不再生气。

我们每天在住院部查完房、换好药以后就回到家中。我陪着骁，为了使他的注意力离开疼痛的部位，我开始一个接一个地给他讲故事，甚至于把一年前讲过多次的故事搬出来重新讲。孩子太小，而我总是力求让他能够多明白一点，有时为了故事里一个词语，会在自制的道具下讲很久。

当他可以慢慢活动时，我带他到商店去买布，然后看着书用尺子在他身上量来量去，接着把大布剪成小块，把小块贴在他胸前，我再一块一块地把它们拼起来，为了不让他等得太久，每拼好一块就给他试穿一下，当他对着穿衣镜看自己一点一点地漂亮起来，就会很开心地哈哈笑着来亲我，在他迫不及待时，我还会让他坐在我的腿上，看缝纫机针跳上跳下，看我的手一前一后怎样配合，使他在幼小的心灵里感受劳动带来的快乐。

骁的伤口基本康复后，我试着培养他面对社会的能力，常常鼓励他自由活动，因此险些要了他的小命。

好邻居和坏邻居

一天下午，四岁的小希和骁儿子一起到三楼姐姐家去玩。我在屋子里给骁儿子编织毛衣，圆圆家里先有客来访，客走后圆圆静静地坐下来看书。楼上楼下的邻居关系都很融洽，孩子们经常在一起玩，谁也不在意。心想他们玩腻了或不和了自然就会回家的。

"这两个伢是你们二楼的吗？"接近五点时我们听到了这样的大声质问，我和圆圆同时从屋里走了出来。

"妈妈。"骁向我跑来。

"妈妈。"小希向圆圆跑去。

"这两个伢在五楼的平台上玩。我看起风了，上去收棉被。听到两个伢说话，看了看四周怎么没有大人啊，我都吓出一身冷汗，现在手上还有鸡皮疙瘩。这种事怎么能做嘛！"楼上的邻居友好地批评我们说。

"谢谢！谢谢！……"我和圆圆惊恐万状，一声接一声地道谢。

"嘣！"圆圆气急败坏地把门关上了，"啪啪"两响过后，"哇——"这是小希的哭声。

"你这小东西死了也就算了！你想到哪去死，你就去死好了！你别害人家骁骁！人家骁骁是阳叔叔家的宝贝！你今天若是把他给害死了！看我们怎么赔得起！"

"妈妈！别打了……"圆圆用皮带在抽小希的腿，小希在屋子里跳着求饶。

我拉着满身尘埃的骁往回走，走到门前被圆圆的骂声刺激，朝他们家折过去。

"圆圆！开门。"她不理我，我接着用鄙视的语意说："你也得说得有点谱好不好！你也太抬举你儿子了，凭他那瘦咖咖样，他自己爬过去（四十公分的防水槛），就算他本事大！他怎么有能力把骁骁给弄过去呀！骁上去玩，关小希哪门子事嘛！神经病！"

我没能敲开圆圆的家门，骁听到小希的哭喊声低着头不敢看我。而我根本就没有要打骂他的意思，我们重新回到家里，先给他的花猫样的脸洗了两把，接着把脏衣服换下来，再换上干净漂亮的衣服，想到五楼那没有栏杆的天台，想到我们悠然自得地坐在屋子里，将他们置身于危险之中，如果不是……万一……我实在是不敢想下去。

"骁，别怕。妈不打你，你慢慢告诉妈妈，你和小希哥哥怎么知道从那里上到平台去的？"

"我和小希哥哥在妞妞家玩，玩了一下下，叔叔要睡觉，我们就到走廊里玩。我们玩着玩着就上了楼，发现那里有个洞，小希哥哥先爬了过去，小希哥哥说：'啊！这里可以躲猫，骁骁弟弟你快来呀。'我就猛地一使劲，辘轳一下就过去了……那上面可以看到好远好远，我们就在被子里躲猫猫……"骁先是低头轻声地说，当他说到躲猫猫时，又立刻眉飞色舞起来。

"骁，妈妈不知道你能够爬过平台去。你知道吗？那平台边上没有围栏，小孩子在上面跑着玩，玩着玩着，一不小心就会从十几米高的边边上落到地上。来，"我拉着他的手来到方桌旁，桌上有只小酒杯。"你看，假如这是五楼平台，假如这是你和小希哥哥，"我用手分别指指桌子和小酒杯，并用手指推动酒杯在桌面运动，"你们这么跑着玩，跑着跑着，嘣！"

我说到这里，可能专注说话，不经意间用力推了一下酒杯，酒杯掉地上摔碎了。"是不是？如果这里有围栏，你看，妈现在用书把酒杯拦住。你来推，使劲推。"我另拿了一只酒杯，并用书拦住它，让骁试着推它。酒杯被挡，便不再滑下桌面。

"如果有围栏，你们就不会掉下去了，是不是？可现在没有围栏，多危险啊。从五楼的平台上掉下去的话，以后就再也听不到妈妈讲故事，听不到妈妈喊你，亲不到妈妈的脸，也吃不到妈妈给你做的肉片汤，就像那只酒杯，就像从悬崖绝壁上摔下去的大灰狼。"

"摔死？"骁捂着我的嘴，得意中带着疑惑，像是接我的话又像是提问。

"对！以后没有爸爸、妈妈带着你千万不能上去呀！"

"走，你走前面，爸爸走后面，你走给我看看。我说你能上到四楼我看就不错了，上五楼是不可能的。李里，你莫跟老子瞎吹，把儿子说得那能干！"建林下班时小希还被圆圆关在房间里，他还在哭泣、求饶。建林好奇地问小希受刑的原因。当我把事情的经过说出来时，建林一千个不相信，接着，就把骁儿子叫了过去亲自试验一番。

"这个洞不能爬，妈妈刚说过，不然的话，就会像小希哥哥那样挨打。我要听妈妈讲故事，我回家去。"父子俩一前一后向五楼走，到了洞口，骁停住脚步。

此后的一段日子，圆圆哪怕在家休息，也把小希送去幼儿园。小希可以在幼儿园吃饭睡觉，而骁年龄小，幼儿园不安排饭，我上白班时，中午建林下班得将骁接回家，吃过饭再送过去。五一前还好，午休时间短。五一后有了午睡的时间，建林总抱着一种侥幸的心理，然而没过几天，又出一件恐怖的事情。

那天中午，建林吃过饭，不但没洗碗，还把骁撂到一边自己上床午睡去了。骁吃完饭走到床前喊他几声，他没理睬骁，骁便自个儿跟着睡下。当建林醒来抬手看看表，时针告诉他，如果不拿出百米冲刺的速度跑步去上班，就一定会迟到。于是他没心没肝地留下两岁多的骁独自在家中睡觉。

三点钟孩子醒来，屋子里静静的，左右看看家里没有别人。别以为我们房子小，那十几个平方的空旷的白色屋顶，在两岁多的孩子眼里可大着哩。第一次独自一人面对宁静和空旷，吓得"哇"的一声哭了起来。那哭声像是刚被人逮住的动物的叫声，很急、很凄凉、传得很远。

真是苍天有眼，恰好邻居刘惠、陈成带着孩子在楼下大院中玩，她们听到这种不正常的哭声，很容易猜想到是我和建林都不在家中。抬头看看我们的窗户，心差点儿从胸中跳出来。

去年我厂某栋宿舍楼三楼，一个无人看护的三岁小女孩，爬上窗台摔死的惨案立即浮现在她们眼前。

两个女人先是拔腿往楼上跑，想去看看我们家的门是不是开着的，但只跑过三五步又急急往回跑，担心在她们上楼的几十秒间，骁会从窗口爬出来。情急之下，陈成发现院子里招待所的两个勤杂工正在翻晒厚厚的床垫。聪明的她急忙呼救，要求他们抬来几个床垫摞在窗台下，做好防范万一的准备。陈成留下看着窗口，刘惠带着两个孩子继续往楼上跑。当她们喘着粗气来到我家门口时发现门是锁着的。没有办法，刘惠只能用温柔的声音说："阳骁，别怕，我是刘阿姨。你爸爸上班去了，你妈一会儿就下班回家。你先起床，搬个小凳子，站在凳子上把门打开。刘阿姨帮你穿衣服，你和波波姐姐、韦韦一起玩。"

两个孩子也在门外大声喊他，用声音安慰他。

她们轮流向屋内喊话，孩子们在大人的引导下，还一曲接一曲地在走廊里唱着儿歌。半个小时过去了，门还是没有开，室内依然传来断断续续的哭喊声。于是，小陈跑到招待所给我打电话，等我跑回来，这孩子还直挺挺地躺在薄被里，衣服都汗透了。

千恩万谢地送走陈成和刘惠,我亲亲他,给他换好衣服、帮他擦去泪水和汗水。接着,就教他开门的方法。

通过训练他学会了开门,他懂得站在凳子上可以增加高度。但这样一来,窗子的安全隐患就更突出了。于是,我拉着他在屋子里和走道上走来走去,一次又一次地重复道:"骁,我们只能从门出入,窗子是通风透光的。从窗子向外看,只能站在靠背椅上,不能站到方凳子上,两手不能爬窗台,不能把头伸到窗外去看……"

为了让他切记这件事,我让他给我重复演示,并表述爬窗的危险。而且,这次经历使我们更加懂得珍惜邻里的关系。

也许是邻居叔叔们常常逗他玩的缘故,渐渐地骁变得越来越滑稽,特别喜欢学舌。但他还小,没有区分能力,所以教他什么就学什么……

古人言:"人上一百,各种各色。"从受教育的程度来讲,我们楼上的邻居很一般,没有博士、硕士,大学生也不多,但完全没有接受过教育的倒一个也没有。特别是三十岁以下的青工,大部分是从技工学校毕业的。

普明两口子新婚燕尔,总是爱吵架,有事吵,无事也吵,大事吵,小事也吵,吵架的时候常用些乌七八糟的语言在走廊里谩骂。那些用来指责和贬损对方的词,真是无奇不有,而他们你一言我一语,就像是文化大革命时学生背毛主席语录一样滔滔不绝。完全没有人格尊严和文化修养可言,邻居们谁也不去管他们,吵到门口来了,大家哈哈大笑。

两岁多的孩子学语言是没有分辨能力的,你教什么,他学什么,大人怎么说,他也跟着怎么说。有些无知的大人反倒教孩子骂人,利用无知的稚气来取乐。能把大人逗乐,孩子的心灵也有一种成就感。

"妈的×。妈的×。"有一天普明两口子在走廊里吵架,一声接一声地你来我去。这时走廊相对安静,也许骁儿子觉得他们那么流畅地对话很有趣,就自言自语轻轻地说。

"你给我回来！"我听着好刺耳，于是喊他。

"妈妈，普叔叔、尉阿姨他们吵架都说些什么？我是不是说得不好呀，你再说给我听听。"骁认真地问，真是使人哭笑不得。

我蹲下去，表情严肃地说："骁，以后叔叔阿姨吵架说的话，你不许学！那是骂人的话，你刚才说的那话，流氓才说！他们吵架气晕了，自己也不知道自己说些什么。你想想看，妈妈从来不说，从来没有教你说，是不是？下次他们吵架，你就站开点。你看他们有时丢碗，有时甩凳子，担心他们甩着你了。听见了吗？"他点点头，似懂非懂。

"倘若你再说那流氓说的话，妈妈就用缝衣服的针扎你的嘴，听见没有？"我再次强调补充说。他对缝衣服的针的那种刺痛还记忆犹新。昨天，我给邻居小唐订扣子时，他在旁边转着玩，我不小心刺了他一下。

"好，知道了。"从此以后每当他们再吵架，他就远远地盯住他们笑。有时那两个人也许觉得自己可笑，也许觉得骁儿子的笑让他们有些难为情，就马上停止了争吵。

为了逗乐，普明有时会有些很无聊的恶作剧。

几天以后，当我提着安全帽、饭盒疲惫不堪地走进一楼门洞时，出其不意地发现楼梯拐角处，骁正在手舞足蹈，乐不可支，得意洋洋地眯缝着眼睛在等我。当我的身影刚出现在他的视线里，他就迫不及待地说："妈……妈……妈妈，你……你，你下班了。"

我没有答应他。骁见我默不作声，很失望地仰脸看我。

我困惑地拉着他的一只手往屋子里走，走廊里的邻居们古怪地笑着。

"重来，重新说：妈妈，你下班了。"我回到房间里，喝些水，在凳子上坐定后，把他拉到跟前说。

"妈……妈……妈，下……下……班了。"

他结结巴巴，竟重来了三次，也说不好那说过千百次的，简单得再不能简单的句子。而且是一次比一次糟糕。我呆住了，简直不敢相信这是事实,也猜不出问题出在哪。随着他结结巴巴的字眼一起一落,走廊里传来一阵阵幸灾乐祸样的笑声。

我们上班的时间是每三天一轮换,等我上完三个白班,这孩子已成一个合格的结巴了。

我忽视了一个细节,他开始结巴的日子是星期天,我误认为是托儿所惹的祸。于是白班结束以后,我决定进行拦截,不让其发展。虽然没有十足的把握,但我要牺牲休息时间来试一试。

白班以后,我有九天可以不把孩子送去托儿所。第一天,我领着他玩,首先教他唱儿歌,然后再教他背唐诗。我发现说这些新学的东西他可以不结巴。

十点钟,我到楼下去上厕所,把他独自留在家里。可是,当我回屋时孩子却不见了。走廊里门全关着,似乎没有人出入。

"难道说孩子下楼去了?"我想。于是就大声喊。走廊里、窗前,一连喊了七八次,都听不到回声。我有些莫明其妙,这种事是从来没有过的。

这孩子难道玩野了?应该不会啊,刚才还说等会给他讲《小狗乖乖的挑食餐厅》,难道真有什么人贩子?

我正想得心慌,突然传来轻轻的响声,一时也没有听出具体来自哪个位置。我大喊一声,顺便举起手敲了一下普明家隔壁的房门,心想:"莫不是在我上厕所的几分钟里,单身汉们溜岗回家,正和骁玩躲猫的游戏。"

普明房子的门开了,憋得满面通红的骁跌跌撞撞向我走来。

很明显,我喊骁时,骁被普明强捂着挣扎。那声音是他挣扎时用脚踢门的结果。

"妈妈!小普叔叔,天天教我结巴!我不结,他就打我。"骁喘息未定,跑到我身边用手指着普明。

"普明!你神经病啊!我说这孩子说话好好的,怎么突然结巴!你想害他一辈子是不是！你嫌你结巴得不够是罢！想带徒弟啊！"我愤然而起，眼睛不是眼睛鼻子不是鼻子地唾骂道。

"嘿嘿，好玩呗……"普明尴尬地笑着。

没好气地拉孩子回到家，我在想，用什么方法来使他明白不能学结巴呢？眉头一皱，我突然想到了一个故事。

我把骁儿子拉到怀里，亲亲他说："好孩子，是妈妈没注意，让普叔叔使了坏，普叔叔自己说话本来就有点结巴，只是不严重而已，这段时间别听他说话，免得不小心真成了结巴。来，妈妈给你讲《结巴报警》的故事。"

有一天大街上跑着两个人，一个是小偷，一个是结巴。小偷偷了结巴的钱包，只是手艺不是特别高明，刚偷到手就被结巴发现了。

结巴本来想大声喊："我的钱包！抓小偷啊！"如果是这样的话，街头巷尾不知道有多少人来来往往，还有警察巡逻，小偷马上就被抓住了。可是他是个结巴，他捂着胸口说："我、我、我……"

路上的行人和警察都以为他心脏不好，没有人知道他是想告诉别人："我放在上面这个口袋的钱包被他偷了。"人家不但不帮他抓小偷，有个心地善良的老太太还拦住他说："先生，你哪里不舒服啊？让我看看。"

结巴急着要抓小偷，不小心把老太太推倒了。他冲到前面有一个卖肉的那里，顺手从卖肉的摊子上抓了把刀继续追小偷。

小偷回头一看，吓得要死，没命地往前逃跑。小偷在前面拼命逃，结巴在后面拼命追。眼看结巴就要抓着小偷，一个巡逻的警察发现了他们。

小偷灵机一动对警察说："请你把后面那人抓起来，他偷我的钱包，被我发现，现在，他要杀我。"

"站住！"警察大吼。

"钱、钱、钱……"结巴越急越说不出来。

"你偷人家的钱,偷不到,就拿刀杀人!跟我走。"

"警察,不、不是我、我……"结巴想说:"不是我偷他的钱,是他偷我的钱,请你把他抓起来。"可是,他说了老半天,谁也不知道他说什么。等到小偷跑得无影无踪了,警察才知道放走的是小偷。

"你说,结巴能不能够怪警察?"故事虽说很简单,但很说明问题。讲完之后,我微笑着轻轻问道。

"该他背、背时,谁要他结巴!"骁儿子说,但还是有些结巴。

虽然找到了结巴的原因所在,但为了不让其他的小朋友跟着学结巴,避免让幼小的心灵受到不应有的歧视,我依然按照早先的安排,把他留在家中,想方设法使他早日摆脱新生的语言障碍。

买玩具和说话算数

在摆脱语言障碍后,我将骁儿子重新送进托儿所。让我没有想到的是,当天去接他回家,他就向我要赖。

走进托儿所,保育员像自己的孩子远行归来样,迫不及待地伸开臂膀弯着腰抱他、亲他,那场面使另一个孩子的妈妈不高兴了,原本亲切友好的面孔突然间变得气呼呼,转身离开。

这天很特别,我接他回家时,本来习惯挥臂向阿姨们再见的儿子,却出其不意地硬拽着我的手往里走。他先是有些胆怯,又有些想要赖,边说边用手指着一辆乳白色玩具小轿车给我看。

"妈妈，给我买一辆万荧那样的小轿车。干妈说万荧是在商店里买的。妈妈你给我买嘛！妈妈，我就是要买！……"阿姨们微笑着，有人向他使眼色，有人借故和其他的孩子玩。

一个圆圆的小脸，双眸贼亮贼亮的，嘴巴红润而惹人喜爱的小女孩，摆着两个小羊角辫，抱着她那辆崭新的玩具车用嘴亲亲它。

"好，走吧。咱们回去。妈妈没带钱，现在我们先到这边（距托儿所近的）商店看看，然后再到那边（距家近的）商店看看。那边商店有，我们就在那边买。"我看了看他的表情，想了想说。

我们往回家的方向走，走了两分钟，看见第一家商店的柜台上摆着几辆类似的玩具车。我们再往前走。平常的日子，我们总是一路说笑往回走，时而在路边的小树前绕一圈，时而借着可以挡住视线的墙角，边躲猫猫边走。但现在他的心思全在那辆小汽车上，其他都顾不上了。

要不要满足他今天的要求呢？现在我们的生活还不错，经济绝对谈不上紧张，买一辆玩具车也不会伤元气。但是，今天万荧有一辆玩具车，明天张荧会有一辆玩具坦克，后天李荧会有一架玩具飞机……这是他一生中的第一个要求，如果今天满足于他，明天他还会要求，我会不会继续满足他？人的欲望是没有止境的！就像当年他馋嘴那样，他可以喜新厌旧，不断更新他的欲望。我边走边思考边回想，思考今天该怎么做，回想他馋嘴以后的那些日子。

打开门锁，打开抽屉，取出放钱的小盒子。我搬了个方凳，自己坐在方凳上，把他抱起来，让他坐在我的两条腿上。我们面对写字台，抱着他，我慢腾腾地把盒子里的钱拿出来——全部拿出来。亲了亲他的额顶，我慢条斯理地对他说："来，小乖乖。你认真看着，这是什么？"

"钱。买汽车的钱。"脸蛋儿像绽开的花。

"对。"我亲了亲他的脑门子。

"这是多少钱？"

骁摇摇头。

"这是拾元钱。拾元钱上有天安门,在这里;拾元钱上有工人,在这里;有农民,在这里;还有解放军叔叔,解放军叔叔背着枪。一拾、二拾。这是伍元钱。伍元钱上面只有一个炼钢的工人叔叔,你看他手里拿着钢钎,头上戴的安全帽,这里还有一副墨镜。什么是伍元钱?伍元钱和拾元钱之间有什么区别?"

骁根本不具备回答的能力,默然地扭过头来。

"来,是这样的。这张有炼钢叔叔的钱,可以买一辆万荧那样的玩具轿车。这张有解放军叔叔的钱,可以买两辆万荧那样的玩具轿车。也就是说,这一张有解放军叔叔的钱,可以换两张炼钢叔叔的。爸爸、妈妈一个月的工资加起来有一百元钱,这一百元钱就相当于这种有解放军叔叔的拾张。"

我停下来,找了一匝便笺,一张一张地把它撕开,接着说:"你看啊,妈妈现在用这表示一张拾元钱。一拾,二拾,三拾……九拾,一百。爸爸、妈妈一个月的工资就这么多。我们每个月用于开销的钱,只能是这么多,也就是说只能用掉六个'解放军叔叔',或者说用掉这么多'炼钢叔叔'。那么剩下的钱怎么办?妈妈要把它存起来。存钱干什么咧?你想想看,其他小朋友们家里都有电视机,而我们家没有。妈妈想要买一台像大舅家那样的彩色电视机。让你跟着电视机里的小朋友们一起学唱歌,一起学跳舞,你看那多开心啊!舅舅家的电视机比楼上小朋友们家里的电视机都漂亮,是不是?"

骁点点头。

"那么,买一台像大舅家那样的电视机要多少钱呢?要一百多张有解放军叔叔的钱。你看这一百多张有这么厚,而我们每月才存这一点,我们要慢慢存才行。骁骁要长大,要吃肉片汤、要吃鱼、要吃鸡,还要吃苹果和西瓜,吃好多好多的东西,是不是?还有妈妈要吃饭,爸爸要吃饭,外公、奶奶也要吃饭,是不是?所以啊,我们平常要节约、要计划,不能乱花钱。幼儿园的小朋友那么多,谁都有自己的玩具。你有你的玩具,小希有小希的玩具,波波有波波的玩具,不能说看见人家有什么样的玩具,你就要买什么样的玩具。那样,我们就没有钱去买电视机,没有钱吃饭,骁骁也吃不到肉片汤。还有,我们家就这点大的房子,那么多玩具,往哪里放嘛,是不是?"

"妈妈,我不买汽车。"

经我这般把一摞纸撕来撕去,把几张钱比划来比划去,慢吞吞地叙说,他似乎真的听懂了几分。

"哦。不是这样,妈妈今天答应给你买,就一定给你买。妈妈说话是要算数的。等一会我们就去,妈妈把这张炼钢叔叔的钱递给营业员阿姨,营业员阿姨就把你喜欢的那辆玩具车递给你。只是以后不能这样子,不能看见人家有什么,自己就要什么,小朋友应该把自己的玩具同别人换着玩,玩的时候要爱惜点,不要把玩具弄坏了,知道了吗?"

骁很明白地点点头,我们向商店走去。

离开商店,骁手捧玩具车,我忽然想起了我们现在的生活圈,这个圈子太小、太单调,难以开阔骁的眼界。由此,我想起了自己无知可笑的过去,思考着要带孩子去见见外面的世界。

初夏来临,大院的葡萄架挂满了浅绿色、黄豆大小的小葡萄时,我开始回想曾经走过的无知岁月。我清楚地记得自己二十岁第一次到武汉,被电车顶部的两根电线搞得摸不着头脑。那时,我傻呆呆地站在大街上将经过身边的车打量来打量去,心里直纳闷儿:"怎么武汉的客车有的要梳着两根辫子?"这一谜底跟着我从武汉到农村,从农村到武汉。几年以后,我才在和武汉人的闲谈中知道那是电车。斜拉着的也不是什么辫子,而是电源线!我寻思,骁现在已经念会了十来首唐诗,但对诗词的理解只限于我的手势和肤浅的描述。虽说现在能在银幕上看到奔跑的老虎,但现实中活生生的老虎却一次也没有见过,难道说要等到他二十岁再去看电车?

我知道现在日子并不富足,如果一辈子就这个状态呢?难道为了省钱而让孩子重蹈覆辙!这样翻来覆去想过之后,我和建林商量:利用大休的两天时间,再请两天轮休假,带儿子去武汉玩一趟。

武昌车站广场人声鼎沸。南来北往的人们带着成功的喜悦,带着对未来的憧憬,从祖国各地来,到祖国各地去。他们中有学生、工人、农民,还有解放军;有上班的,有探亲访友的,还有长途跑买卖的……

"妈妈,这里的小汽车好漂亮呀!"骁喜不自禁。

这是车站的停车场,接送客人的五颜六色的出租车、单位小车,一辆接一辆,令人目不暇接。

离开车站广场,公路上车如流水。我们在武昌桥头下了车,仰望蛇山,郁郁葱葱的,像堵绿色的墙挡住了我们一侧的视线。我们向桥下走去,这里有一个很大的平台,我们可以眺望辽阔的天空,汉口的龟山,滚滚的长江及江面上行驶的船舶;在这里我们可以仰望蛇山以及山上若隐若现的建筑;可以仰望长江大桥上高速穿梭的各种车辆,拉着长笛拖着长龙的火车……

"骁,向上看,这边是蛇山。"我弯下身子用右手指着高高耸立在眼前的蛇山说。

"妈妈,蛇山是不是有蛇?"骁向我靠拢。

"那是很久以前的事,现在山上没有蛇,不用怕。"

"骁,'故人西辞黄鹤楼',那就是黄鹤楼。"建林蹲下去手指向新修的黄鹤楼。高耸入云的黄鹤楼深深地吸引着骁,他久久地仰望。

"新黄鹤楼还没有对外开放,我们不能上去参观,下次再来。"我有些遗憾地解释。

"走,我们到大桥上去。"建林和我有同样的想法,我们想站到桥上去把这首诗的景色讲给他听。

骁走在我们中间,一手牵着建林,一手牵着我。建林背着包裹,包裹里装着水和食品。我们慢慢地走着,时而指给他看这,时而指给他看那,走一走,停一停。伫立在长江大桥的行人道上,我特别详细地给他讲了电车和汽车的区别。

"骁,你向远望,能不能分清哪是长江的水,哪是天空呀?"我们来到大桥的中心,驻足引导他向远看去。

"不能,那水和天连在一起了。"骁儿子眼珠子滴溜溜转了一下回答。

"当年诗人李白,在这里与他的好朋友孟浩然相聚,喝酒吟诗,非常高兴。可是,孟浩然要往东边的扬州去。那季节就是在烟花盛开的(农历)三月,也就是比我们现在的季节略早一些。当时这里没有大桥,没有汽车,没有火车,江面上没有轮船,只有小舟。你看,就是江边那些小木船,上面有帆的那种。李白送孟浩然那天,江面只有那条孟浩然坐的小船,李白在诗中写着孤帆、远影、碧空,就是说,像今天这样的天空,没有乌云,没有雾,小船越走越远,慢慢地就不见了踪影。如果你不信,你现在盯住一条船看它往前开,慢慢地也会看不到的,眼前只剩下这条江,在天的尽头流着。这首诗大概就是这个意思。你听明白了没有,听明白了就背一遍,好不好?"

"好。爸爸,你认真点听着。'故人西辞黄鹤楼,烟花三月下扬州。孤帆远影碧空尽,惟见长江天际流。'怎么样?"骁很得意地侧过去仰望建林。

"棒极了!"建林竖起大拇指说。

东湖边婀娜多姿的垂柳亲吻着湖面;红的、紫的、蓝的花朵儿从深绿色的草丛中露出花瓣。一条条林荫小道在湖边伸延,微风吹来,水光潋滟,柳条儿奏乐,星星点点的小花在绿丛中时隐时现。我们漫步在通往湖心亭的绿荫道上，登上湖心亭，凝眸俯瞰，烟波浩瀚的湖中有小舟、有快艇、有碰碰船……

"走，骁，我们去划船。"

一家三口租用一条脚踏式小船，骁坐在我们中间。由于我腿力不足，船行驶的时候总略往我这边偏。有时两船相撞，那船上的先生猛力推开我们的船，欢声笑语在湖面回荡……

磨山，蜿蜒崎岖。葱葱郁郁的树木顺山势而长，房屋依山势而排列，逶迤连绵，错落有致。山下是远近闻名的植物园，无数种植物在这里争奇斗艳，隔湖相望的是有百年历史的武汉大学，莘莘学子，朗朗书声……我心里暗想："也许有一天，我的儿子会在那里读书……"

古香古色的归元寺，烟雾缭绕，那独特的香味随风飘荡远远地提醒来人："这里是佛门圣地，禁止喧哗！"

一群群男女老幼有的慕名而来，有的糊里糊涂地跟着走到这里。信佛的，不信佛的，只要闻到香味，看到烛光，好像都变得一样虔诚而和善。

不管来的是几十人、几百人，还是几千人，就三五个和尚，一架吊钟、一副木鱼、一炷香、一对烛。密密麻麻的人群挤在大殿前或是观瞻，或是跪拜都只窃窃私语，决不喧哗。也许太静，也许需要更静，殿内沉闷的钟声每隔几十秒响一下，一副木鱼则在不停地敲击。

寺院内，大殿外有一位身穿橙色袍子的老僧人，灰白色的长胡子吸引了儿子的注意力，骁用手拨了一下我的头，又用手摸了摸建林的下巴，再用手指了指老僧人的胡子。我伸出食指放在嘴唇前示意他不能嚷出来。

我们步入前殿，大佛半闭的双眼似乎由高处俯视脚下的信徒，倾听信徒的心声。大佛眼睑半闭，露出同情、谅解的部分黑眼珠。脸上有同情，眼里有智慧，安详中自有一股勇气。由于唇部显出清晰有力的线条，他看起来更伟大，更有人情味。

我出神地端详着大佛,有一件东西从我的手心滑脱,我猛然回过神来,四周打探,建林用目光示意我,那个滑脱的东西在大佛正前方跪下了。那猫着的身子、跪下的长度,正好与拜垫相差无几,头紧缩着弓在拜垫边。

　　我有些愕然,但又顺其自然。

　　"你看着,我去买香。"建林微笑着点头。

　　点燃一炷香,用手拨起我的虔诚的小信徒,递给他一炷祈福的香,用眼神示意他看旁边的人怎么做,自己就怎么做。我鞠躬,作揖,跪下、跪下、再跪下。我不会求神,跪在大佛前什么也没有说。只是心想:"如果我的儿子一生平平安安,如果他将来能上大学,那有多好啊!"

　　我站起来,儿子还跪着,建林举起相机,"咔",电光一闪。

　　"阿弥陀佛!"车轻的僧人走到建林身边,做了个禁止拍照的动作。

　　为了让骁有时间对各种动物进行比较,我们在中山公园玩了一整天。我们尽情地玩,我和建林不停地提问,儿子一个一个地回答,答不上来就回过头去重新认识。

　　旅程就要结束了,按计划回家前还要买些东西。我们在武昌的几家小商店逛了逛,说是小商店,其中任何一家商店都比化工厂商店大两倍,琳琅满目的玩具柜是最吸引孩子的。

　　"骁,爸爸给你买玩具。买把枪好不好?"建林见骁趴在玩具柜台上盯着各式各样的玩具,弯下身子和颜悦色地说。

　　骁没有抬头看我们,没有回答建林。而且,看着看着撅起屁股,把脑袋奔拉到展柜的最底层,右手撑着地,左手在玻璃上很无奈地划来划去。

　　"来,你喜欢哪个? 告诉爸爸,爸爸给你买。"建林蹲了下去。

　　骁一动不动,像只倒挂的蝙蝠贴着展柜,一言不发。

　　建林将骁抱了过去,用手摸了摸他的头,问:"儿子啊,你是不是哪里不舒服？"

骁在建林的怀里手脚往后仰着，目光却盯着我。我走过去亲亲他的太阳穴，认为他身体好好的。"骁，你是不是想买玩具，又怕妈妈没有钱啊？"知子莫于母，我看了看他的眼神说。

也许他不知道该怎么回答我，就顺势来抱我。我接着说："这次我们出来玩的钱是妈妈计划好的。因为骁很乖，所以妈妈要带你出来玩。如果我们总是呆在化工厂，哪能知道长江是什么样呀？化工厂没有大轮船。化工厂那么小，哪能看到那么多漂亮汽车？怎么知道梅花鹿长什么样呀？是不是？妈妈还计划着给你买两套新衣服，给你买书，还要给你买两个玩具。你先看一看，武汉市的商店很多，先别急着买，看看自己记住，我们还要去百货大楼，那里比这里东西更多。只是妈妈说过了，只买两个玩具，买楼上小朋友们没有的，大家换着玩，好不好？"

骁这才高兴地点点头，再回到玩具柜。建林跟着他，告诉他那些玩具的名字。我万万没有想到，不到两岁半的骁在花花世界中还能回想，从这时起，我知道这孩子有了自我克制的能力，我更加坚信自己的教育方向。

最后，我们在百货大楼给他买了辆有轨火车和一架冲锋枪。

"阳骁，过来。告诉我，你去武汉看到长江大桥吗？"从武汉回家的第二天，我们在楼下的院子里玩，住一楼的龚师傅微笑着招手说。

"那当然！我们站在长江大桥上，向前看。龚伯伯，你不知道吧，我们看着看着，那条大轮船往前开呀开，开得不见了，那长江的水也像流到天上去了一样。"骁跑过去得意地挥着手说。

"来，慢点说。你比划给我看看，长江大桥有多宽啊！"龚师傅开始捉弄他。

"有这么宽，上面可以跑好多汽车，下面还跑火车，再下面就是大轮船。"他使劲伸开两个臂膀，好像是邻居长辈们从来没有见过长江大桥。

"来,好。你再比划我看看,长江大桥有多长啊?"在场的大人被龚师傅捉弄孩子的方法逗乐了。

"来,龚伯伯,把你的手伸开。长江大桥比这还长。"他把老龚的两臂拉开,让他站好伸直。

"还有,你说那长江有多长啊! 来。"龚师傅自己也忍俊不禁。

"龚伯伯你别动,还照刚才那样子站着。妈妈,你也过来,波波、刘阿姨你们都像我这样,一个接一个地站着,长江比这还要长。"

他能这样子比划,在我看来真的很够味。很长一段时间,院子里的大人没事就抓着他问来问去,这样加深了他对所见事物的印象。

保卫妈妈的小男子汉

独生子女最大的痛苦莫过于童年的孤独,但骁是幸运的,当年我们厂住房紧张,与我们同龄的十几个家庭共用一个公共走廊,就像一个大家庭,孩子们生活在这种大家庭里很难感受到孤独的痛苦。特别是我们生活的大院,孩子多得数也数不过来。玩的时候,打架的事是经常发生的。

邻居的孩子多,幼儿园的孩子更多,孩子们在一起玩耍,推三阻四是谁也无法避免的事。上天赐予他们一双灵巧的小手,也赋予了他们阻挡和进攻的能力。于是,孩子们在维护、占有和侵犯时就用手去抓对方。为了防止骁用指甲抓伤小朋友,我经常检查他的指甲,把它剪得很短,又磨得光滑,然后,用它先使劲刮我的脸以此确认安全。

"李里,别剪得太短了。你看,我把波波的指甲留得尖尖的。并且告诉她,如果幼儿园里的小朋友谁再来抓她,就这样去挖他的脸。"邻居小刘边说边把波波的手向我伸过来,她握着波波的小手,并将几个指头弯曲成耙子形状。

我用目光直视着她。也许她觉得自己的话有些不妥,稍作停顿接着解释:"我也告诉他,不要打比她小的小朋友,特别是楼上的小弟弟、小妹妹们,千万不能这样子去抓。"

"这是谁抓的?"在我看来,虽说小刘对我们是出自友善,但那语气里明显带有某种意义上的仇恨、报复与教唆。而这种仇恨、报复与教唆我是不能认同的,更谈不上什么效仿。我顺着波波的小手往上看,波波稚嫩的小脸蛋儿有一道抓痕,吸引了我的目光。

"骁骁,咯坏东西。这没有关系,骁骁比波波小,没事,没事。这点点算不了什么,过两天就好了。"

真一个通达的好邻居!与刚才的教唆反差不是一般的大。她显然不是装的,笑容很自如,目光是那样的纯真。

"你才有味咧,怎么不说给我听?"我敬重地责备她说。

"骁,以后不能再抓波波姐姐,听见没有?你和姐姐是好朋友,知道了吗?要去抓幼儿园的伢,抓外面的伢,听见没有?"她没有回答我,而是弯下身子用手爱抚地摸摸骁的小脸蛋儿,并用宽容豁达的语气说。

"你以为他和你一样大是不是?他心里哪有什么朋友、敌人嘛。搞得来了,一顿乱打乱抓就得了,手下哪知道留什么情!"我批评她说。话音未落,从西边传来一阵高声大叫。

"嘿!刚说不要打架!又打!"大人吼,孩子哭。

东边的朋友正在讲和,西边的朋友你一拳、我一脚开战了!孩子们的世界就是那样,开心的时候几个孩子你一口,我一口,可以同吃一根冰棒。楼下一起玩沙子,一起把沙子抓起,一起向空中抛去,只是沙子有的落在地上,有的落在孩子眼睛里,矛盾这就激发了,有的哭,有的打。

一分钟之前他们开心地拥抱，一分钟之后他们哭哭啼啼地厮打，唯恐自己的拳头无力，输给对方。

我不敢相信骁能够有多少辨别是非的能力，能够在利益面前分清谁是朋友。于是，我依然如故地把他的指甲剪短、剪圆，依然如故抓起他的小手，用他的指甲使劲抓我的脸，只有这样才能放心。

小刘带着波波去看热闹。我握着骁的小手指边刨我的脸边轻轻地说：“骁，以后不要和小朋友打架。你看你把姐姐的脸抓坏了，姐姐就不漂亮了。姐姐的脸疼，阿姨的心疼呀！是不是？你到别人家去玩，别人给玩具你，你就玩。别人小朋友不玩，你也可以玩。但是，别人要玩时，你就不能玩。小朋友到我们家里来，你要主动把玩具让给人家玩，知道吗？”

“妈妈，我的玩具给别人玩，别人不给我玩，这是怎么回事？”也许我说得太啰唆，他不具备这种分辨力，紧皱着眉头看着我。

我放下剪刀，用手理理他的头发，柔声说：“你不明白妈妈为什么这样说，是吗？来，妈妈给你讲个新故事，故事的名字叫《百鸟相会》。”

在很久很久以前，每年太阳公公过生日的时候，地上的百鸟都会集合起来，一起飞到太阳公公在天上的家里，去为他祝贺，感谢太阳公公给大地阳光。

太阳公公很喜欢它们，会做很多很多的菜来招待鸟儿们，还有很多水果、点心。鸟儿们在太阳公公家里又有吃的，又有喝的，又唱歌，又跳舞，甭提有多开心了，离开的时候太阳公公还要送新衣服给它们。

有只小乌龟看到这个情形，也想跟着鸟儿们去，因为它觉得自己的衣服太难看了。但鸟儿们一般都在天上飞，怎么才能让它们带上自己呢？小乌龟左思右想，没有好办法，伤心得哭了起来。鸟儿们听到小乌龟的哭声，得知它的心愿，就贡献出自己的羽毛，插在它的背上，带着它一起去太阳公公的家。

乌龟装上翅膀以后，就跟着大家飞呀飞呀。一边飞，就一边想着太阳公公家那些好吃的东西。想着想着，乌龟起了贪念，它想一个人把太阳公公准备给大家吃的东西都吃掉。它想呀想，终于想出一个歪点子。于是，它对鸟儿们说："等会到了太阳公公家里，请大家别再叫我乌龟，乌龟这个名字太阳公公不喜欢。这样吧，你们就叫我'各位'好了。"鸟儿们也没想到这是乌龟的坏心眼在作怪，就答应了它。

大伙飞呀飞呀飞，飞了很长很长的时间才到了太阳公公家里。白天鹅向太阳公公介绍说："这是'各位'（乌龟），它听说太阳公公今天大寿，就一定要来给您祝寿。"太阳公公也没有多想，就对大家说："各位请坐，各位路途辛苦，名位请吃点水果，各位请喝点饮料……"

乌龟趁着太阳公公离开的时候，洋洋得意地对大伙说："太阳公公就喜欢我一个。你看，太阳公公请我坐，说我辛苦了，还叫我喝饮料。这些东西都是太阳公公给我一个人准备的。"

鸟儿们听到乌龟的话，都很不高兴，但又没法反驳它。吃饭的时候，乌龟坐在餐桌前得意地喝酒、吃菜，鸟儿们则一声不吭，在一旁站着。太阳公公见鸟儿们不喝酒，也不吃菜，心想，这是怎么回事？难道是我做的菜大伙不喜欢吃？难道说它们生病了？

这时八哥终于忍不住了，它说："太阳公公，今天是您的大寿，我们大老远的飞来给您祝寿，可是您太偏心眼了。只叫'各位'一个吃这，吃那。不把我们放在眼里。"小八哥边说边流着泪。

太阳公公问清楚原因，就明白了是怎么回事。鸟儿们也明白了，原来是乌龟这个坏东西出的歪点子。它们都向乌龟要回自己的羽毛，太阳公公要把它赶出家门。

最有同情心的乌鸦说："这样吧，我们把它抬到有草皮的地方再把它扔下去，留它一条小命。"大家都同意就把乌龟抬出天堂，向有草皮的地面扔了下去。乌龟从高高的天空摔下来，衣服都摔成了一块一块儿的，成了今天这个样子。而且，它再也没有机会去得到新的衣服。

"活该该，谁叫它像个馋嘴猫！"骁握着他的小拳头气愤地说。

我趁机说："对了，大伙一起吃，一起玩多开心啊，干吗要一个人贪吃贪喝？再说，那么多的东西，大家吃才有味，一个人吃没有味。乌龟那样自私自利，最后摔得遍体鳞伤，没有朋友，孤苦伶仃的一生一世。"

骁装模作样地点点头，但我觉得他并没有真正理解。

这是我国经济复苏的年代，在十年"文革"中几乎停滞不前的国民经济，已经开始以较快的速度向前发展。

早几年买肉要计划，每人每月只有半斤。而且，想吃的时候还得凌晨两点到食品公司的窗口去排队。现在可以按需采购。布票取消了，油和粮食虽说还是凭票供应，但并不显得紧张。人们解决了衣和食的问题，就开始追求文化生活。

七十年代中期，我们厂整个青工区只有一台九英寸的黑白电视机，看电视要抢位子，坐的坐，站的站，将十几平方米的电视房挤得水泄不通，人们心满意足地乐在其中，决不会有人抱怨。现如今每栋青工楼都有电视房，电视机的屏幕已经换成了投影式，我们称之为小电影。黑白电视机家家都有，我们结婚时也买了一台，去年建林贪心想买台彩色电视机，提前把黑白电视机给处理了。一年后的夏天，我们翘首以待的，最热门、最抢手的彩色电视机终于买了回来。

这是院子里第一台彩色电视机：日本产十八英寸。图像、音效让邻居们赞不绝口。于是，单身汉们懒得往电视房跑，就近来我们家看电视节目。我们对他们的供应也很好：风扇在屋子里不停地转悠，西瓜泡在凉水里随时可以打开，汽水、凉茶，按需供应。大家坐在一起看电视节目，一起对某个镜头品头论足，逗乐的骁在人们中间穿梭服务，这群单身汉真有点乐不思蜀，每天晚上我不赶，他们就舍不得离去。

"滚！臭叔叔，别看我们家电视！"

屏幕上的济公师傅，从老者的脖子上把个大瘤子摘下来，对着它轻轻一吹，瘤子在空中飘了飘，稳稳地沾在财主老爷的脖子上。而且是老爷每做一件好事瘤子就缩小一些，每做一件坏事瘤子就成倍地增长。屋里的人被这个画面逗得哈哈大笑，小余做了个把瘤子从银屏上摘下来装在骁儿子身上的动作，骁年幼，分不清这是夸张的玩笑，对屏幕上血淋淋、粉红色的大瘤子心有余悸，于是生气地骂道。

"骁，过来。"我的声音尽量温和，虽说表达的意思和命令一样很明确，但不会让在座的人们感到不适。

骁向我走来，我拉起他的小手，用批评的目光瞅着他说："怎么能这样和叔叔说话呢？快去对叔叔说声：对不起！"

骁不从。我的表情渐渐地严肃起来。

小余并没有在意，也根本就不会在意。但我不能这么放任他。我察觉自从我们家有了这台电视机以后，骁在前来看电视的人们面前所展示的笑容少了些可爱的稚气，目光里有了几分和他年龄不相符的不屑一顾，在需要他人帮助时有了那种有权索取和交换的感觉，甚至走起路来的样子，也似乎朝着没有教养的权贵子弟的方向发展。

"叔叔，对不起。"骁用特别不明白的目光看了我几秒，才极不情愿地轻声说。

"骁，能不能告诉妈妈，爸爸、妈妈不在家的时候，谁和你玩？"熄灯后我躺在床上问。

"唐叔叔、余叔叔、姜叔叔、易叔叔……他们谁在家就谁和我玩。"

"如果他们都不和你玩，你一个人在家里害怕吗？"

"害怕！"

"叔叔们在我们家看电视有什么不行呀？人多看电视多好玩，大家一起看、一起讨论，多开心。如果你一个人看，银屏上一会儿乞丐、一会儿大老虎、一会儿刮风、一会儿闪电，像真的一样你不怕？来，妈妈再给你讲《百鸟相会》的故事。"

……

我经常这样将一些有特别教育意义的故事，或者故事中所说的细节拿来反复讲，反复提问，让有利于培养他人格的思想植入他的骨髓。

随着时间前进的步伐，骁慢慢显现出男孩子的勇敢，在第一次面对困难时没有眼泪……

燕子终于结束了夫妻分居的日子，送别的时候我们是那样的依依不舍。但我明白，再深的友情也比不上一日夫妻，所以友人常常抱怨彼此重色轻友，也许就是这个道理。友人可以遥想，而夫妻只能相守；友人可以相隔万水千山，而夫妻必须朝朝暮暮。分别后我们更加思念对方，她孩子相对较小，不方便来探望我们，常常托人捎信邀请我们去玩。

初冬的日子我决定带上骁去探望她们。为了能和燕子多相聚半天，我下了零点班就领着骁出发了。骁对燕子的感情比对建林还好，从家里到车站的这一段路上，骁有些迫不及待，蹦蹦跳跳抢在我的前面走。

上午九时正值客流高峰，我们挤上了一辆没有空位的大客车。骁小，我不放心，怕赶车的男人们挤倒他，所以最后一个上车。我们只能停在车门口，抓住立在紧靠车门边那根银晃晃的镀锌栏杆站立着。

公路两旁的法国梧桐早已落叶凋零，暖暖的阳光从高处照射下来，闪亮的白色天空，高悬如盖。车子向前开了二十来分钟，车窗外阳光如故，我把骁塞进本应该是售票员座位前的位置，吩咐他用手抓住围栏。就在这时，我突然觉得腿一软，气直往下泄，头也支不起来，身体沉沉的，体内一束怪热，汗毛肃然而立。紧接着脚手冰凉，汗如滴水。

"妈妈，你看。这公共汽车像《小猪啰啰的木房子》，想到哪，就到哪。

哈哈，多好玩啊！你说对不对？"车子前进的时候，窗外的景色不断变化着，骁联想着故事，笑逐颜开地说。

"是的。"我嘴巴微微开启，声音低得惊人。朦胧中我觉得儿子在看我，于是我无力地向他摇摇手，示意他我不太舒服，让他别吵。

"妈妈，你病了，是不是？"骁没有领会我的意思，我的面容一定使他心慌，恐惧代替了欢欣。

我点点抬不起来的头，再次示意他我不太舒服，让他自己照顾自己。

"妈妈，我来提包。"儿子看了看周围，车上没有一个熟人。也许男孩子就是天生的勇敢，也许他已经从故事里学到了现在应该怎么做，他没有哭，从我的手里拽过几乎要滑落到地面的包。

我身体弯曲，双手抱着那段钩形的银白色栏杆，大滴的汗落在地上。车子继续往前开。他不再说话，时而看看我，时而看看旁边的人。朦胧的目光中，感觉孩子在用屁股往座位中间挤，似乎很想把坐在前排的人挤开一些，让我坐下来休息。只是他不知道这样做对不对，或者说成不成。他不知道除此而外，还能用什么方法向左右的男人提出让座的要求，所以试着一点一点往里挤。

这时，靠车窗的那位头向车窗外看，靠车厢走廊的这一位盯住行李架上的箱子。车上人多，噪声也大，这两个人并没有注意发生在他们身边的变化。这样过了十多分钟，儿子苦涩着脸，无助地看着我。突然，车停了，靠车窗的先生站起来。就在这一刻，儿子以闪电的速度将整个身体趴在那个位子上，喊道："妈妈，你来坐。"那先生下了车，也没有人和我争，我坐了上去，强打精神说："来，把包给妈妈，你坐妈妈腿上。"

"我不坐，我来提。"儿子拽着包果断地说。这时靠走廊的先生可能发现了我的异样，把身子往外挪了挪，儿子坐在我身边。

车向前开，又经过近一个小时的颠簸，一阵恶汗过后，我慢慢清醒。最后我们在终点站下车，我蹲下去告诉他，我们还要换车。儿子一手提着几乎拖到地面的包，一手拉着我，踏上了另一辆开往市内的交通车。

"李里，你给骁捉线虫没有？"从燕子家返回后那天傍晚，我们几个同学坐在一起聊天。孩子们在院子里玩，骁走着走着侧身用手去抓屁股眼，心细的小陈发现了这个动作问道。

"什么线虫？"我不解地盯着她。

"你看，你骁骁屁股眼痒痒。上托儿所的孩子共用痰盂拉屎尿，有一种很细很细的线虫你传给我，我传给你。告诉你，李里，你每天半夜十二点钟起来捉。轻轻把他屁股眼掰开，线虫就爬在肛门外面，白色的，线那么粗。"她很有经验地说。

从那天起，每天的那个时候，我就给他捉线虫。第一次捉的最多，掰开屁股蛋露出肛门，眼前密密麻麻的白色断线样的小虫子，使我哆嗦了一下，最长的虫子有一公分，捉过几次慢慢减少，升班后不共用痰盂了，线虫也就消失了。

也许是这个原因，尽管捉线虫的日子只有十来天，此后的零点班却是让我心情沮丧的事。每晚我起床离家，他就撕心裂肺般地在床上滚着哭，也许是夜深人静，声音真的能传得那么久远；也许是我的幻觉，他的哭声跟随我走到楼下，走到院子里，穿过葡萄架，穿过铁路，拐过几道弯，进得厂区里，当机械的轰隆声扑面而来时，仍然听得见。

但是进入深冬以后，孩子似乎明白了哭也是解决不了问题的。他不再哭泣，只用行动来表达心声。

莆阳的冬天温差比较大，气温常常变化莫测，早晨艳阳高照，下午就寒潮来临。建林笨得要死，一般不会给孩子加减衣服，早晨我给他穿什么、穿多少，到下午接他时还是那样不会改变。

每当天气突然变冷，我提着饭盒和安全帽将骁从幼儿园接出来，迎着冷冷的风往回走时，就把衣服领口的纽扣打开，叫他把脸蛋儿和脖子埋在我的胸口;每当寒潮骤临的星期天,孩子没有上幼儿园,建林也不知道给儿子加衣服,骁在外面玩,小手被冻得像刚用火烤过的虾子时,我不忍心用热水给他泡洗,因为这样孩子的手一冷一热,温度变化太快,将来可能会患类风湿性关节炎。我心疼地把衣服掀起来,把他的小手贴在肚皮上,让我的体温慢慢给他温暖。

自从我们有了对门的房子以后,南边的卧室里就一字摆着两张床,大床顶窗,小床几乎顶门。晚上我在家时建林睡小床,我不在家的时候,建林就陪着他先睡。特别是深冬,遇到我上中班,建林就得钻两次冷被窝。不管我的动作有多么轻巧,儿子都能听到锁匙捅门的声音,我轻轻推开门,儿子就会胆大妄为地说:"爸爸走开! 妈妈回来了。"那清脆稚嫩的声音就像是根本没有睡,或者说完全睡醒了。

又是一个毫无准备的寒夜,当我踩着零点的钟声走进大院时,发现工作服都冻硬了,随着手的摆动,在静寂的院子里发出冰渣摩擦的声音。我用了比平常更加轻的动作,一点一点地插进锁匙,拧开门之前心想:"今晚一定不能跟儿子睡,否则的话,我冰棍样的身子会使他着凉。"没想到他还是照样醒来了,还是说那句话。

"别,骁骁,就让爸爸跟你睡吧。好孩子,妈妈一身快成冰棍了。"我心疼地劝说。

"起来啊!"建林起床的动作稍慢了一点点,儿子生气地说。

建林从热被子里跑出来,钻进了冷被窝里。我依然搓着手,坐在床边,真的不忍心躺下去。

"妈妈,你快来呀。我这被子里好暖和。"儿子见我在床边磨蹭着,从暖暖的被子里伸出暖暖的小手来拉我。

我慢慢地脱下外衣,在床边躺下,用身子将被子压住一点,在我和他之间筑起一道防线,真不愿意把身子贴过去。这样对我来说已经够暖和,他应该能感觉到冷了。

"妈妈,把手放这里,我的小肚脐眼这里像小火炉,特暖和。"他用温暖的、嫩嫩的小手拆开防线,抓着我那冷若冰霜的手,拽着那冰棍样的指头,硬往他自己的小肚脐处放。

"不行,不行。骁,你会拉稀的。听话!再不听话,妈妈就不喜欢你了。"我把手往回拉。

"妈妈,我没有不听话,妈妈,我不会拉稀,妈妈,今天晚上是爸爸喂我吃的饭,我吃得好快,一定不会拉稀。好妈妈,你把手就放这里,就放这里,妈妈,你太辛苦了,妈妈……"骁儿子祈求着,哭泣着。

一股暖流传遍了全身,他真情的哭泣,一字一字饱含着超乎想象的深情。我鼻子一酸,硬着头皮把手放了上去。这孩子还刚三岁,这回报来得如此快,如此猛烈,比《乌鸦反哺》更加使人不可思议!把我为他所做的一切都报答了。

从此,我和建林约好,他上床前把热水烧足,我回家后先到北边的房子,用热水把手和脸捂热再开南边的门。

接下来是个天寒地冻的日子,起床时我给他穿上大小不同的两件棉衣和经我精心改良的背带加松紧式棉裤。骁这孩子冬天也不流鼻涕,脸蛋儿光溜溜的透着淡淡的红色,总给人一种很整洁的感觉,阿姨们特别地喜欢他,每当我去接他时,远远地就能看到他在阿姨怀里撒娇的样子。

然而这天我来到小三班门外,透过大门的玻璃看到他满脸沮丧的表情。我不由得有些紧张,疑惑地往里走。

四岁·妈妈,我是捡来的吗?

妈妈,如果我不是捡的,你是怎么生我的呢?

妈妈像白娘子那样到庙里去求菩萨,菩萨就把你送进我的肚子里。

我每天吃啊,吃啊,你就一点一点长大。

为了孩子去充电

"妈妈,裤子上有屎巴巴。"平时活泼灵巧的骁儿,此时却挪着鸭步来到我身边,很轻地说。

"怎么上厕所不告诉老师?不叫老师帮忙?"我以为他傻傻的胆小怕事,把屎尿拉到裤子里了,很严肃地瞅着他。

"说了,说了。你这伢好贼,我还给他一把纸……"尽管我的声音不是很高,但安老师还是听见了。

"没事,没事。谢谢。"我赶紧违心地道谢,牵着儿子往回走。边走边想是不是自己的教育方法出了问题?难道说那些孩子都会自己擦屁股?为什么老师不帮他呢?天特别寒冷,孩子穿得多,他的小手怎么够得着屁股眼啊!

我们楼上的孩子都不好好吃饭,上小学的孩子也还在由父母喂。波波、丁丁,还要一边吃饭一边捉迷藏,下雨天,夫妻俩撑着伞从招待所一直喂到铁路边。我在家的时候还好,我一边讲故事一边喂他饭,要不了多久就吃完了。如果说我不在家,建林就让他自己数着吃,吃多吃少,吃冷吃热随他。如果让建林帮着喂半餐饭,他只喂两三口,余下的就自己吃完。有一次他可能一口也没有喂,就全部自己帮着吃了,所以被我发现。

"你今天中午吃饭快不快?"回到家里,我给骁换洗时,发现他拉稀。只是如前所说,他的小手确实够不着屁股眼,只是没擦着屁股而已。我猜疑地问道。

他胆怯地摇摇头。

"中午的饭是自己吃,还是爸爸喂?"

"爸爸让我自己吃,他看他们打麻将。"

那时候,麻将在化工厂刚开始风行,吸引了很多人去玩。从刚开始的培训到五分钱一局,大概只经过了几天。现在我们楼上玩的就是五分钱一局,儿子说建林看打麻将我深信不疑。

"妈妈经常给你讲,爸爸靠不住,妈妈不在家的时候,让你自己管住自己;经常给你讲,小孩子吃了冷饭、冷菜、喝了冷汤会拉稀。你不听,这下知道了吧! 难受是不是?"

"哎哟! 妈妈,我肚子好疼。"骁痛苦地弯下腰。

"怎么办呢? 这会儿医院门诊部下班了。你等着,妈妈给你做一份药。"

我找来一把大蒜头,去皮后把它放在杯子里捣碎,然后加水、加陈醋、加红糖。盖好,把煤气打开,水烧开后就用小火慢慢熬。熬着熬着,一股香味弥漫开来,诱得他直咽口水。

"妈妈,你这是什么药? 好了没有? 快给我喝呀。"骁坐在痰盂上盯着杯子。

"没有,再等会儿。"我看了看,蒜泥还没有溶。

过了一会儿他离开痰盂,走到炉前,大口大口地呼吸着蒜、醋、糖混合的香味,脸上显出陶醉的神情。

"妈妈,这是不是你的祖传秘方呀? 怎么我闻一闻就觉得舒服多了呢? 以后你别再带我去医院,我病了就吃这种药。好不好?"骁儿子说这段话的神态特别好玩,真像是打广告。

"哎呀!如果我去打广告,有了你这句台词,一定会供不应求!"

我把煮好的汤汁倒出来,吹了吹,自己先喝了半勺子,同时也装出特别好喝的样子咂咂嘴巴,更进一步去引诱他,然后喂给他喝。

"我肚子不疼了,一点也不疼了。妈妈,你以后就当医生,你这药味道又好。医生开的药不好喝,还总得打针。"骁刚喝完一小碗,没多大一会儿放了两个屁,有种特别的轻松感。

这一前一后的两段话,真是绝顶的广告词!

这段时间幼儿园的孩子生病的越来越多,引起了领导的重视,一份加级淘汰的方案由此而生。

春节过后,幼儿园为了加强幼师的责任心,搞了一个评选"我最喜欢的老师"的活动,这个活动开展了一个星期。这几天老师们比平常来的要早,走的要晚,尽管各人使出的手段不同,但目的只有一个,就是让家长们投自己的票。

安老师的爱人是建林的同事,安老师还是我老师的女儿。家长们对安老师的评价相对要差点。她有一对漂亮的大眼睛,方方的脸庞,可那眼珠子一瞪,让孩子们胆战心惊。而且她嗓门大,声音又粗,没有多少温柔感和亲和力。也许我们之间有着双重关系,也许儿子着实惹人爱,我觉得她对骁还是蛮好的。所以她自己也认为我们一定会投她一票。只是由于我倒班的关系,这一周下大雪,骁根本就没有上幼儿园,所以我们根本不知道有这个活动。

"你投了老子票没有?"一个余雪未尽的上午,我和儿子捂得严严实实地走在通往菜市场的路上,远远地安老师跑了过来,用手拧了一下骁儿子的小鼻子。

"安老师。"骁儿子揉了揉鼻子,甜滋滋地喊到。

"你说什么？投什么票？"我既礼貌又疑惑地看着她问道。

"幼儿园里在评选'我最喜欢的老师'，李里，你这没良心的，原来你还不知道啊！那你还没有投我的票是不是？老子对你儿子那么好……明天是最后一天，你要来啊！"说完她横了我一眼，又眉开眼笑地走了。

从菜市场回家后我就向邻居打听，这到底是个什么样的活动。邻居说："听说厂里要加工资，但总得有人不加，谁不加呢，领导们也不想得罪谁，所以就搞了这样一个活动。不过，没有关系。投票箱设在院子门口。不记名投票，你可以都投，也可以投一个、两个，也可以一个也不投。"

我想了想，既然如此，何不把权力交给他们的学生呢？

"骁，来。刚才安老师说的话你也听见了，只是可能没有听明白。这个不要紧，你告诉妈妈，你在幼儿园里，最喜欢哪个老师？你今天先说一遍给妈妈听听。"

"张老师、谢老师、李老师、安老师、刘老师。"他拨弄着手指头，数着说。

"那最不喜欢的老师，最讨厌的老师又是谁咧？"当时我还不知道小三班有五个老师，或者说只有五个老师。只是担心他说漏了而已，换一种方式来问。

"没有。"他摇摇头说。

"骁，明天妈妈送你去幼儿园。老师让妈妈投票的时候，你就大胆地像今天这样说，妈妈写。只是你如果能第一个说安老师那就更好。"我还是做了点儿暗示。

第二天风依然很凉，太阳迟迟不肯露面，我们穿好大衣就出门上幼儿园去。

雪后的空气是那样清新，路旁樟树的叶子被雪擦得一尘不染。步入院内，一个红色的箱子映入眼帘，"投票箱"三个大字更加引人注目。投票的人在这里投票，而我们径直往楼上走，刚到小三班的门口，老师们就格外热情地迎了过来。

"阳骁,你怎么好几天没来上幼儿园啊?"

"老师早!"骁儿子边喊着边向屋子里跑去。

"阳骁早。"小李过来帮他脱大衣。

"李里,你投票了没有?"又是安老师。

"没有。"我大声说。

"来来来。这里有笔、有纸。现在就写,今天最后一天。"安老师满以为我们只会投她一票,特别主动地把纸和笔递给我。

"好吧,你们都很辛苦,帮我带儿子。我天天上班,到底谁对我儿子最好,我儿子最喜欢谁,我不知道。现在就由你们的学生说了算,如果他说得不对,请多原谅,童言无忌。"我很爽快地说。

老师们异口称许,倾耳静候。

"来,骁。你想想再说,你最喜欢哪个老师。你说,妈妈写。"我把骁拉到跟前用鼓励的目光瞅着他说。

"安老师。"安老师用她多情的眸子看了我一眼,也许是谢意,也许是示意。

"谢老师。"

"阳骁好乖,谢谢你。"个子最小,脸蛋儿最黑,最不漂亮的谢老师在给另一个孩子脱大衣,赶紧回眸一笑说。

当五个老师都各得一票的结果出来以后, 安老师有些瞠目结舌,又有些失望地瞟了我一眼,最后说:"妈的,这伢就是贼!"

不管社会怎么发展,时代怎么进步,生活中总有那么一部分人属于生命的机器。起床、上班、下班、吃饭、睡觉。周而复始。我在某些方面也是属于这一类人。我从来都没有获得系统学习的机会,也没有想到过要重新去系统地学习。

我天天都给儿子讲故事,而且是讲得有声有色。从儿子的表情看,

"讲故事"这三个字像吸铁石。讲的人投入多少,听的人也投入多少。我有时会看看书,有时会想想未来,但只是想想而已。然而,就是这种想想,慢慢唤醒了我内心的某些东西。

一九八六年我国成教招生体制改革。此前电大、函大、夜大、职大、业大统称"五大",招生考试的试卷和考试时间不是全国统一的。各省各地方自主命题、自主考试、自主招生。从一九八六年起,在现有的"全国统一高考"的基础上,新增加"全国成人统一高考"。试卷和时间全国统一,录取最低分数线由省教委统一划定。

三月中旬,我从报纸和电视上知道了这消息。只是这条消息和人民日报、晚间新闻中所报道的领导人出访某国,某国领导人来华访问的消息一样,在当时看来对我毫无意义。

我一九六三年在家乡的老庙上小学。入学那天,母亲带我到学校报到的时间晚了些,当时就剩下一张无座的位子给我。那时,我们家刚刚结束逃亡流浪的生活回到老家,家里三个人,亲戚们给资助了三张椅子。父亲特别威严地说:"上午、下午放学都得背着椅子走,如果椅子丢了,你就站着!"

其实只是站着吃饭倒没什么,但不能站着上课!所以,不管刮风还是下雨,酷暑还是严寒,我得背着椅子走上近一公里路,来往于家与学校之间。也不知什么原因,同学和老师认准那个没有座的位子一直属于我。直到一九六六年,我们的教室改做文化大革命展览室。我们有课本,有老师,但不用上课,所以我结束了背着椅子来去的课堂学习。

学校停课以后,我们的课堂设在广阔的田野上。我们糊里糊涂地跟着大人们一起看展览、斗地主、斗走资派、贴大字报、游行、喊革命口号;我们扛着超出身高很多的工具,早出晚归修水利、开垦荒山、绿化家园;我们哆嗦着身子,在没有任何防护措施的情况下,到山上去捉啃吃树林的毛虫……

一九七八年来技校前，我连通分运算都不会。在技校学习了半年的文化课，半年专业课，实习了半年，一九七九年底到化工厂工作，从此便与书本决裂，直到一九八六年时，我已是一位地地道道的家庭妇女。

一九八六年以前，虽说有时我能用"搌诺数"来描述液体的流速，但我的综合素质还达不到小学毕业水平。这是我的学习阶段没有循序渐进而导致的结果。读大学是我孩提时代的梦想，那时已不敢奢望！

我给骁讲故事，有时候就乱编，有些东西可能是牛头不对马嘴，但孩子是听大人哄的。你说天是方的，他会信，你说地是长条的，他还会相信。我常常借助建林的字典读《故事会》，从这可看出我的文化水平。所以关于"全国成人统一高考"的消息并没有引起我的注意。了解我底细的人，也绝不会把这样一个消息与我联系起来。

我一如既往地工作和生活着，三月底四月初的那个月光如水的夜晚，一位不了解我过去的友人找我谈了一番话。友人递给我两本复习资料，我重新拾起课本开始看书。

如果没有复习资料，那我复习起来就成了丈二和尚，摸不着头脑；如果只有那两本复习资料，要参加高考对于我来说是远远不够的；如果复习资料足够，没有人来指导我，那也是徒劳。

离高考的日子还有五十五天，摆在我面前急需解决的问题：资料、老师、安静的环境。在我为这些事情烦恼的时候，大伟向我走了过来。

"李里，我分析了一下今年的形势。燕子说也许你有希望。我那里有成套的复习资料，你到我们那里去，燕子做饭，我来教你。楼上有一间空房子，你把门一关，饭熟了我们喊你吃饭。试一试，又不花什么本钱，就算考不上你也没什么损失……"

现在骁很乖，完全可以跟着建林一起上下班，只是我不能静悄悄地离开家，那样他会没命地到处寻找。我必须找一个理由来说服他。思来想去，我想到了"出差"。前不久我已出差去过北京，也没有带他去。他能听懂"出差"的意思。

那是一个阳光明媚的早晨,我心事重重地推开窗子,清爽的空气向室内飘来。回眸一望,骁已经醒来,躺在床上等着我。于是,小心翼翼地收起我的心思,哼着"大吊车,真厉害,成吨的钢铁,轻轻一抓就起来",我把脖子伸过去。

"哈!哈!哈!"骁两手勾住我的脖子接着唱。

我一边帮他穿衣服,一边思忖着说:"骁,厂里又要派妈妈出差。"

"妈妈,这次可以带上我,是不是?"他神采飞扬很是高兴。

"不是。妈妈这次去的地方很远,要经过一大片的原始森林。而且时间很长,要两个月。路上很危险,厂里有规定,不能带小孩子。你在家里跟着爸爸,每天爸爸送你上幼儿园,接你回家。妈妈办完事回家的时候,给你买上次送给妹妹那样的积木,还给你买一架照相机。还要给你带回好多新故事。"

"妈妈,路上有什么危险啊?"虽说有那么多诱人的东西在诱惑他,但明显他起床时的甜美心情消失了,他在担忧。

"原始森林里有大老虎。就是动物园里那样的大老虎,武松打的那样的大老虎。妈妈带着你,跑也跑不动,会被老虎吃掉的。"

"妈妈,那大老虎不是被武松打死了吗?怎么还有?"

"我们的国家地域辽阔,东南西北到处都有大山,那些特别特别大的山里都有大老虎,而武松才打死了一只。而且妈妈要经过的是原始森林,不是武松打虎的景阳冈。如果妈妈带上你,那危险就更大了。你想想看,我们家里的蚊子最喜欢咬谁?"

"我。"他伸出食指戳了一下自己的小鼻子。

"你知道蚊子为什么那么喜欢咬你吗?"我神秘地问。

他轻轻地摇摇头,静静地听我继续说。

"这是因为你的小肉肉很嫩,蚊子闻着有一股鲜味。妈妈如果带上你，老虎的鼻子比蚊子长多了，很远很远就闻到了你那嫩肉的鲜香味。老虎有四条腿，跑得快，那还不三下两下就把你逮住了。老虎那么大的嘴，那么大的肚子，我们两个人还不够他一顿早餐！所以你不能去。"

"妈妈，大老虎就闻不到你的肉的味道吗？"

"那当然！你看家里蚊子从来都不咬我呀！只要不带小孩子，我们走路的时候轻轻的，老虎就听不见，也就不会发现我们。你放心，妈妈不会被老虎吃掉的。妈妈一旦把工作任务完成了，就回家来天天给你讲故事，一天讲一个新故事，好不好？"

也许新故事对他的吸引力比玩具大，也许他现在听明白了不能带他走的原因，也许他认为妈妈从来都不骗他，妈妈一定会安全回家，所以他点点头。我亲亲他，给他的小书包装上点心，送他到门外。

"妈妈，再见。"看着他远去的脚步，我落泪了。忽然，他从楼梯口跑了回来，紧紧地搂抱我，依依不舍地亲亲我说："妈妈，你要早点回。"说完迅速向楼梯口跑去。

我躲过他的目光，嗓子堵得慌，说不出话来，就连"再见"这么简单的两个字也说不出来，只是背对着他挥挥手，赶紧躲进屋里。

我请假复习准备参加高考的事引起了很多人的关注，朋友们都在帮助我。我在燕子家住了两个晚上，就被招回来了。

这时有一个通知，当年参加成人高考的人要有高中毕业证，才能报考。朋友们都知道我没有这样一个证，我们这一届技校生是纯粹性质的招工，而不是招生，我们的毕业证书不能等同于高中毕业证书。

那一周的周六、周日，地区教委来我厂，对职工学校文化补习班的学员进行高中毕业资格考试，要拿到这个证件，我才有资格报考电大。

一日不见，如隔三秋。我们的家变了样，儿子被建林送给婆婆了，建林表现出对我前所未有的思念。他痛苦地说："李里，儿子真的很可怜。你走了以后，无论我怎么哄他，他都不吱声，更不要说笑。他不哭，也不吃饭。楼上这么多人逗他，他都不理不睬，只是呆头呆脑地坐在小凳子上，自己拿本《看图说话》翻过来翻过去。我把他抱到商店里，给他买了一大堆东西，他瞧也不愿意瞧一眼，看着怪让人难受的。那天下午，我下班以后就给送回去了。我想有奶奶、姑姑、小雨、利利和他玩，也许会要好一些。明天周末，我回去看看他，看看行不行？若不行的话，再另想办法。"

孩子的情感世界是变化的，但有个别孩子也很执著。我那刚刚燃烧起来的学习热情开始动摇。

我不知道是该老老实实地做一个家庭妇女，还是应该为他的明天做一些必要的准备。因为就像友人说的那样，也许通过这次考试，即使不能达到目的，也能在某种程度上提高自己。现在孩子小，我说天是方的，他就认为天是方的。因为我可以把他带到一个方方的没有屋顶的房子里去仰望天空，那天空看起来确实是方的。但是过不了多久，他就无法从我的脑子里吸取知识的养分。

星期一的早晨建林送给我一个满意的消息，儿子在家人的照顾下，生活得很好。建林也不再去看邻居们打麻将，而和我一起复习，准备一起去报考。

这一段日子是紧张而忙碌，充实而快乐的，我们用拨去叶子的莴苣头来做金属棒，分析"左手定则"中电流的运动方向。友人把最新最简洁的复习资料送给我，隔壁的大学生天天都到屋里来坐一阵子，帮着我解决问题。每天我最多睡五个小时的觉，建林的基础比我好，他主动承担了买菜、做饭的事。我们不打扫房间，不看电视，一天甚至两天洗一次碗，一周洗一次澡……

一分耕耘，一分收获。我终于超过了当年省电大招生的最低控制线五分，公布分数的那天我是多么高兴啊！我的朋友都来恭贺我。根据厂电大招生的规定，我是完全有权优先录取的，然而，我意外地被拒之门外。

为了能够早一秒钟见到儿子，建林将车骑到考场外的树荫下。考试结束的铃声响起,我们一起走出考场,建林踏着自行车,载着我就往城里赶。很幸运,百货大楼还没有关门。我们买好事先承诺的礼物,只是没有我们要买的照相机,临时改变计划买了个望远镜(骁还没有分辨望远镜和照相机的能力)。归心似箭,建林一个劲地猛蹬,自行车比拖拉机跑得还快。黄昏的时候我们的自行车飞到了家门前,远远地看见婆婆牵着骁,在室外散步。

被奶奶惯坏的孩子

"骁!"建林迫不及待地追着喊。

"骁,你爸爸、妈妈来了,快喊!"婆婆猛回头提醒孩子。

"妈妈,我们回家。"儿子脸上显现出一种难以描述的表情,痛苦的成分多于高兴,没有哭,很默然,让人心酸。

这天是星期天,婆婆认为我们不会这么快来接儿子,所以家里人都吃过晚饭了。哥哥、姐姐、妹妹们都坐在门前,等着乘坐上下班的车回到他们的小家去。远远地看见我们过来,打水的打水,接东西的接东西,蜂拥而来把我们迎进家门。

"骁骁,喊爸爸。"建林拉着儿子的手说。儿子愕然地看着建林不吱声,建林泪流满面。

"骁骁,快喊你爸爸呀!……"家人七嘴八舌地催促他。有的嗓门呜咽着,有的偷偷地抹泪。

当我的眼眶装不住泪水的时候,毛毛给我打来了一盆洗脸水,我一遍一遍地洗,装腔作势地嘿嘿笑。我没有和在座的人们说话,洗了四遍脸以后,深深地吸了一口气。这时骁再次来到我的身边,我牵着他的手向室外朦胧的夜色中走去。

"妈妈,你骗人!他们都说你没有出差,你在家里复习考大学,你怕我吵你,把我送到奶奶家来。是不是这样?"我们向外走着,默不作声地走了几十米,骁像想起什么似的问道。

我是不是出差,在骁看来是很重要的,这关系到一个我骗没骗他的问题,现在,他一定要搞清楚是谁在骗他。我从他的语气听出了这一点。

"首先妈妈是去出差,只是走到半道上又接到厂里通知,让我回家。妈妈回到家里以后,你被爸爸送给奶奶了。这时有人告诉妈妈,说妈妈今年可以去参加高考。妈妈很小的时候就梦想考大学,可是,那时候人家不允许妈妈读书,没有办法。现在人家说妈妈也可以去参加考试,就很想去试一试。我想你也是奶奶的乖孙子,奶奶和姑姑他们都喜欢你,是不是?"我巧妙地把问题给掩盖起来说。

"是的。奶奶天天给我买罐头吃,厨房里一大堆瓶子,等会儿给你看。"

"所以,妈妈就让你留在奶奶家里,妈妈就复习考大学。今天下午刚刚考完,爸爸妈妈一从考场出来,就赶来接你回家。"我擦着泪,半晌才回答他。

"妈妈,你考上了吗?"

"不知道,要过一段时间,等老师审过以后才知道结果。考大学是件很难的事,但是,不能因为难我们就不去做呀!你说对不对?"

"你说,妈妈这次能不能考上大学?"我也有些迷信毛孩子的话,顿了顿接着反问。

"能,一定能考上!我长大了也要考大学!妈妈,你说好不好?"

"那当然!"我肯定地说。

"妈妈,现在我能不能回家啊?"很明显孩子想家。

"明天早晨你和爸爸、妈妈一起回家。"

我们边走边聊,已经到了离家较远的堤岸上,踏着月光往回走。经过这么长距离的散步和交心,我们已是心情舒畅,亲密无间。

第二天,我们早晨七点四十回到家中。这时,正逢上班的人流高峰。邻居们发现了他,远远地疼爱地喊他。他只是顽皮地笑笑,不回应。我开始以为他离开的日子长了,已经记不得该怎么称呼别人。昨天父子重逢的一幕还历历在目,于是,我不断提醒他。前面的邻居走过了,后面的邻居们与我们擦肩而过,疼爱亲昵地用手摸他的头,捏他的脸蛋儿,捏他的鼻子,戳他的脖子。他狡猾地笑着,肆无忌惮地用没有教养的语调,直呼喜欢他的叔叔、阿姨们的名字。这只是一瞬而过,邻居们不但不生气,反而还赞叹他的记忆力。我愕然,于是批评他。

接下来这孩子表现出一种从前所没有的霸道、横蛮。和小朋友玩耍时他抢人家的玩具,手灵脚快,满脑子的鬼主意,动不动就和邻居家的孩子厮打。叔叔们念念不忘的是从前那个乖巧、可爱、懂事的骁,想再来逗逗这个开心果。谁也没有想到他变了,他不再称呼他们叔叔、阿姨,不再用甜滋滋地笑来回敬。他开始直呼其姓,以小刘、小唐……或者说李某、宋某……用讨厌、烦躁……来回击那些满腔热情的叔叔阿姨们。

我在家的时候,我给他讲故事,和他一起拼积木,他没有多少时间和邻居玩,在我面前还有些谨慎。而那些无理的事,打架的事多发生在我不在家的时候,所以,当邻居们小心翼翼试探性地告诉我说骁的性格、行为有些变坏的时候,仍然没有引起我的重视。

在骁回到家一周以后,一天吃过早餐,我在北面的屋子里搓洗衣服,他坐在南边的屋子里玩拼积木。也许是因为拼不出什么模型而有点气馁,于是他改变主意看《看图说话》。这时小希来了,得意洋洋地喊着:"骁骁,呜——"举起他心爱的小飞机向南边屋子飞了进去。

骁儿子没有搭理小希,继续看书。床上地上乱七八糟色彩艳丽的积木深深地吸引了小希,小希把飞机停在我们家的大床上,兴致勃勃地开始用积木拼坦克。

这种积木的数量很多,由红、黄、白三种颜色组成,还有一本拼图书,可以模仿它拼出各种东西,汽车、拖拉机、装载机、坦克和楼房……小希五岁了,又很聪明,三下两下就拼好一辆坦克。小希开着坦克对还在看书的骁说:"骁,哒哒——"骁就丢下书,也跑过去拼积木。

如果是从前,两个孩子一定会好好地玩,因为这么多积木足以供他们一起玩。但现在不能,这孩子有了嫉妒之心,他拼来拼去拼不出图形,心里也急躁。搞了大半天,好不容易在小希的帮助下拼了辆大公共汽车,可是六个车轮都被小希用上了。没有车轮,车子开不动,他就去抢小希的车轮。小希已经将车轮装在公共汽车上,也很舍不得给骁骁,于是乞求地望着他,轻声说:"好弟弟,你先玩我的飞机,我一下下就给你,好不好?"

"嗵!嗵!"

小希万万没有想到,从前那个善良的弟弟在他话音刚落时,会咬牙切齿地举起他刚刚拼好的那辆大公共汽车,使劲地朝他的头猛砸几下。

"啊哟!妈妈……"小希捂住脑袋瓜子,拼命往外跑。

我大声呵斥并快速跑过去,抱着小希的头看了一下,头上有两个乒乓球大的鼓包。我正准备用些猪油给他涂上时,圆圆气急败坏地冲出来,左一声"废物",右一声"去死",拽着小希就是两耳光,然后拖着小希走进他们家,"啪"的一响门关了,只听见小希仍在大呼:"妈妈,别打了……"

圆圆拽走小希的时候,骁正往外追小希,他可能还想继续砸小希,我抓住了他。他那仇恨的双眸直冒火星,拼命想挣脱我,用另一只手来打我,企图达到他的目的。我踢了他一脚,他咬我,我用力朝他的腿踢了一脚,他坐在地上哭叫,可能想继续耍赖。

"起来!"我大声吼叫着。我想,自己的眼睛快要睁破了,脸一定是变了形，不然的话，他怎么可能一溜烟从地上站起，并一声不吭地呆立着，低着头不敢看我。

"你妈的，骁个狗东西，给他奶奶惯坏了，一会打这个，一会打那个。李里，我还忘了给你说，昨天他打了小希，又打波波，我明明看见我家波波根本就没有惹他，他却猛打她。你这个坏东西，是该让李里好好地整整！这样下去，怕是无法无天！"正在我大发雷霆的时候，小刘走了过来嚷道。

我把火压了下去。这个时候再去猛打他，小刘一定会有意见，会认为我是冲着她的。就像圆圆打小希一样，如果不是冲着我，对一个受了委屈吃了亏的孩子，至于那样子狠心肠地打吗？

再逢我和建林同时休息的时候，为了表示对家人的感谢，我们回到婆婆家。

星期天的上午，嫂子、姐姐、三妹和我，四个人坐在客厅里择菜，哥哥和建林从楼上往下递柴火，四妹和婆婆在厨房准备午餐，姐夫和妹夫理发去了，四个孩子则在户外较远的地方玩耍。我们边干活边闲聊，没多大一会儿，小雨嬉笑着跑到嫂子跟前坐着，俯在她妈耳边低语。嫂子用示意的目光在我和小雨之间掠过，小雨沮丧地坐着不动。紧接着利利擦着眼泪跑了进来，想依偎在姐姐的怀里，姐姐说："羞不羞！还哭。"我正想问利利为什么哭时，文文哭哭啼啼、跌跌撞撞来到了门口。

"叫你不惹哥哥，叫你别和他们闹，活该！"妹妹边骂边笑。

我猜想可能是骁在称王称霸，向远处望去，果然不出所料，骁就在屋外几米远的地方，先是摆出得意的样子往里走，目光与我相对时，才有了一丝淡淡的畏惧。

"骁，乖。来哟！"奶奶甜蜜蜜地叫道。

骁小步向我们走来。

"骁，三姑姑最喜欢你。以后别再打妹妹，你是好哥哥。"三妹抱起文文，微笑中含着苦涩地说。

就在骁离我一小步远时，我伸手抓着了他。

"奶奶！"他见情况不妙大声喊。

"莫搞，莫搞，李里，老娘会跟你拼命的！"姐姐赶紧拦在我和骁中间劝说。

"骁，莫怕，有奶奶！"婆婆提着菜刀过来了。

"李里，算了，算了。"嫂子抓着我的另一只手。

"李里，我跟你说，你今天动他一下试试！"哥哥两手叉腰，摆出一副势不两立的架势。

为了避免和婆婆吵架，和家人吵架，我放开骁。骁跑到婆婆身后去，紧接着他们一起转过身进了厨房。建林用"嘿嘿"的冷笑声来藐视我。

"李里，你是不知道，前些时骁在奶奶这里，他要怎么搞就怎么搞，简直是无法无天。奶奶还说：'小雨、利利你们是姐姐，弟弟玩着高兴想打你们，你们就站着不动，给他打几下，可是不能还手啊！'小雨还好，她大些，骁还不怎么打她。我们家利利可成了他下饭的菜，想怎么打，就怎么打。挨了打，还不能哭，哭了老娘还骂她，你怕是不造孽！"几分钟后，姐姐见我沉默不语，打破僵局说。

"我还不是一样挨打，坏死了！"小雨终于忍无可忍地说。

多数人眯缝着眼笑，我实在笑不出来，无奈地看看妹妹问："那文文咧？"

"老娘说：'那是哥哥，他们玩，你在旁边看。你莫去惹哥哥，哥哥打你，你就跑。可不能还手啊！'老娘嗓门又大，那眼睛一瞪，像要吃人一样！哪个伢不怕啊！哈哈……"妹妹说到这里，可能觉得自己这样说妈妈有些不妥，于是哈哈笑。其他人也跟着笑。

我如梦初醒，终于找到了他变坏的原因，但此时无能为力。

很多年以前，我远远地观望过刑场，听到过正义的枪声，看到过验尸官的手势。

新婚燕尔的日子里,建林作为死刑犯哥哥的朋友,去刑场给死刑犯收尸,当代表人民利益的枪声响起时,他就伫立在宣判会场的最前沿。当验尸官挥手离去时,他以百米冲刺的速度向尸体奔去。当他将尸体火化、安葬以后,沮丧地回到家,无限感慨地说:"如果不去刑场,如果不是亲眼所见,没有人能理解死刑犯的母亲。事先,我们都认为寒寒的妈不会去刑场,我们也没有在刑场看到她。而当利利倒下后,法医刚一挥手,她像从天而降,先我们一步发疯似的把整个身子压在利利的尸体上。我们几个壮小伙拉也拉不开,她就那样紧紧地抱着他(尸体)。什么叫捶胸顿足,什么叫撕心裂肺,什么叫哭天喊地! 在这种情况下,没有罪犯,只有气绝身亡的儿子,只有渴望同归于尽的老母亲!"

这个女人原本不应该这么不幸。她是后勤处的会计师,丈夫是当地驻军的政治指导员,两年前才病故。夫妻俩生有三个绝顶聪明、漂亮的儿子,个个浓眉大眼、体魄健壮,瞅一眼都觉得很有福气。但由于从小对他们的放任和放纵,在这次宣判会上,老二被处极刑,老三被判死缓! 只有老大从小由婆婆抚养,现在是子弟小学的老师。

此时此刻我想到了这件事,面对放纵教唆的家人,我感慨万千地说:"如此这般,怕是有一天要被枪毙! 他奶奶,你可要多存五毛钱啊!"(当年国家惩罚罪犯的子弹费用是五毛钱,这五毛钱要由罪犯家属来承担。)

"李里,你也说得过了火……"家人一连串的指责声。

"嫂子,跟你说,这还不算,他喊奶奶叫老毛子!"妹妹想起乐此不疲地说。

"妈妈,你知道奶奶叫什么名字吗?"有奶奶的庇护,骁少了些对我的畏惧,慢慢向我靠拢。

"奶奶就是奶奶,你管那么多干什么!"我严肃地说。

"不对,奶奶也应该有她的名字。"他得意忘形地说。

"是的,哪个人没有名字嘛。"婆婆附和着说。

"我问奶奶叫什么名字,他们都不告诉我。我想,姑姑们叫大毛、小毛、毛毛,那奶奶是不是就叫老毛子咧。妈妈,你不知道奶奶的名字吧?陈秀芝!"说着他胆大妄为地冲婆婆大喊一声。

"唉!"婆婆嗲声嗲气地答道。

"老娘啊!怎么能这样子啊?"建林都听着不是滋味,于是拖长着语气说。

我惊诧,但是我不能责怪婆婆。第一,她是长辈;第二,那段日子也很特殊。也许孩子吵,她没有办法就只得由他去胡闹。我也庆幸发现得早,孩子小,可塑性大,我有足够的时间来调教他,让他重回正轨。

我读的书很少,受的教育也很少,但我不断吸取书中的精华,在传统的理念中成长。我知道生孩子容易,教孩子难,长个子容易,长德行难。只要是动物就会生育子女,无人教养的孩子一样可以长得牛高马大。如果没有耐心地引导教育,他们有太多的机会走上犯罪之路。我知道以自己的能力,很难把儿子培养成人才,培养成一个优异的人,但作为一个母亲,我最起码应该把他培养成一个对社会无害的公民。

午餐后,孩子们都围坐在我的身边,看着那一张张稚气实足的可爱小脸蛋儿,我情不自禁地把他们揽在怀中,一个一个地亲一亲,真有一种想把他们都据为己有的感觉。想想那三个小女孩,想到她们无端地遭受到不公的待遇,想到她们幼小的心灵所不该承受的委屈,我心里有些难过。我轻轻地说:"我给你们讲个故事好不好?"

"好!"孩子们异口同声地答道,并伸长着脖子看着我。

"这个故事的名字叫《狐假虎威》。"我挪动了一下身子,打着手势开始讲。

很久以前,在一座大山里,有一只大老虎,它住在一个大山洞里。因为饿了，就跑到洞外去寻找食物。走着走着，看见前面有一只花狐狸，老虎将身子一扑，一点也不费力地把狐狸抓住了。

狡猾的狐狸知道自己厄运临头了，但是它动动脑筋，不慌不忙地对老虎说："虎哥哥，你不要以为你是百兽之王，就毫不考虑地把我抓起来当早餐吃，你好大的胆子啊！你要知道，老天爷看中我，已经传令给我，要我当百兽之王。现在你吃了我，惹恼了老天爷，担心受到老天爷的惩罚。"

老虎听了花狐狸的话，愣住了，一时不敢把狐狸吃掉。但是它肚子太饿，又舍不得放走狐狸。它想：百兽之王明明是我，怎么老天爷又命令狐狸当王呢？老虎越想越不明白。

狐狸觉察到老虎的迷惑，于是说："如果你不相信，我立刻让你见识一下事实吧！我走在你前面，你走在我后面，一直往前走，你看看百兽一见到我，是不是都躲避开了？"

于是就照这个方法，狐狸在前，老虎在后，往森林里走去。百兽见了它们，果然都吓得没命地跑。老虎看到森林里的动物这么怕狐狸，越走越害怕，没过多久，就转身逃走了。

故事讲完了，孩子们还意犹未尽、愣头愣脑地看着我。

我话锋一转问道："你们说，百兽是不是怕花狐狸？"

"不是，百兽怕老虎。"三个孩子齐声说。文文太小，她还不明白。

"骁骁，你说说看，百兽为什么不怕狐狸？"

"狐狸没那么厉害，像野马就比狐狸高大，它们就不怕狐狸，但怕老虎。"

"骁，你再想一想，是你的力气大，还是小雨姐姐、利利姐姐的力气大？"

"她们大些，当然她们力气比我大。"骁不假思索。

"骁，你告诉妈妈，为什么你每次打她们，她们都不敢还手？"

"有奶奶撑腰，哪个敢还手啊！"姐姐在里屋抢先插嘴说。

"好！老娘是老虎！骁骁是狐狸！"哥哥摩拳擦掌地说。

十几个人拍手叫好，开怀大笑。骁不知所措地站在我的身边，虽然脸蛋儿上有丝丝微笑，但那是不自然的笑，不开心的假笑。

我把他拉到怀里接着说："狐狸和老虎都是动物王国的坏东西，它们欺负比自己弱小的动物，小动物们远远地看见它们就躲藏起来，谁也不和它们玩。小动物们要保护自己，还经常聚在一起开会商量对策。比如勇敢的小刺猬，它知道老虎喜欢吃鲜肉团子，就把自己的身体翻卷过来，躺在老虎出入的路中间。老虎一看，这不是个冒汽的鲜肉团子吗？用舌头舔一舔还是热的，用鼻子闻一闻还有肉腥味，小刺猬那么小，大老虎嘴那么大，还来不及咀嚼一下，就囫囵把刺猬活吞到肚子里去了。老虎的肚子对于小刺猬来说，就像个大舞台。小刺猬在老虎肚子里把身子一翻，满身的刺比针还厉害。大老虎啊哟啊哟，疼得满世界打滚。小刺猬的刺把它的内脏都戳穿了，老虎慢慢就死了，小刺猬再慢慢地吃老虎的肉。"

讲到这里，几个小家伙的眼睛里都放着光，攥着小拳头，好像在为小刺猬打气。

"老虎太凶恶，不讲道理，谁都不和它玩。它没有朋友，想找个人说话也没有。它难受死了，一难受就生病，一生病又找不到医生，慢慢地都快死光了。现在我们只能在动物园看到老虎，山里基本上没有老虎了。国家为了研究物种为什么会消亡，现在号召人民来保护它。那狐狸太狡猾，总用些骗人的小把戏去害人，小动物们不乐意和它玩，猎人总是追杀它们，剥它们的皮，用来做狐皮袍子，还吃它们的肉，把骨头拿来炖汤！"

我停顿了一会，观察他的表情，发现后面这些添油加醋的叙说使他产生了某种恐惧。于是话锋再一转说："骁是妈妈的乖孩子，是奶奶的心肝宝贝孙，千万不能学老虎那样称王称霸，也不要学狐狸那样狡猾骗人。以后再也不能随随便便想打谁就打谁。知道了吗？"骁心领神会地点点头。

我亲亲他，继续说："伯伯和姑姑他们也说得不对，骁不是狐狸，骁只是还小，还不懂得这些道理，所以才犯错误。奶奶不是老虎，奶奶只是特别特别地心疼骁。"

"就是嘛，我不懂，你们也不懂！"经过我这样一环紧扣一环地分析，他意识到自己错误的同时，也对家人的放纵产生了厌恶的感觉，于是一本正经地说。他生气的样子又使在场的人乐不可支，笑作一团。

多年以后，我接受到保护动物的观念，才意识到当初讲这些童话寓言是有误区的。孩子们长大后，留在脑海的只是那些正确的道理，而不是对动物的歧视，这让我在今天感到庆幸和欣慰。

妈妈，我是捡来的吗？

建林只会读故事，不会讲故事。而且读得干巴巴的，听起来使人乏味。有时建林费了老大劲，骁还是不愿和他在一起，我上班的时候，他放学回家常常缠着建林带他来找我。然而，有一天厂里一纸文件规定："不准带孩子上岗。"

正在骁对化验室的那些瓶瓶罐罐、对酸碱中和时颜色的变化很感兴趣的时候，"不准带孩子上岗"的规定出台。有时他寻着建林吵，建林没有办法，只好拿条毛巾做掩护，借故说到厂里去洗澡蒙过门卫。父子俩来到化验室外，骁像蜘蛛一样扒在玻璃窗上喊我一声，我抬头看看他，有时同事们隔着窗户玻璃逗他一下，但是想长时间逗留是不可能的。

"去时像小猴子活蹦乱跳的，回时像曝晒了一天的茄子无精打采。"这是建林对骁来去表情变化的描述。

再过些日子，厂里进一步规定："孩子不准进厂。"尽管如此，他还是没有死心，天天想着找一个办法能跟着我上班。不到四岁的孩子想象力既幼稚又丰富，一天晚上，电视《动物世界》节目播放袋鼠，袋鼠妈妈胸前有个育儿袋，出门的时候把小袋鼠装在育儿袋里，调皮的小袋鼠一会从育儿袋里蹦出来，一会被袋鼠妈妈抓着塞进育儿袋，那样子特别滑稽，加上幽默的解说词，我们一起看，一起乐。

"唉！妈妈你怎么不长个育儿袋？"骁受到电视镜头的感染。

"哎呀！你小子能啊！"一起看电视的小唐叫到。

"莫吵，先听我说。你若有个育儿袋，每天我都跟着你，首先我和你一起走到厂门口，然后我跳进育儿袋，把头缩起来，那门卫就看不到我了。我们就这样子走到车间里，然后我再从育儿袋里跳出来。你工作的时候，我就自己玩，你休息的时候就给我讲故事，教我变魔术。检查的人来了，我再躲进育儿袋，那该多好啊！"尽管一起看节目的人不断地打趣他，他还是一股脑儿把心事说了出来，再跟着大伙儿乐。

"啊哟！你小子想得好美呀！来，说给我听听，你妈妈会变什么魔术？"小唐开始想点子。

"唐叔叔，你不知道吧，我妈妈上班的化验室有好多瓶子，那瓶子里都装着水。我妈妈，还有那些阿姨把瓶子摇一摇，水就变成红色，有时变得像橙子汁。好神奇的，那不是变魔术还是干吗？唉！真可惜，妈妈怎么就不长育儿袋？我现在不能去看妈妈变魔术了！"他说话时，语气中流露出强烈的失落感。

"骁，唐叔叔有个好办法，只要你妈妈愿意，唐叔叔可以保证你天天跟你妈妈一起上班，而且，保证不会被门卫和检查的人发现。"

"唐叔叔，是不是真的？"他一双眼睛睁得老大，闪亮闪亮地紧盯着小唐。

"当然是真的，唐叔叔难道还骗你？你去到屋子里把你爸爸最好的烟,要带过滤嘴的那种,拿一根来,唐叔叔就告诉你。"

骁一心想得到这条锦囊妙计,巴不得小唐快点说出来,没想到小唐就像说书、演戏一样,人家正听得起劲,想知道结果,他却在节骨眼上打住了。

"唉,你真是个大麻烦!"骁无可奈何,借用了《再向虎山行》(当时热播的香港电视剧)中的一句台词来说小唐。

小唐接过烟,把烟撅了撅,慢悠悠地取出打火机。骁看他那磨磨蹭蹭的架势,有些急不可耐,跺脚催促说:"唐叔叔,你快点说呀!"

"急什么! 你怕这个办法人人都想得出来? 你看这么多人,他们都想不出来。你想想看,现在你没有唐叔叔的办法,不要说跟你妈妈去上班,去学变魔术,想瞄一眼都不行!"小唐边说边眨着眼睛故弄玄虚,为他的骗烟妙计增加些色彩。他慢腾腾地点好烟,重重地吸了一口说:"叫你妈妈到商店里去买一块大一点的布……"

"是吗? 妈妈,唐叔叔的办法行不行?"骁跳起来了。

"你还不如重新装你妈妈肚子里去,这样好得多!"姜江伸手在他小脸蛋儿上揪了一把,打趣说。

"行不行? 妈妈。"

"那怎么行,厂里规定不准小孩子进厂,是因为车间有危险,妈妈摆弄的那些五光十色的东西是化学药品,如果掌握不好就会引起爆炸、伤人。你想想看,我们乘车要到车站,由司机来开车,吃饭要到食堂,买东西到商店,读书到学校。老师教书,妈妈搞化验,爸爸修设备,唐叔叔刷油漆,这是一种社会分工。如果大家都乱七八糟挤在一起,那怎么工作? 生产车间最危险,万一出了事故,那救护车呜呜呜往车间跑。妈妈要和大家一起去处理事故,领导等着妈妈的数据,你若跟着怎么行? 妈妈是抱着你,还是去工作? 你看到火光直冒的场面,还不吓得屁滚尿流,一不小心就会被大人撞倒踩死。幼儿园就是为了让像妈妈这样的人能够安心工作而设立的,那里的老师、阿姨她们的工作就是照顾你们。"我耐心地向他讲解,骁睁大眼睛,专注地听着。

"我们都要遵守纪律,妈妈偷着把你带进去,妈妈就是骗人,骗人就是说谎。还记得昨天妈妈给你讲的《说谎的孩子》吗?放羊的孩子最后怎么着?"

"被狼吃了!都怪唐叔叔,出些坏点子。"骁说着横了小唐一眼,接着是大伙的哈哈声。

"你慢慢长大,要学会用脑子想问题,不能别人说怎么着,你就怎么着。唐叔叔他逗你玩,就是考验你,看你长没长脑子。"

"耶!"骁吐出小舌头来再次表示抗议。

闲暇的时候,我会变着法子教他一些与年龄不相符的知识点,但完全是随意的,所以当稍许正规点的教育来临时,他依然不能适应。

八月底建林被推荐去庐山疗养,我觉得这是个带儿子出去玩的好机会。而且,如果建林不把他带走,我们只能把骁儿送给婆婆,婆婆对他的那种过分的溺爱,建林也觉得不能继续。

虽说建林平时不怎么管儿子,但这一次他还是尽心尽责地带着儿子玩了十天。冒着高温,头顶烈日,他背着水和食物,一个台阶一个台阶地把儿子背上三叠泉。参加疗养的人有孩子的都带着孩子,但并不是个个孩子都爬上了三叠泉,很多人不顾孩子的要求,在半山腰就歇息了,等着返回的队伍。

骁子最小,他骑在建林的肩膀上,父子俩艰难地往上爬,有时实在爬不动,建林把他放下来,设法鼓励他往上爬。因为山实在是太高了,骁爬了三五步就回过头来要建林抱,但这时如果下山的人们对他竖起大拇指,说些表扬他的话,他也能继续往上多爬几级。建林背着他,将疗养院安排的每一个景点都看过了,照了许多风景照。看着照片上儿子一个个天真烂漫的笑脸,神采飞扬的动作,无所畏惧的手势,还有父子俩顽劣的斗气场面,真是令我对建林有些刮目相看。

建林去疗养院的日子,我被借调到厂竣工验收办公室工作,从此告别了长达七年的倒三班的工作,终于回到了我渴望的正常的生活轨迹。现在儿子每天都得到幼儿园去,作息时间也和我们相同。

九月一日孩子升班的日子,他和建林在庐山玩,报到迟了几天,别的孩子先于他适应了新的环境。也许他习惯了自由散漫,也许是陌生的老师和整齐的课桌、讲台、黑板让他感觉害怕,也许课程安排使他特别不能接受等种种因素,使他对幼儿园产生了一种强烈的反抗情绪。

小一班的孩子要定时上课,每堂课大概半小时。有讲故事的课,有做游戏的课,有叠手帕的课,有看图识字的课,有趴着不动的课(一双手平放桌子上,背要坐直,头要抬起来,不许东张西望,不许和旁边的小朋友说话的)。这些课程安排都旨在培养一种习惯,开始的时候老师的表情很严肃。

第一天上午我去接他,他显露出有些不高兴的表情,下午也没怎么淘气,虽说不乐意但还是跟着我去了幼儿园。当我再去接他时,表情就完全变了,哭丧着脸从幼儿园出来,我摸摸他的头没有生病的迹象。心想也许庐山一行让他有些玩野了,过几天就会没事的。

第二天早晨他耍赖不肯起床。当时我们也不清楚幼儿园的那些课程安排,他不肯去幼儿园,我和建林都不能接受。在幼儿园里待了两年的孩子,怎么突然就不肯去了呢?

"那不行!骁,幼儿园是一定得上。妈妈现在每天都上白班,没时间照看你,除此以外你没得选择。"我伸手把他从床上拉起来,早晨一般都很紧张,没有时间和他周旋。早餐后,室外阳光明媚,他的脸却阴霾不展。我半拉半推地带他走,塞进幼儿园后,我刚回过头来走了两步,他却折身来追我,老师和颜悦色地把他抱起来。

“羞、羞、羞羞脸……”室内传来稚嫩的童声，孩子们总是容易取笑爱哭的同伴。

老师查了查花名册，册子上明明白白写着这不是一个新生，照理讲这样的孩子再哭是没有道理的。

然而，他一天比一天哭得伤心，这种日子过了一周，我们开始查原因。

竣工办是个临时单位，我们从各分厂借调过来，为的是给一个投资五千万的基建工程收集整理竣工所需的资料。刚开始的一段日子，大家没什么事干，就坐着看看报纸，喝喝茶，等着有人来指导我们怎么去干这项工作。尽管我知道儿子一定在幼儿园里哭，尽管我心急火燎地想早点去接他，但我还是不敢提前下班。

“同志们，从今天起，每天都有人到办公室来检查。如果查到谁不在岗，请在座的同志说，这个人刚才到某某车间查资料去了。千万不能说不知道或没看到这样的话。明年厂里要加工资，同志们，别让劳动纪律检查委员会的人给抓着了啊！”一周后，矮矮胖胖、浓眉大眼的马总和资深的吴总走进办公室提醒我们。

从这一天开始，我每天提前一个小时去接他，然而他还是哭，看着他的眼泪真叫人窝火。“成人高考”搅乱了我不甘沉寂的心境，从四月到九月，从思想萌动到埋头复习，从公布分数的喜悦到落榜的痛苦。一方面这些沉沉浮浮的事让我烦恼，另一方面看不到儿子上学、放学时灿烂的笑脸，也让我心烦意乱。现在我已经知道他是受不了那种趴着不动的课程，但是其他几十个孩子都受得了，总不能因为他一个人受不了而去改变固有的教育模式。环境不允许，我们自己也付不出这样的成本。

大嫂比我溺爱骁，看着好好的孩子被趴着不动的课程搞得愁眉不展，她找到园长办公室。大嫂和园长她们都是同一层次的人，虽说大嫂不能直截了当地要求幼儿园把趴着不动的课程给撤了，但她很巧妙地把意思给表达出来。

"李里，听我老婆说，你那小子挺讨厌的啊！"这天下午，马总见办公室就三个女同志边聊天边整理图纸，先问了问工作的进度，看了看我说。

　　"好烦人，这孩子越长越回去了……"我深感不安地说。

　　"我说啊，就这么点事，那验收的日子还没定。像小颜挺着个大肚子，每天就早点走；李里呢，你也别让那小子总在幼儿园哭，早点去接他；小王你也可以早点走。就你们三个女同志，还老老实实地待在这里。走吧！"说到这里马总起身离开办公室，我们用万分感激的笑容送他。

　　园长是马总的夫人。我完全明白马总是特意来关照我的，从他进门时看我的眼神就可以看出，他说说停停，欲言又止，最后转弯抹角地摊牌，我都心领神会。

　　已是十月下旬，天气突然变冷。四点钟我就去接他，远远望见他坐在小一班的门口。其他的孩子在教室里上那种趴着不动的课，我想一定是园长特别关照过的，否则，老师不会让他坐在门口翘首盼顾。他没有哭出声，只是伤心地流泪，用小手帕擦擦眼泪又赶紧往外看，好像生怕错过什么。

　　我刚走到大门口，他豁然站起，用小手向室内摇了一下，应付差事地说声"老师再见"，就头也不回地向我跑来。老师没见着家长，便追了出来。老师的表情先是担忧，继而又有些冤屈。我知道老师们对他很宽容、很关照，说了些诚心诚意的感谢话。

　　我不想打他，也觉得打他没有用。我不理他，头一摆做一个丢弃他的表情，径直走在回家的路上。他跟在后面跑，走过公路，走过铁路道口，拐弯进了我们居住的院子。

　　刚进到楼洞，我厉声说："站住！不许再走！今天早晨、中午你都向我保证过不再哭了。我这么早来接你，你还是哭！你说话不算话！妈妈中午说过了，如果你再哭，我就不要你了！妈妈说话是要算数的！现在起风了，我再发点善心，上去把你爸爸的破棉衣拿给你穿上。然后，你就等着哪个讨米要饭的人来把你给带走！一天到晚自由自在地东走西走,喝西北风,睡马路,破衣烂衫,饿着肚子让狼狗追！"

他果真站着不敢前进,我也真的把那件早想丢弃的烂棉衣拿来给他穿上。他站在楼洞门口,我转身上楼回家。

由于与老师、同学聊天花了些时间,现在已快到下班的时间了。慢慢地一辆接一辆的自行车驶来。二楼的人一看他那模样就知道是我在修理他,于是开始有人喊他回家,他先跟着挪了几步,但又退了回去。过了几分钟,建林按着车铃向他走来,将他抱着回家。

我一次再一次对他说明利害关系,他一次再一次向我保证。最后我说:"如果明天你再哭,我就把你丢到离家很远的地方去,让你爸爸看不到你。那里讨米的人很多,一会就有人来捡你。"

建林也附和着说:"明天即使我看见,我也不管你了。小孩子不能说话不算话。"

吴总走后的那天,我的顶头上司戴科长已经表明把竣工办的工作全部交给我处理,劳动纪律方面有马总的明确指示。晚上我前思后想,觉得有必要想个非常妥当的办法来解决骁的问题。再继续下去,孩子可能会产生某种心理问题,即使不是这样,我说话也不再有权威性。因为明天,我没有半点把握他会信守诺言,那样的诺言他说过不计其数,而倘若明天他哭泣,我也不能把他真正丢弃掉。

次日天气晴朗,分别的时候他只是不高兴,但没有哭也没有流泪,似乎他咬紧牙关在信守诺言。

上午九时三十分我就离开办公室,办公室到幼儿园两分钟就可以走到。也许我来得太早了,还没有到趴着不动的时间,孩子们刚做完游戏,坐在那里休息。我轻轻喊他一声,他赶紧起身挥手向老师再见。

"妈妈,我今天没有哭。这是我的小手帕,你看,它还是干的,一滴眼泪也没有。我也说话算话,是不是?"

"好样的。妈妈这就给你讲新故事。"我紧紧地抱着他重重地亲亲说。这奖励式的亲吻已经很久没有了,他也因此而特别地高兴。今天讲的故事是《小马过河》。借着路边的景色,我们慢慢走,让他慢慢地品味故事中的情节,让他从故事中学会怎样去找参照物。

沮丧的日子就这样结束了,骁重新快乐地成长着,一些超出年龄的自我控制力和幼稚的想象力,却成了被成年人戏弄他的工具。

日薄西山,院子里非常空旷。单身们从食堂打好饭边散步,边聊,边吃。不知从何时起,楼上的孩子成群结队地追着他们抢饭吃。首先,大伙都觉得这种游戏很开心,只是日子长了,孩子多了,喂饭的人发现孩子们的饭量其实是蛮大的,十几个孩子一人一口,一份饭要不了多久就没有了,有时甚至自己还吃不饱。

骁一般不在这个时候到楼下玩,至少我在家的时候是这个样子。即使偶尔在楼下玩,也不加入到要饭吃的游戏中去。那么多孩子张开嘴要饭,有时男人们不肯,孩子们跳起脚,用手去扒碗。男人跑,孩子追,孩子跑,男人追,那场面成为百姓生活中的趣味游戏。

骁远远地看着,附和着他们笑,有时也跟着跑。

一天,普明和姜江在楼下吃饭,眼看自己的饭就要被一群孩子吃光了,普明对姜江说:"来,他妈的。这么多伢都抢饭吃,狗日的骁他只是远远地看,硬是不过来吃一口。姜江,你抓着他,老子今天非喂他一口不可!"

"骁骁,来哟,姜叔叔给你画汽车。"姜江玩花招,骁儿不知是计,于是跑了过去。姜江抓住他,普明就强行喂他饭。他咬紧牙,普明用筷子撬,他用脚踢姜江,姜江就把他放了。普明再次把他逼在花坛里,他就趴在地上,把嘴埋在花坛里。姜江不帮忙,普明一个人做不成。

我关掉煤气打算喊他吃饭的时候,骁挣脱了普明跑了回来,气呼呼地站在我跟前,满嘴泥巴,脸灰蒙蒙的,搞得我莫名其妙。

"干吗咧,你摔跟头了?"我猜测着问。

"啊哟! 笑死人!"姜江和普明一前一后跑了过来。

"讨厌! 小普叔叔,非要别人吃他的臭饭!"骁气急败坏地流着泪说。

"普明,你真的好烦! 没事总整他干什么?"我怒视着普明。

"还有臭姜叔叔!"骁儿子怒气未平。

我给骁洗脸、换衣服。那两个搞恶作剧的家伙掀开我家锅盖,毫不客气添好饭和建林一起喝汤去了。

骁的自制力在不经意间受到了的检验,虽说他受了些委屈,我还是很开心的,于是奖励地亲亲他。

春去春来,花开花落,骁在我的精心教育中学会了思考。

有个阴沉沉的下午,我给他讲《猫头鹰》的故事,讲着讲着,凉凉的风夹着淡淡的湿气从窗口吹进屋子,我赶忙去关窗户,边走边说:"哟! 下毛毛雨了。"待我关好窗子再回到凳子上时,却发现孩子低头不语,紧锁眉头。我莫名地问:"怎么啦,小乖乖?"

"妈妈,原来毛毛,是天上下雨时下下来的呀!"他顿了顿,极不情愿地说了这句话,愁眉不展的样子。我禁不住大笑,抱起他在屋子里转了几个圈,然后一头倒在床上,笑得上气不接下气,直咳嗽。

"我的小傻瓜! 毛毛雨,就是很细很细的雨,你看……"我重新把窗子打开,"这雨,细小得要先在空中飘扬一阵子,慢慢地,不知不觉地落在地上。我们平常看到的雨是一滴一滴的,一串一串的哗啦啦地下,是不是?(他点点头)现在这种雨在空中飞飞扬扬,跟哗啦啦的雨相比不知道要小好多倍,我们就叫它毛毛雨。知道了吗? 毛毛是刚生下来的小孩子,有时爸爸妈妈还没来得及给取名字,或是别人还不知道他叫什么名字,反正他小,就叫他毛毛得了。毛毛怎么能从天上掉下来吗? 你看,天空那么高,难道不会把毛毛摔死! 天上若是能够落下毛毛,那毛毛的妈妈在哪里呢？"

"这还不容易。谁捡着，谁就是妈妈，傻瓜！"一墙之隔正在看武侠小说的小唐听到了我们的对话，觉得有趣，握着书走过来插嘴。

骁用询问的目光看着我。我正准备回小唐，他却抢先收了笑容，一本正经地对骁说："你就是你爸爸买菜时捡回来的。"

骁用同样的目光再次打量我，接着抬起头来扫了小唐一眼。

"你这小子是不是不相信啊？你爸爸来了，我来对质。建林，骁可是你买菜时捡回来的哟？"小唐瞅着建林走了过来，挤眉弄眼地问道。

"是的。你是捡的。在菜场里捡的。篮子还在这里。"没想到建林竟这样附和着。而且，急匆匆地走去把买菜的篮子拿到骁的跟前。

我让建林不要这样逗他，建林偏不听。邻居们也逗他，特别是他不听话而我不答理他时，建林和邻居会添油加醋地逗他。

我们楼下的老龚腿有毛病，走起路来一瘸一瘸的，他用无限惋惜地哀叹，后悔莫及的表情，千真万确的语气说："唉！那天早晨，我和建林一起到菜市场去买菜。一人叼支烟，边走边聊天。我走在前面，忽然听到一个声音，怎么像伢哭啊！建林听到后，用手把我一推，我没站好，就摔了跟头，结果腿也摔坏了，伢也被建林抢走了。悔之晚矣！要不，你就是我的儿子啦！"他描述时滑稽的动作，再加上他先天残疾的腿，让人不得不捧腹大笑。

一天，建林又在不知疲倦地挑逗儿子。骁突然怒吼起来，站到凳子上去拿刀子，哭喊着要杀了建林。

我赶紧抱着他，帮他擦干额头上的汗，亲亲他气急败坏的脸蛋说："小傻瓜，来。妈妈教你一个办法，他再这样说你，你也那样说他不就得了嘛，用不着生这么大的气。"

"我不是捡的，是哪里来的呢？妈妈。"

"妈妈生的，哪里有捡呀？"

"怎么没有，前天菜场还丢一个。"建林眼睛往上一翻说。这个事儿骁也看到了，于是他反过来认为我在说谎。

这段时间电视剧《白蛇传》正在热播。白娘子跪着求菩萨送给她孩子的镜头在骁脑子里印象很深，它帮助我解决了他的生命从何而来这个问题。

"妈妈，如果我不是捡的，你是怎么生我的呢？"

"妈妈像白娘子那样到庙里去求菩萨，菩萨就把你送进我的肚子里，我每天吃啊，吃啊，你就一点一点长大。"

"妈妈，你那时候一餐吃几碗啊？"

"吃得最多的时候，妈妈一餐要吃八大碗。你长啊，长得妈妈的肚子装不下了，你就在妈妈的肚子里乱蹦乱跳，妈妈肚子疼得厉害，就到医院去请医生开刀，把你拿了出来。你看，妈妈这里还有一条刀口的伤疤，你就是从这里被医生取出来的。然后，医生再把这个刀口缝合起来，慢慢地就没事了。知道了吗？"

"知道了。"他特别高兴地用手摸了摸这处伤疤，这才确认自己是我所生，于是破涕为笑。

"以后，谁再说你是捡来的，你也说他是捡来的。别跟他们生气，知道吗？"我补充说。

"他们大些，我小些。"他寻思着提出一个问题。

"那有什么，你说是妈妈看到的，是奶奶说的，那篮子还藏在奶奶家的阁楼上，不就得了嘛。他未必比奶奶还大，是不是？只是你要知道他们是骗你的，逗你玩的，就得了。你一哭，他们就特别开心，你不相信，不哭，也说他们，他们感觉没趣，就不再乱说了。来，妈妈给你讲故事。"

搞笑逗乐的场面散去后，我开始给他讲《董存瑞炸碉堡》的故事，当我讲到"敌人"一词的时候，他用手捧着我的脸提问说："妈妈，敌人是什么人呀？"

"敌人，就是我们不喜欢的人，就是坏人。他总是打我们，侵略我们，抢我们的东西。"

"妈妈，是不是像爸爸一样？"他突发奇想说。

"爸爸，就是爸爸，怎么是敌人呢？"我纠正他说。

"爸爸，总说我是捡来的，总惹我哭，不带我看病，还打麻将，更不会讲故事……"他控诉似的说。

"爸爸，你就当敌人好不好？我们就假装做游戏嘛，没关系的。爸爸，好不好呀？"正在这时，建林从洗手间往回走，骁就冲着他说。

"好，敌人就敌人，有什么了不起！"建林乐呵呵应允。

从这天起，每当建林下班出现在走道上，骁看见了就大声喊："妈妈！敌人爸爸回了！"而后端起机关枪站在门口，而建林就举起双手，装俘虏，儿子举起枪向他扫射，他倒在地上装死。建林没别的能耐，可能就这个"节目"可以逗儿子开心了。

五岁·为什么要学知识

你不学习，将来长大了也只能像爸爸一样扛大锤，当工人。

妈妈一辈子也甭想坐小轿车，一辈子也没有漂亮房子住，一辈子都得去排队买票抢位子啊。怎么办？

一认字就肚子疼?

孩子是家庭的细胞,家庭是社会的细胞,社会是无数细胞的集合体,是复杂的、变化莫测的。能不能早一点让孩子懂得社会的复杂性?

骁小时候很笨拙,一岁半才能够勉强行走。那时正值夏季,衣裳单薄。但也许是人的本能,我觉得他每次跌跤时都是两手撑地,哪怕是仰面朝天,头也能抬起来,懂得保护头部。所以我和建林都不去搀扶他,而是站在他前面鼓励他,让他自己站起来。

为了驱散跌倒而产生心理恐慌,早期的时候,在骁从地上爬起时,我用脚在他跌倒的地方猛踏两脚,用痛恨的语气说:"就是这个坏东西,害骁儿子跌跤。踩死你! 踩死你! "这样做过之后,骁跟着往回看看,也跟着用脚去踩那地方,孩子的情绪很快就能得到恢复,像和地较量时取得胜利一样。

一天我们经过火车道口,他踩着轨道滑倒了,这一下摔得有些重,膝盖下面擦伤了。我依然如故,没有弯腰去拉他起来。他哭丧着脸半晌才站起来,有些怨恨地看着我撅起小嘴说:"哼! 妈妈,你怎么不拉我? "

"我为什么要拉你？妈妈经常对你说，走路要小心，你自己每次摔过了就不记得了！这下摔疼了，是不是？摔疼了才会长记性！"说到这里我停了停，看他自己拍拍手、拍拍衣服、摸摸腿，还是有些心疼。

我换种语气说："骁，你知道吗？世界上没有不摔跤就能够长大的人。有的人摔跤后自己赶快站起来，瞧一瞧、看一看，用脑子分析一下摔跤的原因，这样下次他就不摔跤了。你看看，如果你的步子再抬高一点点，脚尖就不会踢在铁轨上，也就不会摔跤，对不对？"他点点头。

"今天你摔倒了，妈妈在你身边，妈妈不来拉你，要让你自己站起来，你现在可能认为妈妈狠心肠。但是，如果你不学会寻找摔跤的原因，你下次还会摔跤，下次妈妈会不会一定在你身边呢？那就很难说。你现在还小，还体会不到真正意义上的痛苦。等你长大了，你摔跤后如果自己不赶快爬起来，也许别人还要在你身上踏上一只脚，让你想站也站不起来！这句话的意思可能你现在还不懂，妈妈也希望你一辈子都不懂。"

"我懂，这里是火车道，万一我摔跤的时候火车来了，我不赶快站起来还这样磨蹭，那还不给火车压死！像《小猴子等明天》那样，小猴子天晴不干活，等啊等，等到下大雨，人家都有房子住它没有，就只能站在外面淋得像个落汤鸡！"他赶紧踏上台阶跟着我往回走。

我这种教育方法曾受到陌生人的强烈抗议。

半个月后的一天，他从幼儿园右边公路下坡处开始向幼儿园跑，我提醒他说："下坡又拐弯，不能跑，不听，就会摔跟头！"我只是随便说的一句话，话音未落便成了事实。

他不是赶紧爬起来，而是回过头来看我。门口人声鼎沸，来来往往。我弯腰朝他屁股轻轻打了一巴掌，他这才猛然爬起，拍去灰尘。这时，一辆自行车吱的一声停在我们身边，一个看上去很文气的戴眼镜的先生大吼一声，抄一口纯正的武汉话冲我说："来！这是什么榜样！那伢摔了，你不去拉，你还打他，你给我说说这是什么榜样！这是哪来的强盗逻辑！"

　　我没有回答，只是感谢地点头微笑着给他让路。

　　"我不听话，活该嘛。"骁却拍拍衣服解释说。

　　由于时间关系，我不能和这位好心的先生去阐述我的教育理念，但那双眼睛却深埋在我的记忆里。

　　人的天赋各有不同。一九八六年春季的时候，与我们同住一层，比骁略小的明明常常一个人蹲在楼下院子的花坛边，用花坛的围台当桌子，用铅笔将眼前的房子、树、汽车按比例画在白纸上。有些横平竖直的线条，似乎是用直尺比划着画出来的，还有那略微倾斜的屋顶，院子里的苍劲的松柏，勾勒得真是栩栩如生。从他身边走过的人们无不瞠目结舌，除了用"啧啧"声称奇以外，找不到合适的句子来加以赞美。

　　这孩子长得也格外俊俏，微锁的眉间透着沉着冷静，完全不受外界环境的干扰。那么多人围着他看他作画，他能不慌不忙，目空一切，目光中只有他描绘的物体。如果某人站在他的正前方，挡住了他的视线，他也不生气，从台子上拿起纸跑到另一个花坛重新蹲下，重新将纸放在台子上，接着作画，直到画完。

　　我们也从来没见他父母教他，或者说有会绘画的人来指点，全是他一个人所为。也从来没见他和楼上楼下的孩子玩耍过，他总是安静而乖巧。很多邻居都以明明做榜样，开口闭口说自己的孩子如何如何地白吃饭，浪费粮食，浪费人口统计指标。

　　我从来都不拿骁跟明明比，我觉得不但是五岁、十岁的孩子不如明明，就算是三十岁的我，又怎么样？我绝对不是抬举明明，也绝对不是贬低自己，我是实实在在画不出明明那样的图画来。

　　骁上次与小希打架以后，圆圆就不许小希到我们家来玩，小希开始学习写字，也没有时间和骁玩。也许是孩子逐渐大了，也许是受明明的影响,楼上楼下的孩子们都开始识字、写字。为了纠正骁从婆婆家带回的那些顽劣的行为,减少因没有玩伴而萌生的孤独感,我开始观察和分析孩子的心理活动,发掘他的天赋。

我发现这孩子记忆力似乎还不差,两个月前教他的唐诗,讲过的故事,两个月后偶尔问他还能记得一些。这孩子喜欢开口说,乐意展示自己的能力,这也许是他的天赋。他的脑子、手和脚都耐不住寂寞。如果和我在一起,安排他做一些适当的活,比如帮我搬凳子、拿盆子,他都显得很乖。他有思维能力,人家打麻将,他在旁边看,慢慢地能认识那些东西。我开始培养他描述事物的能力、逻辑思维能力和跳跃思维能力。讲故事时我会提出很多问题让他回答,讲完故事后如果有时间就让他复述一段。

我们院子里的人大多使用《看图识字》来教孩子认字,我认为这种方法对他不大合适,因为他可能很快就能记住图案,但他不一定能认识字。同事吴芬会写正楷字,那笔画很端庄,又有力,她写出来的字看起来和印刷体差不多。于是,我把鞋盒子剪成小方块,请吴芬在正反两面都写上汉字,慢慢地去教他认。这时我并没有真正让他学文化的想法,完全只是为了打发他闲置的时间,就像给他讲故事一样,他听懂多少是多少。

从九月初到十月下旬的这段时间,我们完全围绕着他在幼儿园的眼泪煞费苦心,识字和读唐诗的学习活动暂时停止了,一家人都不开心。当他终于擦干眼泪,那甜美活泼的笑容重放光彩时,我重新拿出识字卡片来教他认字。我们一起看电视,对于剧情中出现的那些我认为对他来说不健康的、应该遭到唾弃的东西,也会一点一点地加以批判,从而引导他辨别是非,学会谦让。

旅游是开阔视野的好途径,我觉得骁从庐山回来后有很大的变化,他的思维越来越宽广,应变能力得到提高。于是我总想寻找机会带他出去玩,只是我们没有钱也没有时间。

元月中旬，马总说要找两个人到武汉去买一批办公用品。我不怕手提肩扛的辛苦，带上儿子和刚分到办公室来的大学毕业生小王一起去武汉。这时武汉中山公园增添了许多儿童游玩的项目，对于生活在化工厂这样一个纯生产性单位的孩子来说，那些玩具都像是星外来物，每一种都使人想去感受一下它的神奇。我许诺他每个项目玩一次。我的身体不好，比如像高架缆车那些骁不能单独玩的东西，我就请小王陪着他玩。

我带他出去玩之前和他一起收拾行李，一起数钱。并告诉他，哪些钱是游玩的，哪些钱是吃饭的，哪些钱是买玩具的，哪些钱是厂里买东西的。但如果他特别特别留恋哪一个游玩项目，我也会批准他再重玩一次。骁也比较知足，即使是离开他特别心爱的东西也只是回头望一望，如果想再来一次，他会关心地问："妈妈，给我玩的钱还有吗？"如果我摇摇头，他就跟着我走，不会像有些孩子哭哭啼啼赖着不动。

"中南商场"是武汉市第一家使用滚动电梯的商场，在此之前我和孩子都没有乘过这种电梯。这家商场开业也不是很久，滚动电梯也是吸引顾客的一个亮点。

离开游乐场随着人流我们走进中南商场，电梯前排着长长的队伍，我也不知道乘电梯是否要付费，一手牵着骁儿子一手攥着钱，跟随队伍一步一步地向电梯走去（电梯两边分别有人看护，所以刚开始的时候我们认为那是收费员）。

我们踏上电梯，加速的惯性使我们的身子往后一仰，我有些惊慌，骁嫣然一笑。我们从一楼到二楼，从二楼到三楼。看到自己不用爬楼梯就一级一级地往上升，骁余兴未尽。于是用询问的目光看着我说："妈妈，坐电梯要不要钱呀？"

我摇摇头。他兴致勃勃地说："我们再来一次，好不好？反正不花钱。"

我们从楼梯上往下走，再一次坐电梯上二楼。这时他胆大包天地说："妈妈，你别牵我，我一个人试一试。"

"你看清楚，这楼梯也是一级一级的，别踩着红色的道道，那道道是二级台阶的分界线，踩着红线就会摔跤。手要轻轻地扶住栏杆，栏杆是运动的。"我在二楼的平台对着运动的电梯给他讲。然后把他的手放开，一起到三楼。他再次从三楼走到一楼，从一楼乘电梯到三楼。这样往返了三次，看护电梯的工作人员发现这孩子没有大人跟着，就把他拦了下来。

他爬上二楼，从二楼到三楼的电梯没人看护，乘电梯的人也相对少些。他就这样上来下去，下去上来，时而两手叉腰，时而挥手致意，时而跟着电梯往上走，时而回过头去反着走。玩到四点半，才依依不舍地跟着我走出商场。

"妈妈，这个商场叫什么商场？下次也让爸爸来玩一玩好不好？"骁步子往前，扭头看商场。

"来，你看看，那上面写着什么？回去以后告诉姐姐，让他们都到这里来坐电梯，他们谁也没有坐过电梯。"我把他拉到门外几米的地方，半蹲着，把"中南商场"四个大字指给他认。

"中南"二字在我想象中他一定能认出来，我已用识字卡片教过他也许不下一百次。然而，他真让我失望。这个特别会要贫嘴，常常出些花里胡哨的点子，逗人捧腹大笑的四岁的孩子，没有把这两个字给读出来。

"中南商场。"我一遍一遍地问他，引来了旁边一个小女孩，那女孩才三岁用稚甜稚甜的声音提醒他说。

离开中南商场后，我就开始寻思："是骁笨，还是我的教学方法有问题？"我给他说的东西他似乎能记得，再拿出卡片，他也能认得。用什么方法来教给他"搬家"的本领呢？

我尝试着对教学方法进行调整，尝试着把整体识字改变成拆分识字，从头再来，不厌其烦，不怕口干舌燥，不追求速度。

一天我去大哥家串门，顺手将侄子们的小人书拿回几本。回到家里本想对着小人书给他讲故事,猛然间有了一种灵感——我注意到中国文字的特点。

"小乖乖,认字不能一扫而过,要观察字的结构。什么是字的结构呢?你看,这个'人'字,它是由一撇一捺组成的。这一撇一捺就是'人'字的结构。"我握着娃娃书去拿笔和纸。

"写'人'字的时候要先写撇,再写捺。(我用笔在纸上写出人字)这撇要比捺长一些。不管在什么地方看到这个字都要读:人。不管它是大还是小,大胆地读。"我停下来让他想了想,把写有"人"字的卡片和娃娃书握在手里往下说:"卡片上这个'人'字大,娃娃书上这个'人'字小,但它们的结构都一样。只是卡片上大些,娃娃书上小些而已。那天在武昌看到的'中'字和'南'字,它们的结构也和卡片上的'中'字和'南'字相同,只是大小不同,颜色不同。知道了吗?"

他像小鸡啄米般地点头。

"来,乖孩子。你现在找一找,看看这本书上有没有'人'字。"我把一本叫《牛氓》的娃娃书递给他。

点头归点头,他根本不会找。我们一起翻开第一页,在上面找到了两个,接着翻开第二页,找到了一个。于是,我丢开娃娃书用鼓励的目光打量他说:"骁骁乖,你自己试着慢慢找,好不好?找到了就报告妈妈。"

他并不乐意地接过书,像完成一项艰难的任务那样慢慢地找,找到了就指给我看。我发现这孩子找到的少,漏掉的多。于是就拿来量衣服的尺子,教他一行一行地找,用手指着一个一个地找。这种学习方法既麻烦又枯燥无味。学了几天,他就不愿意再坚持。

新春的钟声响起,我求学的心再次蠢蠢欲动,所以也比较忙碌。这孩子小脑好用,他会观察我,我忙忙碌碌的时候他在我左右跑来跑去,等我忙得差不多了,他就跑到楼下去玩,等到把他找回家刚把思路展开,他就开始动脑想点子:要么说要喝水,要么说要上厕所,要么说手脏要去洗手，要么打岔说想把幼儿园的歌再给我唱一次，要么想起故事中的某个地方来提问，要么打岔讨论电视的某个镜头。

为了逃避学习，他甚至装病。头疼脑热的病他装不了，我用手一摸，就明白是真是假。他假装肚子疼。有一次被他捉弄得信以为真，我还把他匆匆忙忙地抱到医院。可是一想到医生的白大褂子，还有那明晃晃的针头要往肉里扎，他更加害怕。远远地看到"职工医院"四个大字，他就胆战心惊地说："妈妈，我这会不疼了，我自己可以走。"等我把号挂上回过头来找人，他已向回家的路跑过了一段距离。

"妈妈，不是我不想学习。是肚子不听话，我一学习，肚子就疼，好烦人的。"一路上他装腔作势地说，好像他的思维受控于他的消化系统。

怎么办？难道说就这么放弃！在我冥思苦想的日子里，有那么一个上午，这天办公室的人到得最齐，大家都没什么事干，戴总拿来几张报纸分着阅读。

"这报纸尽是瞎扯！哪个夫妻生孩子不想生个聪明的嘛！晶晶他妈跟他爸说咱们生个聪明的，就能生个聪明的？有这好的事！"戴总读到有关神童晶晶的报道时甩掉报纸说。

"尽是些哗众取宠的文字，晶晶他爸是离过婚的，他妈是个农村妇女，晶晶出名以后学校才给他妈妈安排个临时工作。这孩子是很神，两岁还不到的时候我妈给他喂饭吃，他一边吃饭，我妈一边念《卖炭翁》，一小碗饭刚喂完，他就能很流利地把《卖炭翁》全背出来。"戴科长捡过报纸看了看解释说。

戴总尽管表现得很激动，但没有引起我的注意。然而，戴科长慢条斯理的解释却让我对他刮目相看。我无限惊讶地甚至于有些怀疑，那神童家的某人就坐在我对面！于是，大伙七长八短地谈论各人的孩子，而我只默默地坐着当听客，心不在焉地翻书。

"李里，我看你儿子挺滑稽，是不是很聪明？"小颜拍拍我的桌面猜测地问。

"他很会逗笑，人家说他聪明，我也搞不清是笨，还是聪明。那天，我们在中南商场……还有要他学习时……"我回忆着说。

"李里，你儿子小脑发达，小脑想的问题一晃而过。学习要靠大脑，要永恒。"王总敏锐地分析道。

大家纷纷讨论着，直到马总和吴总向我们走来，这一场由报导引起的议论才结束。

哗众取宠只在片刻间完成，那笑声中有赞美，有讽刺，有讥笑，还有很多说不清的成分。学习是要持之以恒，要思想高度集中，要不断进取，要循序渐进。要记住一个字的结构，比记住电视中一个武打动作难多了。因为，没有谁认真去追究模仿的动作是否准确，而字的结构稍有变化，其意义和读音就完全不同。用什么方法来让他的大脑也和小脑一样发达？

我绞尽脑汁想到一条妙计：减慢他小脑的发育速度，把小脑的功能给抹杀一些。具体的做法是想办法占用他小脑运动的时间。让他没有时间去想那些哗众取宠的点子。我试着找一些叠加字把上学放学途中的时间、散步的时间利用起来。

这个计划实施得并不顺利。

一天，我们走在回家的路上我思索说："骁，你知道两个'人'字并排写，是个什么字吗？"我话音刚落，他就摇头晃脑，很明显他想也没想一下。为了引导他跟着我的思路走，我改用一种神秘的语调说："你知道吕叔叔的'吕'字怎么写吗？"

"妈妈，你知道我们幼儿园今天教的什么歌吗？走，我给你唱。"他灵机一动抛开我的话题说着往前跑。

"妈妈，你坐好，听我像老师那样子唱。"他喝过水后，搬来靠背椅一定要让我坐着。

"只要妈妈露笑脸,露呀露笑脸……"他站在我前面,学着老师的样子,打着拍子,摇曳着脑袋瓜子和着节拍唱完这首歌。

"唱得好!"我竖起两只大拇指表扬他的歌声。紧接着我说:"你知道怎么才能让妈妈露笑脸吗?来,妈妈教你认几个非常有趣的字。"

我拿来纸和笔边写边说:"两个'人'字,一个在左,一个在右。像两个人站一排手牵手一样,这个字念'从'。妈妈讲故事时经常讲,从前怎么怎么样,就是这个'从'字。'从'字上面再加个'人'字,但写的时候要先写上面这个'人'字,三个'人'字像这样写就读'众',众人就是很多很多的人。你看,人的旁边是人,人的头顶上也是人,人的脚下也是人,你想想这样一个场面,群众的眼睛雪亮的,就是这个'众'字。两个'口'字,一上一下,隔壁的吕叔叔,就是这个'吕'字。三个'口'字这样写,就是个'品'字,我们经常说某某人品很好,也可以说品一品酒的味道。"说到这里我停了停,看看他的表情,似乎觉得这四个字还是蛮有趣的。

为了使他的兴趣更高一点,我从门后拿来擀面杖,挑逗性地笑了笑说:"这是个什么字?"擀面杖横放地上。

他认不出来。

"这是个什么字?"把擀面杖竖起来放。

"1。"骁答。

"这也是'一'字。(我换了个方位)有个成语:'横竖都是一',就是说这个字甭管你横着写还是竖着写,它们都是'一'字。数字是个特殊的群体,中国人用三种方式来书写。那个竖着的'1'是阿拉伯数字,全世界的人都会写会认,都知道它代表的意思。这个横着的'一'字是我们中国人自己的,中国人都会写、会认,知道它的意思。另外还有一种现在不能教你,等你长大些再教你。来,我们用筷子变字。两根筷子一上一下,是个'二'字,但如果写的话,上面这一横要短一点。"

"过来,不能换位置。只有'一'可以换位置。换位置就不是个'二'了。"

当骁想像我刚才那样,看看把两根筷子竖起来会是个什么字时,我说。

"那是几?"

"什么都不是。"

"这是三。"我加上一支筷子。

"嘿嘿,这中国字挺好玩。'一'就一横,'二'就二横,'三'就三横,'四'就四横……"

"停!听妈妈给你讲个故事。这个故事的名字叫《财主家的聪明小子》。"

从前,有一个小财主。这个小财主不是祖祖辈辈传下来的,而是靠他爸爸给地主资本家干苦力活赚钱,然后,再用做苦力赚来的钱去做小生意,省吃俭用,积少成多,通过几十年的努力才积累起来的。

在他小的时候,有一次,他爸爸给地主家干了一个月的苦力,按照事先的约定,事情做完了以后,地主应该支付二担谷子给他爸爸作为工资。

可是到了结账那天,地主说:"我们家现在谷子不多,钱也不多。十天后,我的租金就可以全部收回。现在我欠你二担谷子,给你写个欠条,十天后你再来,我给你三担,你看行不行?"

爸爸想:虽说家里的粮食吃不了十天,但穷日子过惯了,掺和些野菜,喝点稀饭、汤汤水水,对付几天的日子也不是第一次。想想十天的功夫,二担变三担,这种好事人家想找都找不着呢!于是就同意了。地主也假惺惺地给他写了张条子。

十天后,他高高兴兴地跟着爸爸一起到地主家来挑谷子。管家远远地看到他们,就把门关好,把两条凶恶的大黄狗唤在门外。

"我们家老爷吩咐过,不借谷。"管家见爸爸挑两个空箩筐走进院子说。

爸爸心想，谁要借谷啦？我不是来借谷的，你们家老爷欠我工钱，这里有欠条，我来拿工钱的。于是举起条子理直气壮地说："管家，你搞错了。十天前你们家老爷欠我二担谷的工钱，约好今天给我三担，这是老爷写的欠条。"

"你个穷光蛋，怕是穷得发了疯，颠里颠气的。你也不撒泡尿当镜子照照。我们家老爷这大家产，十年前的谷还有，还会欠你二担谷子？"管家破口大骂。

"管家，请您看看，这是你们家老爷亲手写的字据。"爸爸恳求。

"喔，原来是这么回事，十天前，你们家闹饥荒，家里一粒谷子也没有，在我们家借了二担谷子。老爷心地善良，给你免去息钱。你自己说好，今天来还谷子。这借据上有你自己的手印！那谷子咧？怎么就挑两个空箩筐！不识好孬的穷鬼！大黄，上！"两条大黄狗在管家的指使下龇牙咧嘴地向他们冲了过来，差点咬着了儿子。他们一看势头不妙，连忙逃走了。

爸爸临终前说："儿啊，我们穷人就是吃了没文化的亏，你要好好干。我死了以后一定保佑你，将来你发财了有了钱，一定要把儿子送去读书。"

后来，他真的当了小财主。等到他儿子长到七岁的时候就特意请来一个教书先生，教他儿子学文化。

这位先生是个慢性子，他一天就教一个字，讲究质量。第一天就教他认"一"字，写"一"字；第二天就教他认"二"字，写"二"字……

"妈妈，我知道了，第三天就教他认'三'字，写'三'字。"也许我讲的速度放得太慢了，骁耐不住抢着说。

"是的，那你说说第四天会怎么样？"我用疑问的目光盯着他问。他不敢回答，我就接着往下讲。

财主的儿子是个急性子,心想,这先生到咱们家来混银子,混饭吃。这读书也没什么难的,不就是一就一横,二就二横,要先生干吗?浪费银子!于是他不知天高地厚,对爸爸说:"我已经学会,您把先生辞退掉。"他爸爸就把先生辞了。过了几天,他爸爸六十大寿,叫他给一个姓万的朋友写个请柬。他非常高兴,巴不得在爸爸面前显示出自己的能耐。

　　天才蒙蒙亮,他就起床,点上桐油灯,先磨墨,然后坐下来写。从黎明写到天黑,数了数才写了五百。他直直身子深深地叹了口气说:"这位先生姓什么不好,却偏偏要姓万!"

　　"阳骁,千万别让你爸爸和姓万的人交朋友!"不知什么时候,小唐闲着没事坐在门外听我们说话,这时打趣地说。

　　"骁,现在能不能告诉妈妈,'四'字是不是四横?"他轻轻地摇摇头。我解释说:"中国的叠加字,最多叠三次。叠四次的字少得很,基本上不用去学它。"

　　这时,教骁"识字"没有完全纳入我的议事日程,我一边工作一边学习着,孩子有足够的时间玩耍。

红烧小人手

　　二楼有个男孩叫余烨,那俊美的五官用"眉目如画"来比喻,一点也不过分。

　　余烨比骁小二十天,但余烨个子长得高,四岁的时候就比骁高半截头。这孩子特调皮,走路的姿势也特别:他不好好地向前走,而喜欢倒着走。

拥挤的公用走廊不知有多危险:宽仅一米二,两侧是高矮宽度不规则的灶台和炉子。炉子特别地简单,车间到处是铁管,随随便便割一节,把它围成一个圈,再用氧气一吹就成。很多没有灶台的炉子就乱扔在走廊中间。使用煤气不用付费,煤气压力也不稳定。那时而奄奄一息的火苗,时而呼啸的火龙,有的烧水,有的煮饭,有的甚至空着烧,根本无人管。不要说孩子,就是大人在走廊里走动,也得小心点。

可是淘气的余烨,就喜欢在这种环境里倒着走,你还真拿他没办法,人家就有那本事——不摔跟头!久而久之骁儿看着挺羡慕的,心痒痒,也跟着试,有时刚走两步,就被我瞧见而制止。

一天,我坐在屋子里织毛衣,听到他和余烨在走廊里玩。

"耶,耶,我走得快些吧!"余烨骄傲地大声说。

"耶,耶,我还不是一样快。"骁用不服输的语气说。

"咚!"

"哈哈! 活该!"余烨心花怒放地笑。

"怎么不把你也磕一下! 磕你,我就高兴。"这是余烨母亲的声音。

骁两手抱着后脑勺,哭丧着脸走进门。

"活该! 跟你说过一百遍,你不听!"我给他摸了点猪油在疙瘩包上,摆出一副不理睬他的样子。

"余烨,天天那样走,怎么不摔他呢?"骁特别委屈而百思不解地抱怨说。

"你去问余烨,你去问砖头,问我干吗?"我这么想着,但没有吱声。大概过了三五分钟,骁依然站在我前面低着头,不知所措地玩弄自己的手指。这三五分钟里清洁工正在打扫走廊,我隐隐约约听到她把砖头放进篓子里。看着骁低头不语,等我原谅他的样子,心想,何不捉弄他一把。

我边织毛衣边说:"余烨是余烨,他有他妈管,不关我的事。我教你,你就得听。若不听,就不要再来烦我,你想怎么着就怎么着。"

他知错地向我靠拢。我放下活，擦了擦他的眼泪，接着故弄玄虚地说："你知道吗，妈妈和你说话的时候，那块砖头就躲在角落里听。它也觉得你太不像话，于是就跑来问妈妈，要不要给你点颜色看看？妈妈点头同意，砖头就轻轻地在那地方躺着。你不信的话，就出去看看，你看，它现在还在不在？"

"骗人！砖头会说话？砖头会自己走过来，走过去？不可能！"骁思量着往回走。

"噫?!砖头呢？"骁四下打探一周，砖头果然没影。"妈妈，不在了！"

"是不是？砖头想，这回你该听话了吧，还躺着干吗，不如换个地方。"我再一次故弄玄虚地说道，看着他敬佩的眼神，心里忍不住乐。

大概过了十多分钟，我刚好给他讲了一半《东郭先生和狼的故事》，楼梯口传来余烨的哭喊声。原来，他把砖头放在楼梯台阶的边沿上，踩在砖头上玩杂技把头摔破了。

"活该！老子叫你坐没个坐相，站没个站相！"余烨的妈妈骂骂叨叨，又气又恨又心疼，抱起余烨去了医院。

"妈妈，那个砖头也是听了阿姨的话吧。这不，余烨摔倒了吧。"骁儿子望着我问，眼里满是疑问和惊惧。

"骁，以后走路可得注意啊！你看，那伸出来的管子、阀门，还有这些锅台，一不留神就会撞着脑袋，地面这些炉子一不留神就把你给绊倒了。最好不要在走廊里玩。你记得前几天到我们家来玩的沙沙姐姐吗？"我避开他的问题，趁机叮嘱。

"吓死我了！"我话一出口，他不由自主地打了个寒战说。

"你知道沙沙姐姐为什么会变成那种难看的样子？"他战栗着摇摇头。

"来，以前沙沙姐姐是这个楼上最漂亮的，现在她脸型还是很漂亮是不是(骁点头表示认同)？她长得多像商店柜台上的洋娃娃呀！那黑亮黑亮的头发，扑闪扑闪的大眼睛，高高的小鼻梁儿，还有小小薄薄的红嘴唇,谁都想抱着她亲亲。夏天的时候她穿上漂亮的裙子,在院子里跑来跑去,像个小天使。可是现在,只有她爸妈还亲亲她,而她妈亲过她之后,有时还抱着她哭,其他的叔叔、阿姨都不会再亲她。夏天她再也不能穿漂亮的短裙……"

沙沙的家住我们这栋的四楼,也是我们家南边这个方位的房子。那天是星期天,天气不是很冷,我们都只穿毛衣毛裤。楼上的这隔壁的两个房子里都在打麻将,沙沙的妈妈也在打麻将,爸爸站最里边看。走廊里地面上放着这些烧着的炉子,炉子上坐着水壶。

沙沙和小朋友们玩点人的游戏。他们用两根棍子你点我,我点你。点着谁,谁就被关禁闭。再换其他的人点,再有人点着了,再把关禁闭的人换出来。小朋友们玩啊玩,越玩越开心。炉子上的水烧啊烧,烧开了也没有人去管。那些空炉子也就那样一直烧着。他们手里都拿一棍子,我点你,你就退。你点我,我也退。他们当时就是这样玩。

那天有五六个小朋友一起玩这种游戏。小朋友们退来退去,也不知道是哪个小朋友把地上的煤气管给绊了一下。炉子上烧开了的水,哗的一下全倒出来了,沙沙被绊倒在地上,走廊里充满了水蒸气,看也看不清楚。孩子们一慌乱,把台子上的水壶给绊倒了,那滚烫的开水从沙沙的脖子上直往衣服里灌,她的脖子、胸脯、右手腕都烫伤了,她的腿、脚,还有手都泡在地面的开水里。那凄惨的叫声,整个院子都听得到。沙沙疼得晕倒了,她妈妈跑出来一看,也晕倒了。后来救护车把沙沙送到武汉。

沙沙虽说没有死,但她的手有些功能残废了,右手的筋缩了起来,将来还不一定能够写字。她还要做手术,很多地方需要重新植皮。幸亏那壶水当时快烧干了,否则后果更不堪设想。

"妈妈,我知道了,以后再也不退着走路。妈妈,我也像你们一样,带上安全帽在走廊里玩,好不好?"听我详细地讲完沙沙的事情,骁的眼里充满了恐惧。

"在家里带什么安全帽,累死人的。上班才戴安全帽,家里哪有那么危险嘛。"一想到上班下班提着走的那顶安全帽就来气,如果不是担心扣钱鬼才戴它。我理所当然地反对。

"我还是戴安全帽,戴安全帽就不担心撞头。"也许骁没尝到戴安全帽的滋味,态度坚决地说。

星期天,他带上安全帽在走廊里和几个小朋友玩打仗的游戏。他当队长,指挥别人在前面冲锋,他跑后面。两个邻居在走廊里搬桌子,桌子角把安全帽给撞歪了。

"多亏有安全帽。"邻居庆幸地说。

"妈妈还说走廊里不危险,假若我不带安全帽,这头不就完了!"他神气十足得意洋洋地补上一句,把大伙逗得哈哈大笑。

余烨头上裹着纱布,"吃一堑长一智",不再退着走,但没几天却在走廊里玩起火来。他一会用纸条点着在角落里烧,一会用小棍子去点火玩,燃烧着的小棍子在空中晃悠,一会儿划一道金色的圆圈,一会儿划一道金色的长线,有时他用几根棍子一起烧着玩。小余夫妻俩要么就给他几巴掌,要么就全装没看见。

孩子就是孩子,新的游戏具有强大的吸引力。

骁被那晃来晃去的火圈,忽左忽右的金色道道儿挠得心里直痒痒。不知道是不是第一次伸手玩火,就被我发现了。

"骁,火是用来烧水、做饭的。火不是玩具,小孩子不能玩。玩火会引起火灾。如果我们楼上起火,这家里的东西都会被烧光,甚至还会烧死人。以后再也不能玩火呀!"我第一次看到他玩火时,把他拉到身边语重心长地说。

他点点头，给我个一定会遵守的模样，我亲亲他。没想到他只当是耳边风。几天后我发现他和余烨一起玩火。而且，他看到我时立刻把烧着的棍子丢掉，假装自己只是看余烨玩。

"骁！妈妈上次给你说过了，不能玩火！你给我好好听着！这是第二次给你讲，不能玩火！如果你不听，下次给我抓住，我就把你玩火的那只手给烧掉！再把你赶出家门，就算别人发慈悲给你饭，没有手，怎么吃！……你可要好好记住妈妈今天说的话，妈妈说话可是要算数的！"他藏匿的动作说明是明知故犯，而不是早些时的无知或遗忘，我特别警告他。

孩子长到四岁就开始顽皮，有些道理你一而再再而三地对他讲都收不到什么效果。也许这是个思维能力飞跃的年龄，也许这是个叛逆的初始年龄。自我控制的能力还不如早些时候，明明知道不能干的事，他总想躲开我的视线去做。

特别警告后没过几天，他在隔壁的灶上用一根废弃的筷子点火玩，再次被我发现。

为了避免脚步声惊动他，我脱掉鞋子，准备轻轻地快速走近他。很不幸，刚走了一步，邻居吴爱国发现了我。正当他张开嘴准备喊提醒骁骁逃跑时，我冲他挥手，并用请求的目光示意他千万不能吱声。

我像猫抓老鼠那样，从他的后面盖过他的头，把他捉住了。

"妈妈，妈妈，我下次再也不敢了！"也许他觉得前两次我只是说说，也没事，于是求饶地说。

我使劲夹住他，为了防止我进他退时不小心把他烧伤，我把自己的身体稍稍往后移了半步。右手紧紧地握住他的右手，左手把阀门全打开。

"轰！"刚才三公分左右的小火苗，这会猛窜到了四五十公分高。火光把两边的白色墙壁都照红了。他拼命往后退，我站着不动，挡住了他的去路。

"别动，让我把这只玩火的手、不听话的手，烧掉！"我用很平常的语气,边说边把他的手往火边推。

"哎哟! 妈妈,妈妈,我下次再也不玩火了! 我保证! "

其实那手根本没有碰到火,只是他感觉我在用力往火里推,火把周围的空气加热了,有种火烧火燎的感觉而已。

"哈哈,今天建林中午有下酒菜了,红烧小人手。李里,慢点,等我拿点盐来,往那小嫩爪子上放些盐,等下,我给建林说两句好话,求建林也让我尝尝鲜。放点盐味道好一些。"吴爱国站在旁边看热闹,寻开心,挖空心思来制造更加恐怖的气氛。

我把火略关小了一点,再次把他的手往火里推,而且赞同地说:"这是个好办法,火小点,慢慢烤,烤得黄一些,味道香些。"我只要略微往前进一点点,他就会更加拼命地往后退,要烧的感觉就更真实一些。

"别,别,吴叔叔。妈妈,这次不烧,我求求你,下次我若再玩火,你再烧好不好? "

我调节火的那一刹那,他边祈求边用左手来剥开我的右手,企图挣脱逃跑。没想到,我忽然把刚关小的火开到了最大。当我的左手再次抓住他的左手时,他不是将信将疑,而是确信我一定要把他的手给烧掉!

"这个手也不听话,要一起烧掉是不是? "我假装把他的一双手一起往火里推。

"妈妈! "他使出吃奶的劲,全身往后退,我假装被他推倒靠在墙壁上,让他逃脱。

我假装喘着粗气,累得没力气去追他。

骁跑到楼梯口站定,看了看自己的手,那双手还是好好的,只是被我握得太紧,可能有点儿疼。他回过头来看着我,也许他认识到自己确实不对,也许他觉得是他不听话才把我累坏了。当吴爱国把火关掉后,他慢慢地向我走来。拉着我的手说:"妈妈,这是最后一次。下次我如果再玩火,你烧我的手,我就不动。"

真是惊人的巧合，当晚电视台播放了一则令人感动的纪录片：某乡村一处农舍的茅草屋里有五个孩子在玩耍。从电视画面上看这个茅草屋占地面积比较大，而且只有一个出口，这个出口在房屋的左侧。

这五个孩子来自两个家庭，茅草屋的主人家有三个孩子，他们中最小的还不到两岁。

孩子们首先是玩捉迷藏的游戏，一个个像老鼠和小猫一样猛往毛草堆里钻，玩着玩着邻居家的孩子在角落里发现了被人丢弃的火柴，于是就擦着玩，擦着擦着竟把毛草点着了。满屋子的毛草特别地干燥，呼的一声，顷刻就燃成了熊熊大火。孩子们惊慌失措失去了逃生的机会，几秒钟的时间大火把门给封住了，孩子们在屋子里哭喊。

在这关键时刻，茅草屋的女主人从室外提着满篮子菜回家了。女主人声嘶力竭地哭喊着冲进火海，先救出了邻居家两个大点的孩子。然后她奋力再次冲进火海，救出自己家的两个孩子。这时女主人头发都烧光了，被火烧着的衣服碎片跟着她一个劲地燃烧！第三次再冲进去时，屋子被烧垮了，她和她的第三个孩子没有再出来。

电视用科技的手段再现了部分场景，人们赞扬女主人的无私奉献……

"骁，我们这走廊比那茅草屋还危险！我们烧的是煤气，余烨把那些燃烧的纸塞在角落弯里，塑料煤气管就拖在地上，塑料管随便一烧就会烧爆。这楼上楼下的煤气管都是相连的，还有电线也是相连的，如果这时候四楼发生爆炸，煤气引燃电线，我们坐在这里看电视，电视机也会爆炸，我们这些人都会被炸死炸伤！知道了吗？"

骁受到惩罚后不再玩火，而且经常将空着的火炉给关掉。但面对余烨挥来的小拳头，他却不敢还击。

婆婆尝到了溺爱的教训！

"妈妈，今天舅舅到幼儿园来了。"晚餐时骁报告说。

"舅舅和你说什么来着，别忘了告诉妈妈。"我以为大哥从幼儿园门前路过，想起什么事让他给我传信。

"不是的。他和很多人一起来的。"骁听懂了我话的意思。

"你叫舅舅没有？"他还想继续说，只是被我打断了。

"没有。那怎么叫嘛！我们老师在舅舅他们进来之前说：'小朋友们，等会有很多领导要来看望你们。他们进来的时候，请大家热烈鼓掌欢迎。然后，还要大声说：爷爷、奶奶、伯伯、叔叔、阿姨好。'后来，我一看，那些领导中间有舅舅。"

"舅舅会生气的，你向别人问好，却不向他问好。"

"人家不知道舅舅要来，我没有心理准备。还有啊，老师就是那样子教我们的，向舅舅问好也包括在一起了。我看大舅舅没有生气，他还很高兴的样子，摸了摸我的头。"也许他本来就分不清今天的事到底做得对不对，想了很久才说给我听，本来以为我会表扬他，没想到我说舅舅会生他的气，于是他低下头神情沮丧地辩驳。

看他好似犯了某种错误的表情，我忍不住"扑哧"一笑，接着赞扬说："好孩子，做得对。舅舅是厂里领导，他们到幼儿园去检查工作，看望在那里工作的老师和生活、学习着的小朋友，看看有什么问题需要解决。这个时候他的身份是领导。你应该按老师的要求去做。舅舅也不会生气，妈妈逗你玩的。"

过了些日子，那天下午我坐在屋子里看书。从来没见谁欺负过的骁,失魂落魄地跑回来,像个受气丫鬟那低声说:"妈妈,余烨打我。"

"余烨为什么要打你?"

"他说,他们家张叔叔是公安局的,想打谁就打谁,谁也管不着。"他流下了眼泪。

"过来,别哭。下次他再打你,你就使劲打他!他们家张叔叔是公安局的有什么了不起。你明天告诉他,我舅舅专管公安局,舅舅可以把他们家张叔叔开除掉!"没料到就在此时,我大哥如神兵天降般走了进来,并弯腰拉过骁的手说。

其实骁并不相信他舅舅说的话,他用猜疑的目光询问我,我点点头接着说:"公安局的也不能随随便便打人啦,不过,你不要去惹他。"

第二天上午十点多钟,我坐在写字台前解一道三角函数题。隔壁小唐和姜江在屋子里下象棋。两间屋子都很安静,突然,小唐拿根粗棒子追出来,用棒子在地面猛敲一下,吼到:"来!老子打死你!"

小唐他们下棋时,骁经常站旁边看,有时姜江还会教教他。现在骁能看出一丝丝门道来了。于是,手就痒痒的,总想去帮他们其中的某一人摆弄一下。姜江心善一些,一般不打他,也不用打的动作来吓唬他,而小唐则有时轻轻地打他一下,吓唬他是常有的事。特别是他沉思默想的时候,骁一动他的棋子他就烦了。

"来!你敢打我!我舅舅是公安局的,你打我,明天我就让舅舅把你开除!"骁立在楼梯口,两手叉腰,摆着一副不在话下的架势与其对峙。那神气就像街头的小混混,那声音就像一撮签子往我身上扎来。

"回来!"我握着笔走到门口喊他。小唐和姜江退了回去。

"霍!你小子还学会扛大旗!"小唐退进屋子时冷笑一声说,姜江瞠目结舌地看着小唐。

"昨天晚上你是不是做梦都想着这件美事啊?"我用严厉的目光盯着他问道,骁点点头,"难怪笑醒几次呢!看把你小子美的。你告诉我,你爸爸是干什么的？"

"爸爸在大修队，当工人。"

"你妈妈是干什么的？"

他摇摇头。我借调到竣工办以后，每天不用像以前那样拎着安全帽上班下班，他也搞不清我在干什么。

"你给我记住！你是工人的儿子！舅舅是农民的儿子！舅舅是舅舅，舅舅靠自己拉板车赚钱读大学，舅舅行，不等于你行。你想神气的话，从现在起好好学习，长大了考大学，有文化才能像舅舅一样神气。还有啊，舅舅管公安局也没有什么了不起，舅舅如果犯错误公安局照样要抓他。唐叔叔没犯错误，谁也不能把他怎么样。以后唐叔叔他们下棋，你好好站旁边看，把象棋上的字学会，动动脑筋跟他们学。看不懂的地方，等他们不玩的时候再去问，不能总去捣蛋！知道了吗？"

他再次点点头，我接着说："小孩子既不能称王称霸，也不能像个受气包，任人宰割！哪个小孩子下次再无缘无故打你，你首先就警告他。他不再打你，你就算了，小孩子打一巴掌也没什么了不起，吃点亏也不要紧。他不听，你就把他推开。如果他再推你，你就赶快闪开，让他推不着。但千万不能在楼梯上推人，不能在高处把人往下推，把别人摔伤或摔死，那公安局真的要把你抓走，连舅舅也救不了你。这么大了，应该分得清哪里危险，哪里不危险。和小朋友们一起玩，磕磕碰碰的事也很难免，不要像个娇气包一样动不动就哭哭啼啼，只要人家不是故意的就要原谅。如果自己不小心撞着别人，要赶快给人说声'对不起，请原谅，我不是故意的'。人家硬是不肯原谅你，你就站着给人家打一下，谁叫你自己不小心呀，是不是？"

两天后的傍晚，一群孩子在院子里玩丢手巾的游戏，骁把手巾放在波波的身后，波波没有发现，余烨蹲在波波旁边，骁跑着去抓波波时，撞着余烨。骁赶紧说："对不起，请原谅，我不是故意的。"余烨站起来给他一拳,并气呼呼地跑去捡石头。

骁没有还击,自知理亏站着不动,眼珠子注视着他。

"嗨!再搞老子打死你!"余烨捡起石头准备扔,他妈挡在前面,小石头扔在他妈妈的怀里。

"你怎么这样不讲理!骁骁给你赔礼道歉。人家不是故意的。你打了他一拳,还要怎么样?"余烨挨了他妈妈一巴掌,哭着对妈妈耍赖。

从此以后,我们院子里经常能听到孩子们稚里稚气的声音,"对不起"、"请原谅"、"我不是故意的"、"你打我一下好不好",很少有孩子再打架。

近年来厂里每年都会评职称,有职称的人多加工资,我们越来越懂得知识的重要性,楼上的孩子都在提前学习,然而,骁却对学习不感兴趣。

又是一个春意盎然的阳春三月,蔚蓝色的天空飘着朵朵白云,青绿色的树木浸透着温煦、湿润的空气,显出一片生机。我们踏上一辆红色镶白条的长途汽车,来到武昌车站。这次出行的目的地是伟人毛泽东生活和学习过的地方——长沙。

我的任务与其说是为了竣工资料的完整性,领导安排我到长沙某厂去补办两张合格证,还不如更确切地说,我也想借这个机会带骁儿子出去游玩。几个月来骁表现出对学习没什么兴趣,我想把他带出去,利用他好问、好奇、心急的特点来引导他学习。

走进售票大厅,三个往南的售票窗口前人头攒动,我跟着一个相对较短的队伍站了十分钟,却丝毫没有感觉到队伍在向前挪动。我对婆婆说:"奶奶,你站这。我到前面去看看。"婆婆跟着队伍,骁跟着我在大厅里四处打探。

"妈妈,这个地方没人排队,我们为什么不在这里买票?"骁的心早已飞向远方,我们经过优先窗口前,他迫不及待地问。

"我们不是军人，也不是高级干部，不能在这里买票，或者说我们没有资格在这里买票。"在他幼小的心灵中，也许是第一次滋生人的等级差别。

"那这边的人少些，我们为什么要站那边？"他指着往北的队伍。

"那上面有没有你认得的字？"灵感一动，计上心来，我换了个方式来回答他。

"那个'北'字我认得。"

"那个'北'字前面是个'往'字，往北，就是到北方去。我们现在要往南方去，如果我们坐上北去的列车，只会离长沙越来越远，知道了吗？"我们来到列车时刻表前，我站定，仔细查找符合我们的南去车次。

"妈妈，那上面写些什么？"他多么想了解上面的信息啊！

"那上面不是明明白白地写着么，问什么问，不会自己看！"我一边盯着婆婆，一边想尽快找到我需要的信息，他没完没了地问来问去，使我心烦之余还想利用这个机会来逼逼他。

"不讲道理。我不认得字，怎么看呀？"

"不讲道理？你这会才知道不认得字！谁叫你不好好学习，妈妈教你认字，你就想鬼点子来逃避。你不是挺会耍嘴皮子嘛，你耍啊！看这会还有谁跟你笑！跟你胡闹！再吵，我就把你丢掉，反正你不认得字，找不到回家的车，也找不到回家的路！"

他理屈词穷，只好一声不吭地跟着我走。唯恐我说话算数，真把他扔了。

因为时间的关系，我们选择踏上一辆开往广州的列车。由于只买到了站票，我带着一老一小从母婴候车室提前来到站台，上车后找到了一个座位，先让婆婆坐下，把行李放置好。

这孩子的灵性在列车上得到显露。一般的孩子在这种情况下会紧挨着婆婆身边站着，或者说挤着坐下。他不是这样，车子开动以后，他用灵机十足的目光搜索善良可亲的面孔，不久视线停留在对面靠窗的一位笑容满面的姑娘身上。他送给她一个甜滋滋的微笑，带着他这个年龄特有的调皮动作，走向那位可亲的姑娘。姑娘读着他的目光，把身子往过道这边挪了挪，在窗口空出一点地方，笑着示意骁坐进去。

"谢谢阿姨。"骁甜蜜蜜地说，然后半坐半蹲着看向窗外。车窗外辽阔的国土，时而是一望无边的田野，时而高楼云集，时而绿绿葱葱，时而银光闪亮……

"阿姨，我给你讲个故事好不好？"四目相对，一双稚嫩可爱，一双温柔善良，都那么精神，都那么灵动。

"我讲个《勇敢的刺猬》。小刺猬知道大老虎喜欢吃鲜肉团子……"他用甜美而稚嫩的声音给她讲故事，一边讲一边打着符合情景的手势，还调皮地用小手指比作刺猬的刺去戳姑娘的脖子，把周围的人逗得乐开了。然后，他们开始你问我答式的说话。接着她给他讲《猫和老虎》的故事。两个人你来我往，说说逗逗，不知不觉列车停靠在岳阳车站，姑娘到站下车。

"阿姨再见！"两人亲吻后挥手告别，于是我也有了座位。也许他心疼我，舍不得和我挤在一起，左顾右盼了一阵子，向斜对面的一位军人走去。他顽皮地把他的军帽取下来带在自己的头上，把军人弄得不知所措。"你这小子，怎么这么调？"他就这样时而在我和军人之间跑来跑去，时而伸直双臂在车厢内飞行……

下午四时我们来到长沙。

长沙站新修不久，既漂亮又壮观，楼顶的报时钟每敲一次，《东方红》的乐曲就在广场上回荡一回。这些东西对于普通的旅客来说没有什么吸引力，但是，在孩子看来却不知有多神奇！

从火车站到招待所的路上，他迫不及待地向我提了很多问题。我慢条斯理地给他解答完，借机鞭策他："在家里的时候你不好好学习，这会才知道没文化不方便是不是？以后再也不能瞎胡闹，一定要好好学习。你看，如果你有文化，那大街小巷、车站码头的广告牌上都写有字，自己睁开眼睛一看，就什么都明白，根本用不着问妈妈，看妈妈的脸色。你不是喜欢听故事嘛，那些故事都写在故事书上，你有文化，想什么时候看，就什么时候看，看多看少也全由自己说了算，用不着求妈妈。你不学文化，将来长大了没有什么用处，也只是个白痴！睁眼瞎！别人把你卖了，你还帮忙收钱。就像故事里的地主和穷人那样，白纸黑字，还有你自己的手印，随便你走到哪里，你明明是对的，人家就是不相信。你不学文化，说不定哪次妈妈带你出来玩，一不小心让你走丢了，或者说妈妈不想要你，故意把你丢掉，你也找不着回家的路。你只能在外面流浪、要饭、捡垃圾，穿得破破烂烂，一身脏兮兮的，哪天城市里搞检查，认为你影响市容市貌，就通知公安局把你抓去喂狼狗！"

"妈妈，你放心。回家以后我一定好好学习，天天认字，还要写字。你教我，如果我再乱来，再不学习，你就拿我去喂狼狗！说话算数！"

晚餐后我把一周的行程安排说给他们听。到长沙的第二天下午四时，我把两张合格证收好，想了想只能到招待所附近的地方去走一走，骁耐着性子跟着婆婆等了一天，表情有些沮丧，要找个地方让他开开心才行，而且最好能兼顾他们婆孙的需要。

"走，骁，今天时间不早了，上公园的时间肯定不够。妈妈带你去看一样东西，这个玩意儿你们幼儿园的小朋友们都没有看见过，奶奶、爸爸、姑姑、姐姐他们也没有看见过。"

"妈妈，那是个什么东西？叫什么名字？有多高？有多大？"他果然被悬念牢牢地吸引，阴郁不快的表情云消雾散，眉梢挂满了渴望。我摇摇头，坚持不提前泄露秘密！

我们来到湘绣大楼，走进大厅，骁的目光一直注视着前方，时而抬起头来看我，根本就没发现旁边的东西。跟着行人往前走，我突然停下来使给他一个向右看的眼色。

"哈哈哈……"那笑声好像是从他灵魂的深处发出来的,既突然又强烈。双脚在地板上乱蹦乱跳,双手在空中扑腾扑腾,一下向我扑来,一下向婆婆扑去。其他的人也被逗得乐不可支,笑声相互感染,你指指我,让我看看镜子里的我,我指指你,让你看看镜子里的你。

现在这里的哈哈镜比以前多,以前只有一个把人变成圆形的,而现在除此之外还有把你变成墨水瓶子那样矮矮胖胖的、电线杆那样瘦高个的、脸部拉得老长的、身子变长而腿脚变短……大概有十多种把你照得怪模怪样的镜子。骁儿子都一一照过,在镜子前尽情享受着千奇百怪的快乐。紧接着我们陪婆婆看了看湘绣,准备改日来买两床湘绣被面给毛毛妹妹当嫁妆用。傍晚的时候我们才急急忙忙地往招待所里赶去吃晚餐。

"妈妈,这个有趣的东西叫什么名字?我们把它买回去让大家都看看,好不好?"走出湘绣大楼,骁回头看了看贪婪地说。

"它的名字叫哈哈镜。你想想,当你这么随便瞧它一眼,是不是就哈哈大笑,它是玻璃制品,所以就叫哈哈镜,是让我们照着哈哈大笑的镜子。那么大个东西买回家,把它搁哪?再说妈妈也没有那么多钱呀。小孩子不能看到什么好玩的、漂亮的就想把它买回家,要留给其他的人看嘛。再说长沙那么多好玩的东西,你买得完吗?"

走进餐厅,购好餐票,我们在餐桌前坐了下来。两个小伙子抬来一木甑香喷喷的饭,这种木甑的饭香味骁儿子是第一次闻到,我也有几年没吃着了。

一个老翁将盖子揭开,那浓烈的香味随一股直冲屋顶的蒸汽向四周散布开来,儿子两眼大睁,吞下欲滴的口水,环顾四周请求着说:"妈妈,我们也像爷爷那样去装饭好不好?"

"等一等。"在我看来,现在就餐的人还没有到齐,大厅内只有零星的几个人，如果大家都那样子只顾自己，后来的人怎么办？再说，餐厅有服务员，是不是应该由服务员来做这些事呢？

三五分钟过后，两个小伙子又抬来同样大小的一木甑香喷喷的饭，小伙子放下木甑的同时顺便把上面的盖子打开了。这时餐厅里的人都向木甑涌去。

"骁，我们也去装。"婆婆拿着碗，骁儿子也跑了过去。也许是因饿而饥不择食，也许是那从未有过的饭香可以增加食欲，向来在家挑三拣四，吃饭要喂、要听故事的骁，今天只让我喂他两口，就主动把碗夺了过去，自己用勺子狼吞虎咽地吃了起来。红辣椒炒瘦肉、香干萝卜炒鸡丁，外加一份按需供给的酸菜汤，样样都觉得特别可口。

"唉，妈妈，怎么不带爸爸一起来咧？你看这里还多一张床，爸爸睡觉也不用花钱，吃饭才四毛钱一餐，爸爸来了也可以和我们一起看看哈哈镜嘛！"真是血脉相通！这孩子平时在家很少和建林玩在一起，没想到当他快乐的时候却想到了建林。

"乖孩子，好好读书，将来考大学，就可以赚很多很多的钱，到时候让爸爸坐飞机来看哈哈镜。"

"好的，妈妈，这次回去以后我一定好好学习，不然的话，你就把我扔掉去喂狼狗！"他信心百倍地再次许诺。

"说话可要算数的哟，别忘了玩火的事，妈妈可是说到做到的哟！"

"骁，你玩火，你妈妈把你怎么着？说给奶奶听听。"婆婆插话说。
……

"你妈怎么那么狠心肠，把你的手烧着还给爸爸下酒！乖乖，下次你爸爸妈妈再打你，你就告诉奶奶，奶奶来吵他们！小雨姐姐的爸爸妈妈从来都不敢动小雨姐姐一根汗毛，骂也不敢。有奶奶在，他们都不敢！"听完骁的控诉，奶奶摸着他的小手，不停地数落。

"奶奶，我才不当狐狸咧！谁叫我不听话，玩火很危险弄不好要烧死人的。妈妈,是不是?"

"怎么着要当狐狸?告诉奶奶与狐狸有什么关系呀?"婆婆早把一年前《狐假虎威》的故事忘到九霄云外,我赶紧换了个话题。

公差办好了,剩下的时间就是游玩。走进动物园,各种游乐设施的电子铃声向我们飞来。为了避免他沉浸于某个游玩项目,而我又不愿满足于他,扫了他的兴,我握着门票对他说:"咱们先说好,以前在武汉玩过的,今天只许玩一次,以前没有玩过的,今天可以玩两次,不许耍赖!"

我们说定以后大步流星地向园内走去。我不停地排队买票,三分钟,四毛钱一次,一个项目结束又有新的项目。婆婆站旁边陪着他,看他开心、神气、得心应手地开汽车……按约定玩过之后,我们去看动物。

长沙动物园里有河马和大象,这两个庞然大物是当时武汉动物园所没有的。站在大象馆前,看着大象憨态可掬摇头晃脑跳迪斯科的滑稽动作,骁扭扭屁股,扭扭脖子学了好一阵,顽劣而活泼的动作比大象更滑稽可乐。

新的早餐来到了。"骁,今天我们不能上岳麓山,陪奶奶买东西算了。"我们坐在餐桌前,各有所思地品尝早餐的味道,细细的咀嚼,慢慢地喝着。看着室外阴沉沉的天空,稀稀疏疏的飞雨,我改变原定计划。

中山百货大楼是当年长沙最大的购物中心,特别是玩具柜台上琳琅满目的玩具,千奇百怪造型、五光十色的包装令骁流连忘返。可是我们有约在先,这次只是游玩,不买玩具。原因是,婆婆要给毛毛妹妹买嫁妆,没有建林,我们拿不了那么多东西。于是骁只能在柜台前一饱眼福。

我们在这里停留了很久,婆婆反复地比较,反复地挑选,我也责无旁贷地帮着挑选。每挑中一件东西,我就到收银台去付款,婆婆则把它小心谨慎地装在包里,然后我提着包,跟婆婆走到下一个柜台前,再挑选,再付款。我们先逛了中山百货大楼,回过头来再逛五一百货商店。走出五一百货商店时已到了下午,这孩子今天一无所获,却眼巴巴地看着我从钱包里一次又一次地帮婆婆付款,一股强烈的不满和委屈甚至愤慨,现在到了非发泄不可的程度。

"只有个臭奶奶,像个伢一样,看着什么就买什么!把我妈妈的钱都用光了!滚!莫跟我们走!"真是初生牛犊不怕虎,没大没小,管他奶奶平常怎么把钱省着给他买罐头吃,管他奶奶怎么抱着他,迎着星光走来走去哄他入眠。没心没肝的小白眼狼!

"你瞎胡闹什么!小心妈妈揍你!"

"奶奶没有用你妈的钱,那钱是奶奶搁你妈包里的!"奶奶心酸委屈地打断我的话,给他解释说。

"这个包总是我妈的!你把那么多的东西都装里面,自己又不提!总叫我妈提,我妈身体不好!"丈二和尚,弄得我一头雾水。也不知他从哪搜索枯肠,迸出这么句让婆婆心寒的话。他还像一个被激怒了的、从来没受过教养的人一样,说着跑过来企图从我包里把那些东西扯出来丢掉!

"别乱来!走一边去!"我推开他,但没有伸手打他。我多想让婆婆能接受些教训,以后不再那么心肝宝贝般溺爱他。

"你这小心肝,怎么这么坏啊。"婆婆揉搓了一下眼睛,用苦涩和甜蜜夹杂的嗓音说。

有了这些不愉快,三个人都默不作声地朝前走。走了大概百多米,到了个拐弯处,一个背冰棒箱的人从对面走了过来。我用难以置信的目光朝那人看了看,接着又用特别怀疑的语气问道:"同志,请问你有没有冰激凌?"

她把箱子放下,我付钱,骁接过一支双色冰激凌。婆婆说天冷,坚决不吃,但是骁却特别高兴,阴霾不展的脸色刹那间如阳光般灿烂。可以说从出生到现在,在这种季节吃冰激凌,而且是双色奶油冰激凌,他还真是第一次。然而,他却只美美地吃了两口,仅仅就两口,那柔软可口、又甜又香的螺旋状冰激凌,却在他一不小心时掉地上了。他立马弯腰去捡,被我阻止了。

"走,我们追过去,妈妈再给你买一支。"我们往回追,刚走了几步,眼前三条岔路,我左顾右盼着,大声喊:"买冰激凌!"可是没人应声。我们猜测着走中间一条,没找着,再绕过来问行人,仍没有线索。眼睁睁地就那么一两分钟,那人消失得无影无踪。

"我要去捡!我就要!"也许味道真的很美,也许是几乎一天的等待,到现在才得到了心爱之物,很少耍赖的骁开始耍赖。婆婆拽着他,他刚坐地上忽而又站起来,反方向朝回走。我不理他,继续往前走!

"乖,算了。这么半天了,还怎么捡呀。快跟奶奶走,你妈要拐弯了,等会我们两个睁眼瞎子找不着路,都只能去喂狼狗。"

他无可奈何地让婆婆拽着走。我越走越快,头也不回,他们追着跑了过来。可能经过一路奔跑,也可能耐不住寂寞,走进招待所时,他跑过来知错地看了看我说:"来,妈妈,我来提包。"

"妈妈,以后我不听话,你就打我,别不理睬我,好不好?"晚餐后我们边看电视边聊天,把今天购买的东西重新检查了一遍,骁看着那些闪闪发光的丝绸,想起白天的事。

我心里一喜:原来如此!他的紧箍咒在这儿!

"我才懒得打一个不听话的孩子?你知道吗,作用力和反作用力相等。我打你,我的手也痛。"

"那你用棍子打得了。"骁想了想。

"到哪去找?找来找去,我不累?"

"家里不是有尺吗?妈妈,以后你就用量衣服的尺子打我好了。你也不用找,我自己去拿给你。好不好?"

我不回答。婆婆说:"你这小东西,就那么贱……"

"好不好?妈妈。"骁拉着我的手摇了摇。

"嗯。你看你今天干的什么事,那冰激凌就让你馋成那样,掉地上脏得要死,还去捡!就算今天没吃着,难道说夏天也吃不着?丢人!"

"我爸爸还不是喝泼在桌子上的酒。"

"那以后你就跟你爸爸算了,别跟着我。"抬出他爸来,我竟无话和他理论,摆着权威的架势说。

"别,妈妈。我以后不捡不就得了。"

紧接着是一个暴风骤雨的夜晚,起床后我们迎着黎明的曙光,踏上一辆从城中往东行驶的汽车。车上乘客很少,有些冷寂的感觉。公路很简陋、粗糙,没有水泥,也没有沥青。碎砖、碎瓦、卵石,厚薄不均地铺在泥土上,来来往往的车辆长期碾压,早已不斟负重。昨夜的倾盆大雨在路面形成一个个积水潭。车轮从潭中碾压,泥水溅过车窗,窗玻璃上斑斑点点。车内颠簸剧烈,头可及顶。

时针指向八点,我们在人民公社供销社的草坪里走下车来。在我四处张望企图寻找熟悉的面孔时,表哥像接到过通知样在距离我几米远的地方出现了。于是骁骑在表哥的肩膀上,我们向表哥家走去。

道路泥泞不堪,我一手拎包,一手牵着婆婆,谨慎地前行着。每走一步雨鞋在深可及踝的泥中发出扑哧扑哧的响声。在距表哥家还有百米之多的埂子上,表哥张大嗓门冲屋里猛喊:"来客啰!"黄狗跟随表嫂还有侄子们远远地迎接我们。

我们还没有吃早餐,借表嫂做饭的当儿,我带着骁和婆婆一起打量这间屋子。姑父年岁已高,耳目不再灵光,但比以前更加健谈。这房子修了还只有几年的工夫,我也是第一次走进它。是间典型的南方农舍,三正两偏的主体结构。一米高的青砖基墙,木头支架,青瓦泥砖。早几年分田到户,耕牛农具一应俱全。杂屋里有一台风车,这是骁从没见过的东西。风轴手柄轻轻一摇,有呼呼风声。扫净斗内杂物,骁叉腰前往风口,我摇动风车,头发、袖口、领子、衣角,随风飘动,一串得意的笑声从屋里向外扩展。

早餐过后已到十点,我们在表哥的陪同下,从泥泞的田间小道向母亲的墓地走去。田园风光虽然美丽,但我们只能紧盯着脚下的路,不敢有任何贪婪的远眺,怕稍不留神就失去平衡,有跌入泥中的危险。穿过田野,翻过两座小山坡,童年打柴、割草、戏耍、休闲的望牛堆就在眼前。老屋,那无人居住的泥土老屋凄凉寂静。母亲就长眠在老屋西边的山锥上。墓地的四周是翠绿的枞林,若隐若现的屋子,居高临下。看似富饶的土地却埋藏着一个贫寒、病窘、饱经沧桑的老人,这就是我的母亲。母亲长眠在这里,从黄土垒起的新冢,到如今杂草丛生荒坟,四年来这是她的儿女第一次来看望她。

"妈,我带儿子来看您……"噼里啪啦的鞭炮响起,我和儿子跪下,泣不成声。擦擦眼泪,再烧些纸钱。我多么希望还有另一个世界,那属于天国的世界!多么希望钻有无数小孔的黄色的纸就是天国世界的钞票!

为了赶时间,我们从老家返回长沙时直接去了风光旖旎的岳麓山。骁游兴很高,跟着游人径直往前跑。我穿着雨鞋,这会天空晴朗,雨鞋又闷又热,走起来咯吱咯吱响,显得有些沉重。儿子向前跑一段,再折回来跟随我。

"小傻瓜,你就在前面等着妈妈,跑回来做无用功多累啊!"我气喘吁吁地劝说。他不听,继续跑过来跑过去瞎折腾。婆婆身体比我好,体力也比我强。骁在前,婆婆在中间,我落在后面。到了半山腰,他再跑回来陪我走一段,当我们从婆婆身边走过时,他夺过我手中的包,把包塞给婆婆说:"奶奶,你提着,我妈提不动了。"

"你瞎胡闹。怎么能让奶奶提包吗!"我从婆婆手里重新把包拿回来,责怪骁。

"妈妈,我来。"骁用怜惜的目光看着我,提着包向前爬。山越来越高,我们的体力下降很快。但还是想爬到黄兴、蔡锷墓前去看一看,于是我们停下来休息一段,再往前爬。包重新回到我的手里,我虽然很累,但是觉得骁更累,这山海拔有一千多米,他才四岁多平时有些娇生惯养,于是我心疼地说:"来,妈妈抱你走一段。"他看看我疲惫不堪的面容,看看奶奶,回眸一笑说:"我能自己走。"我知道他心里非常想有人抱他,如果有建林同行,他可能早就把建林当马骑了。

下午三点钟,我们来到火车站,购买了第二天返程的火车票。然而这趟车不是从长沙始发,是广州至武昌的过路车,在长沙发车的时间是早晨七点三十。离开售票窗口,我突然想起夏时制的来临,这趟车从始发站发车的时间应该是北京时间,中途运行就是北京夏令时,我们该按哪个时制来赶车呢? 如果票上所标的是夏时制,明天早晨我们无法按时从住所赶到车站,就得换票。若是另一种情况,就没有问题。我重新回到窗口,要求售票员解释。售票员把我"踢"到问事处,问事处把我"踢"给办公室。这时问事处有十几个和我同命相怜的旅客。

"骁,你和奶奶在这里等着。"我没有时间把问题说得清楚些,跟着人群一起去找车站办公室。偌大的车站,我们一群人东奔西跑,问来问去,好不容易才找到办公室,那里的人们也回答不了我们提出的问题。真是窝火,心里直想臭骂:哪个坐在办公室瞎拍脑袋瓜子的人,搞什么夏时制! 害群之马一个! 愤怒过后,我们坐下来核计,干脆横下一条心按北京时间去赶车,如果不行的话,看到北上的车就挤上去再说!

我这么东撞西撞,花去了不少时间。当我从相反的方向回到和他们约定的地点时,远远地看见骁和婆婆对峙,骁拼命往我离开的方向奔,婆婆使劲拽着他的手。

"骁骁。"我喊到。

婆孙俩闪电式地转过身来,骁仇恨的目光从婆婆脸上掠过,婆婆噙着眼泪横他。

"怎么回事?"我追问。

骁低头不语,左右手聚在一起,目光盯着十个指头。

"你看,我的衣服。这呢子衣服是你去年给我买的,我才穿头一回。"婆婆做了个吞咽的动作,接着愤怒地说。

婆婆原本梳理有序的花发乱成鸡窝状,腮帮子处有一道抓痕,红红的眼眶,擦来擦去的泪水,被撕开的衣服领子——印入我的眼帘。

"啪啪!"我甩手给了他两巴掌。

"打得好!"婆婆发自肺腑地喊到。

干脆利落的三个字,说明她已是到了忍无可忍的极点!在这一刻恨大于爱。

"这小东西太坏了!我给他说,奶奶不认得字,你妈让我们在这里等,我们就只能在这里等。不然的话,等会你妈找不到我们,我们更找不到回家的路。他不干,非要去找你。我抓着他不让他走,他对我又是打,又是踢,又是抓的。我这脸都被他抓破了。新衣服的扣子那么结实,也被他扯掉了。"婆婆擦着伤心的泪,极不情愿又无可奈何地说。

"过来,给奶奶说声对不起!"我的声音一定很可怕,那种目光由不得他有半点犹豫。

"奶奶,对不起。"

那声音不是说出来,是泣出来的。我刚打他两耳光,他也没有哭出声来,这会却泣不成声。

在骁幼年时期,这是我为数不多的盛怒。也许是我脑海中的传统思想,也许是我对孩子任性一面的厌恶,都让我在面临他对奶奶失礼时,做出了过激的事情。很多年过去了,我还是在想,那时候这样打他是否正确。

为什么要学知识

旅行回家的第四天，我牵着骁去幸福堤散步。走到堤岸的尽头时，晚霞映红了西边的天际。晚风吹来，心旷神怡。这里有一个抽水机台，我在水泥埂上坐了下来，他在堤岸扯着青草，发现小昆虫就去追赶。他玩得开心，我也不去管束他。不知不觉我进入了沉思默想的状态。

没多大一会儿，他谨慎地走过来，低着头站在我对面，默默地不声不响。

"怎么啦？"我抬起头问。

"我是不是惹你生气了？妈妈。"

"没有。"我亲亲他。

"那你怎么不和我一起玩呢？"他用小手亲昵地抚弄我前额的头发。

"你不是自己玩得好好的嘛，妈妈就坐下来想想问题啊。"

"妈妈，你想什么问题，能不能告诉我？"

"妈妈想学习考试的问题，说给你听，你也不懂呀。"

"妈妈，我也有一个问题。"他不再用手梳理我的头发，而用双手捧着我的脸，愁眉不展地盯着我说。

"小孩子家有什么问题？来，说给妈妈听听。"我微笑着再亲亲他，鼓励他往下说。

"你和奶奶比，谁的身体好？"骁提问时的眼神显得深思熟虑。

"你说呢？"我反问他。

"奶奶的身体比你好，奶奶吃饭也比你吃得多些，走路也比你走得快，长得那么胖。看你瘦瘦的，像个病人。"

"这不就得了。还有什么问题？"

"那为什么我在火车上抢到座位，你却要让给奶奶坐？她不会自己去找？为什么总要你提东西，她怎么不提？她又不晕车！"

尽管骁说出如此使我心疼的话语，我却没有用亲吻和拥抱来奖励他。我终于明白他在长沙火车站广场流下的泪水意味着什么！但我必须要让他懂得尊敬婆婆。我想了想说："骁，在家里，谁最辛苦？"

"妈妈最辛苦。"他不假思索地回答。

"如果没有妈妈，骁能不能长大？"

他脸色一沉抱着我的脖子，摇摇头。好像我这么说着，真会离开他。

"这不就得了嘛。在爸爸他们小的时候，奶奶比妈妈还要辛苦。现在爸爸、姑姑们都长大了，参加工作，成了家，奶奶也就不那么操劳了，生活好了，还不就慢慢长胖了。妈妈年轻，应该多做点，应该处处让着奶奶。你说对不对？"我抚摸着他的头发说。

"等我长大了，我要让妈妈住上有地毯的房子，坐高级小汽车。"忽然间他推开我的手，凝视着远方说。

二十七年前，我像骁这么大岁数时，心灵深处埋藏着一个愿望："等我长大以后，一定要让妈妈有饭吃。"二十七年过去了，骁不再拥有我当年的愿望，新的愿望开始深埋在他幼小的心灵里。每一个年幼的心灵也许都有一个愿望——让妈妈生活得最好！我知道他这句话中，深深地隐藏着对他舅舅的羡慕。

"你知道为什么舅舅出门有专车接送，坐火车也不用去排队买票，不用去抢位子，招待所还特意给他准备漂亮房子吗？"

"人家说舅舅是厂长。还不就坐高级小轿车，住有地毯、有沙发、有电视的房子！"其实我和建林从不在孩子面前提及这些事，但人们都这么说，孩子也就知道了。

"是这样。那么，你说说，当厂长是不是件很容易的事？是不是谁想当就可以当呢？"我继续把话题展开去。

"如果谁想当厂长就能当厂长，那我去当厂长，我爸爸也去当厂长。哈哈，我们都坐高级轿车，都睡有地毯的房子。"

真是不可思议！骁只在这次从长沙回到武昌时，见过一次他舅舅坐在高级轿车里，只去过一次他舅舅在武昌的临时住处，没想到象征着权力和地位的物质条件，给他的烙印是那样深刻。

"打住。那不就乱套了，你说是不是？"我截止了他的畅想。

"妈妈，舅舅是怎么当上厂长的呢？爸爸为什么不当厂长呢？"

"舅舅是重点大学的大学生，是高级工程师，有很强的工作能力。上级领导经过多方面的考察，认为舅舅有能力领导全厂的职工把生产搞好，为国家创造财富。经研究决定任命舅舅当厂长。如果让你去当厂长，你说你能干什么？"

"我不行，我爸爸也不行！昨天爸爸把嗯(n)念成扪(men)。"分不清是逻辑推理，还是趁机告状。跟孩子说话，话题有时候会朝着难以预想的方向跑。

昨天中午，我在走廊里炒菜。骁在屋子里拿着一本一年级课本试着读。当他读到嗯(n)的时候，看着这个拱门样的符号，不知怎么念。

"妈妈，这个怎么读？"他边喊边往外走。火旺，油快要着火了，我没有搭理他，继续炒菜。骁刚走到门槛儿，建林拎个安全帽下班回家了，说："来，给爸爸看。"

建林压根儿把那一年级的东西忘到九霄云外去了。但又不想让儿子给瞧扁了，于是他想到了一个既不会丢面子，又能显出父亲威严的办法："来，你把前面几个读给爸爸听听。"

"啊(a)喔(o)婀(e)……"也许骁想在建林面前显示自己的能力，也许是出于对爸爸的一种尊敬，或者说出于爸爸的威严，他大声地按照建林的要求从啊(a)读到这个读不出来的字母，抬头看着建林，等他教导。

一年级课本编写得很形象，在啊(a)的上边有个小女孩子张大嘴巴的图案,使人很容易联想到发出啊(a)的声音,在喔(o)的上边有只公鸡,也同样容易使人联想到喔喔叫的声音。然而,嗯(n)上面却没有拟声的示意图,只画了个拟形的门框。

儿子目不转睛地盯着建林。我知道建林读不出来,也不去帮他解围,只管偷着乐,看他怎么下台!建林抓耳挠腮,搜索枯肠想了半天,找不到答案,又不想失了威信。这时邻居们向他们靠拢,父子俩仍然四目以对,"嘿嘿,蠢家伙,这也不会,读扪(men)!"

"扪(men)!你个脑壳!不知哪个是蠢家伙!"邻居们都知道建林读得不对,听我骂他,哄笑起来。

"妈妈,爸爸读错了吧?"骁用一种介于尴尬与快乐之间的表情问。

我点点头,把书拿了过来。

儿子:"爸爸您说,是儿子本事大,还是爸爸本事大?"

父亲:"我说你这小子,上小学了还问这问题,这不明摆着,我比你本事大嘛,还用问!"

儿子:"爸爸,是不是谁本事大,谁就应该当爸爸?"

父亲:"我比你本事大,我就是你爸爸,这还用问吗?我说你怎么着缺心眼啊!"

儿子:"那我问您,您一定要说实话。"

父亲:"我说这孩子你今天怎么着?爸爸我什么时候说谎!"

儿子:"得了。那我问您,您考试得多少分?"

父亲:"五十九分啊。"

儿子:"我考试得九十分,您考试才得五十九分?我本事大,考分高,我应该当爸爸……"

收音机里传来相声《考爸爸》的段子。

"再过两年我就去参加考试,我考得比你高,我就当爸爸,你就当儿子。"被相声段子影响，骁得意洋洋地说出了让人更加尴尬的话。相声是一种艺术，艺术来源于生活而高于生活，而现实是没有加工的艺术！

"骁，爸爸妈妈读书的那个年代，与舅舅读书的那个年代不同。舅舅读书的那个年代，国家稳定，百业待兴，人才奇缺，政府鼓励青少年去刻苦学习。就像现在一样，国家要建设四个现代化，需要大批人才，国家办了那么多的大学，通过考试把一些优秀青年送到大学校园去学习。而爸爸妈妈读书的那个年代就不是那样子，那时大学几乎停止招生，妈妈那时还是小学生，也要停课去搞文化大革命，要去保卫无产阶级政权。没有学校，没有老师，你到哪去读书啊？国家号召不读书，所以爸爸才把嗯(n)念成扪(men)嘛，那不是爸爸的错啊！你说对不对？"我知道孩子不可能听得懂，但还是耐心地讲了这席话。建林的脸色也好了些。

骁似懂非懂地点点头。

"对了，妈妈还想跟你商量一件事。下个月妈妈就要参加高考，下星期你就跟着奶奶走，让妈妈安下心来复习一个月，一个月以后爸爸接你回来。"我停顿了一会，接着说。

"你学习，我也可以学习呀！为什么让我到奶奶去吗？奶奶没有文化，谁教我学习？"骁脱口提出反对理由。

"这一个月你就不用学习新的内容，你每天把识字卡片拿出来，每个字重新认一遍，把每个字的结构看清楚。不要像上次在中南商场那样，不知道搬家。同一个字，换个地方，写大些，换个颜色就搞不清了。姑姑有时间的话，就让她教你那些字代表什么意思，能做到这些就行了。回家以后，妈妈就有大量的时间来教你，只要你想学，就一定能学到很多东西。你留在家里，妈妈要接送你上幼儿园，要帮你洗澡、做饭、喂饭、讲故事。你一会问这，一会问那，妈妈根本不能静下心来看书。你看，现在妈妈想看书，只能大老远地跑到办公室。有时候路灯坏了，还有些提心吊胆，害怕坏人抢妈妈的手表咧！"

"妈妈,能不能不考大学? 我不想跟奶奶走。"

"那不成啊。你想想看,昨天爸爸把嗯(n)读成扪(men),如果妈妈也那样,那还不把人给笑死啊,谁教你学习呀? 你不学习,将来长大了也只能像爸爸一样扛大锤,当工人。妈妈一辈子也甭想坐小轿车,一辈子也没有漂亮房子住,一辈子都得去排队买票抢位子啊。怎么办?"

"如果今年厂里还是不让你去读书,怎么办?"这孩子在变着法子来达到他的目的。

"不要紧啊,妈妈经过这次学习,如果再次考上大学,就算厂里不让妈妈去读,也说明妈妈的文化水平上了一个台阶,最起码我能教你小学的全部课程。到了中学,你就可以像妈妈这样,自己看书学习,不用妈妈教了。所以你得跟奶奶走,一个月很快就会过去的。"我耐心地给他解释。

这段时间,婆婆眼见骁在我身边乖巧依顺,的确是反思了一番。她曾情真意切地对我说:"李里,我也想明白了。这孩子没人管着他,只怕是真的不行! 他的性格过于倔强,不像建林他们兄弟,更不像小雨那么听话……"

过了一星期,骁背着小书包,书包里只有识字卡片,依依不舍地跟着婆婆离开了我们。五月底成人高考结束的那天,建林傍晚用自行车带他回家。我们在走廊里紧紧拥抱,互相亲昵着走进屋子。

"妈妈,来,我先认字给你听。我说话也是算数的,这一个月我在奶奶家可听话了,我天天认字。我还帮奶奶提水、买煤,只是不许奶奶玩麻将。一次也没有打姐姐,我们只在一起玩游戏。我回家的时候,他们好舍不得的,奶奶流眼泪了。爸爸,你说是不是?"骁将小书包中的识字卡片倒在床上,迫切要求用事实来证明他是个守诺言的孩子。建林也在一旁给他佐证。我很开心。但我也不明白这种转变是来自外界的刺激和影响,是探索未知的需要,还是来自冥冥中的天性。我宁愿相信,是长期耐心的教育,终于影响了他的性格。

高考的再次过线并没有给我带来快乐,希望又在昙花一现间变成失望。我没有能力考到第一名!我不知道是苍天负我,还是命运戏弄我!小学校园里没有我的座位,难道是命运向我早早警示:通往大学的路上没有我的立足之地?

我付出那么多,得到的仅仅是自己对自己能力的证明,而结果再次把我拒之梦想的大门外!阴霾四布的夜晚,我独自一人在野外散步,风猛烈地吹,雨猛烈地下,我在风中奔跑,在雨中呐喊!风吹走了我对事业的憧憬,雨使我回到残酷的现实之中,我将所有的高考复习资料付之一炬,发誓不再重提考学读书的事!

在我十分沮丧的时候,骁升学到了中二班。中二班的孩子幼儿教育向前推进了一步,教室里不仅有黑板、挂图,还有实实在在的学数字、画图、朗诵、学老师讲故事、排队做操、跳舞等一些与年龄相适应的课程。

一天,老师将一幅《小鸡啄米》的图订在黑板的一端,用启发性的语言,将图上的内容,用教鞭指着一点一点地给孩子们讲:蓝天白云之下,一只油亮油亮的黑母鸡,带着一群毛茸茸的小鸡在场院散步。一个小朋友将一把细细的米撒在它们中间,小鸡在母鸡的保护下,用小嘴不停地啄着细细的米。

这幅挂图是孩子们一天课程的道具。老师先用挂图来进行看图说话的教育,接着用粉笔在黑板上教孩子们怎么画小鸡,怎么画小鸡啄米。最后每人发一张白纸、一支铅笔,并鼓励孩子们:"现在请小朋友学老师的样子,用铅笔把小鸡啄米画在纸上。等会带回去给爸爸妈妈看,谁画得好就会得到爸爸妈妈的奖励。"

"爸爸,这是我画的画,漂不漂亮啊?"建林刚进幼儿园的大门,骁举着他的处女作向建林奔了过去,迫不及待地问。

"漂亮。我儿子画的画当然漂亮啊！"建林睁大眼睛看看画，再看看儿子，打心眼儿说。

"走，回去给妈妈看。"得到建林的赞赏，骁更加喜不自禁，拽着建林的手，恨不能脚底下装两个轮子，尽早尽快地把他的得意之作，送到我的眼前，因为能听到我的赞扬是他最开心的事。

"妈妈！这是我的画，爸爸说漂亮极了，你看。"刚跨进走廊，骁举着画冲我大声喊着，猛跑过来。

"这画的什么呀？"我端详着画，足足看了一分钟，实在看不出那图上画的是什么。

"这是小鸡啄米呀！妈妈，你怎么没看出来啊！"儿子先是乐滋滋地把画送给我，接着保持着那种笑打量我，等我赞美他。现在笑容淡去。

"它的嘴长长的，头有点三角，像啄木鸟，但没有长长的尾巴，又不像啄木鸟；它脑袋圆圆的，耷拉着靠地面作支撑，嘴的方向也画得不对，这身子的比例也不对；它脑袋像鸡，身子像猪……小鸡啄米，我怎么没看见米呀？"

"米吃到肚子里去了唦，笨蛋！"建林瞧着骁的画被我品头论足，像霜打过的茄子一样，过来打圆场。

"哦，也行。啊呀，我知道，这鸡都有病，瘟鸡子。"我猛然改口取笑他。正说到这里姜江扒着饭走了过来，忍不住扑哧一笑，饭全喷了出来。

"都是我爸爸，姜叔叔，你看我画的什么东西，这哪像小鸡呀！我爸爸还说画得好，漂亮极了。撒谎！"骁儿子生气地瞪了建林一眼。

"啊哟！"姜江笑弯了腰。

"你这小东西，老子拍马屁还拍错了位置！"建林脸上带着既高兴又不服气的那种笑容。

我知道人有一种渴望赞赏的共性，孩子更是如此。但事实就是事实，有些真相，是必须要让孩子知道的，何必像建林那样自欺欺人呢。

掀桌子的小霸王

早在一年前的春天,明明就能自由作画。现在,连余烨都能画一幅小鸡啄米的素描图。骁的艺术天赋不高,形象思维能力很差,手和脚一样笨。但是,他的逻辑思维还不错。现在教他写字很困难,我就暂时不教他,先教他逻辑思维。他只是个幼儿园的孩子,我没有逼他成龙的想法,也从不把他跟龙联系起来,只是试着培养他去爱学习,不给他压力,也不给自己压力。

我不打麻将,也不跳舞,业余时间很多。骁儿特别地爱我,我的全部精力都在他身上,我从来不会无缘无故地打他,也不会无缘无故地表扬他。我认为大人会因为某种动机而犯错误,孩子会因为无知、好奇而犯错误。无论错误有多么不可饶恕,我坚持给他三次改过的机会,第一次会把之所以禁止的原因给他讲清楚,第二次会严重警告, 第三次才惩罚。原谅的机会虽然不少,但最后也决不姑息迁就。

我天天陪他看电视,把电视中一些必须提醒的事, 拿出来给他讲。比如《济公》中上吊复活,比如《西游记》中的砍头,比如《卟嗵》中的大惊小怪,比如《射雕英雄传》中那些使人毛骨悚然的场景。

我天天陪他玩,在合适的时候教他数数,让他结合物体,理解数和数字的具体概念。上下楼梯的时候数台阶,吃饭前数餐桌上的碗、筷子,看电视时数屋子里的人,起床穿衣的时候数纽扣,一般不有意占用他玩耍的时间,让他在娱乐中学习,在学习中娱乐。我花了一个月的时间教他从 1 数到 10, 从 1 数到 20, 从 1 数到 30。我已经帮助他拐过

9-10,19-20,29-30 三道弯,思索着不能再帮他了,要让他自己摸索着跨过 39-40,49-50,……

"我儿子特有趣,他做算术题的时候,先数自己的手指,手指不够用,再把鞋子、袜子脱掉数脚指头,再不够就跑过来借我的手指头,还不够就让我也把鞋子、袜子脱掉……真是拿他没办法,乐死人的。"电厂王工程师和大伙聊天时,这样描述他上一年级的儿子。

这显然不是好办法。怎样才能找到一个让儿子事半功倍的办法呢?

在王工程师的提醒下,我回忆起自己上小学的那些日子。当年,算术老师的教育方法真是让人不敢恭维。我们当年的父母当然不会像王工程师,这样有闲暇时间,也没有这样的修养。我们也不敢在父母面前有什么要求。

山村有得天独厚的资源——毛柴棍子,那种棍子比现在的牙签略粗一点,虽说容易断,但断了很容易补上。老师让我们每人带一百根毛柴棍子,长度不限,但要求整齐。我们每计算一道加法题目,先从那一百根毛柴棍子中数出第一个加数,把其放一堆,然后再从中数出第二个加数,分开放一堆,再把第一个、第二个加数混在一起,重新再数,这样来得出两个加数的和。

一天下午,我们从幼儿园往回走,一路上我们追追打打,说说笑笑。跨入安全通道时,我站在院落门前水泥路面的一条线前面,用挑战的目光看着他说:"骁,我们俩赛跑,看谁先到楼梯口。"

骁非常乐意这样子和我玩耍。于是这条线就成为我们的起跑线,我一声令下,骁冲出好几米。我也不是真要与他比高低,在他后面注意进来的车辆,他跑在前面,不时回头看我。我们拐进小院,这时院子里没有车辆出入。我发现我家窗底下不远处有一个沙堆,沙堆上不知哪个小朋友给插上一根樟树的枝条,远远地看上去,像是长在沙堆上的一棵小树。我加快速度猛追他,并改变计划说:"看谁先到沙堆。"

我们几乎同时到达沙堆。他微笑着说："我第一,妈妈第一。"

"两个人都第一,应该说并列第一。你这种说法虽然也不算错,但是你想一想,如果赛跑的人还多一些,同时到达的人还多一些,那别人就听不明白了。五个人同时到达,就应该说五个并列第一。表述问题要尽量简单扼要。"

他虽然听不懂后面的"简单扼要",但前面的一定听得懂。我常常说些他一时听不懂的词语让他思索和追问。他现在点点头,爬上沙堆,拔过树枝,摆弄着枝条上的叶子。

"骁,能不能告诉妈妈,这枝条上的叶子有多少片?"他开始一片一片地数着,数到39,问题就出现了。他抬头看着我,想让他帮他拐过去。

我从沙堆中挑选出一些石子,把石子放在沙堆旁的地面上,一个一个地数,数到30。这时我回过头来对他说:"你先把树枝放下,过来回答妈妈的提问。"

我从余下的石子中挑选出几个大个的,把它们放在左手的手掌中,接着说:"你来数一数,看这里有几个。"

我用右手从左手中一个一个地把石子拿过去放在地面,骁跟随我的右手数:"1、2、3、4、5……"这时我再次停下来,用很慢的速度启发他说:

"你想想,1的后面是2,2的后面是3,3的后面是4,4的后面是5。如果这些大石子,一个算10个的话,那么一个就是10,两个就是20,3个呢?"我示意他接着往下数。

"3个就是30,4个就是40,5个就是50。"骁领会了我的意思,跟着我的思路数到50。我再次示意他停下来听我往下说。

"对的,3的后面是4,30的后面应该是几十?"

"妈妈,我知道了。39的后面是40。"

"对的,你继续跟着妈妈的思路往前走,49的后面应该是多少,59的后面又应该是多少……"

"49 的后面应该是 50，59 的后面是不是 60？"

"对的，就这样往后推。"他重新捡起树枝，重新数。数到 69 的时候，抬头看看我，小心谨慎地数着 70。我微笑着点点头，就这样在不知不觉中学会了从 1 数到 100。

能数以后，再来教他认，娃娃书上有页码。我没有毛柴棍子，也不愿意把手指、脚趾借给他用。我花了很长一段时间，先是用糖果、苹果这些实实在在的东西教他如何去感受，然后教他假想某种东西的存在，在数数上狠下功夫，每天都会在起床、散步、做游戏，甚至是讲故事途中，学习数数。有时我们俩同时往前数，有时我们交替着数，有时他向前数三个，我接着数两个，有时我把某一段数字从整体中抽出来，变换花样往前数。就这样他学会了加法。当他刚开始会计算的时候，我就把加法的交换律告诉他，不管是大数加小数，还是小数加大数，教他接着大数往前数，假想那些数字所代表的是某种具体的东西。我们把数倒过来数，首先一个一退，接着两个一退，教他联想那些被吃掉或分掉的东西。如此训练到骁快五岁的时候，20 以内的加、减法，无论怎么变换，他都能在很短的时间内回答。

建林给他做了个小黑板，这时才教他学写阿拉伯数字。后来他下午不愿意去幼儿园，我就在小黑板上出几道算术题，让他午睡后自己计算，填上答案。

这年国庆节我们的大家庭一如既往地团聚在婆婆身边，从早晨八点到晚餐后整个屋子一直很喧闹。傍晚时一辆交通车载走了三个小家庭，喧闹的屋子立刻静了下来，就在我无所事事时建林高声说："来，来，来！老娘今天忙了一天，还没有坐桌子。李里，毛毛，来！我们来陪老娘打几圈麻将。"

毛毛妹妹动作麻利，只几分钟的工夫就把桌子清理好了，接着把淡黄色的麻将倒在桌面上。我和建林对坐，每一局输赢一毛钱，纯粹是打发多余的时间。

刚开始的时候大家还是说说笑笑，骁也跟着我们乐呵，在我们四个人之间穿梭看牌。我们只会玩很简单的一种，麻将上的字或是图案在牌局中代表什么，骁早已无师自通。每当我们有谁只缺最后一张牌时，他就在其他人牌面上寻找，还会暗中帮我。

有一局，我只差一个二饼，他查了一周发现建林有一个可要可不要的二饼，就诡秘地对建林说："爸爸，那二饼，要着干吗？不如干脆推了它！"

"行！你说推就推。"建林话音未落，他得意地用右手的食指一弹，把二饼推倒，跳起来说："妈妈和了！奶奶给钱！给钱！"

笑过之后我们接着玩，只是如果谁垒大局的牌，就不许他靠近。随着和的次数增多，我们聚精会神起来，说笑的时间明显减少，二十分钟后，到了谁也不搭理他的程度。当他觉得在我们身边闹腾也没趣时，就一个人去看电视。每当电视中有一个他认为有趣的镜头出现时，他又按捺不住，渴望找我们评说分享他的快乐，然而我们并不搭理他。也许他早就对我们不理不睬的行为感到厌恶和愤懑，只是我们没有注意。

大概安静了两三分钟，他以迅雷不及掩耳的速度向麻将桌冲了过来，怒吼道："麻将！麻将！你们一天到晚打麻将，谁也不跟我玩！"

毫无准备的情况下，说时迟，那时快，我们的桌子被他猛烈地推了一下，差点被他掀翻了，满屋子的麻将在水泥地面上哒哒地弹跳。他那生气的样子使大人们觉得有趣，大家乐得哈哈大笑，竟然没有人想着要去训斥他。

他可能已做好了挨揍的准备，看到这种局面，反而有些不知所措。他站着，婆婆瞅见他还在生气，就用手指去戳他的腋窝。骁最怕挠痒痒，全身酥软的样子向我跑来。

我们就这样收了局子向室外走去，皎洁的月光把大地照得如同白昼。骁和毛毛追追打打跑在前面,我和建林陪着婆婆散步,边走边聊。月色中一对年轻夫妻在厮打谩骂,屋檐下一个孩子依着墙壁,一副恐惧的样子。

"平平,又干什么?别吓着孩子。"婆婆习以为常地劝说。

"佳明,有什么大不了的,至于搞成这样子么!"建林大步跨过去将二人分开。

一时间,男人还没有从愤懑中转过神来,依然怒目瞪着女人。女人似乎占着理,见有人过来劝架,猛甩一下她蓬乱的头发,加大嗓门,龇牙咧嘴地指着男人用当地话骂道:"猪婆子窝的!几天几夜不回家。你说,你死哪去了!"由于声音太歇斯底里,她不得不停下来喘息一下,"老子玩一天都玩不得!你那老不死的老猪婆,饭也不给伢弄!"接下来她猛一跺脚,指着百般无奈的孩子怒吼道:"还不给老子滚!去找你婆婆要饭吃!"

在她的心中还能想起饥饿中的孩子,难道说这就是她的良心发现?

"婆婆病了,婆婆自己晚上也没吃饭,还躺在床上没起来。"饥肠辘辘的孩子流着泪用同他妈一样的口音驳道。

"你去死!我不管,老子自己还没吃。你再跟我来,老子说踢死你就踢死你!"女人往家相反的方向愤然离去。男人碍于我们在旁边,没有再开骂,无声无息地向回家的路走去,月光中孩子跺着脚、甩着手追着他。

"妈妈,他们怎么啦?"骁跑回来不解地问。

"造孽!那伢和你一样大。他饿到这时候还没吃饭。他爸爸一天到晚不回家,他妈也爱玩,两个人都不管孩子。他家奶奶没有退休工资,靠捡破烂攒两个钱,身体又不好,婆婆自己都难得吃饱,还要管他,这伢又特别能吃……"婆婆说着说着,鼻子一酸,流下同情的泪。

"你以为人家都跟你一样吧,还掀桌子。你……"毛毛妹妹边笑边说,边用手指戳骁的脖子,两人接着嬉闹。

回到家,我们依次上床,室内静了下来。婆婆、妹妹、建林,他们心安理得休息着。我的内心仍有些不平静,在想着骁掀桌子的举动,难道说就那么迁就着?

人,是应该有性格的。男子的刚毅尤其重要!但性格也好,刚毅也罢,都得有个原则。我没打他,不等于认可他的行为。

"骁,你今天为什么要掀我们的桌子?"我躺在床上,借着床前的一缕月光,回想起此前的那一幕。

"你们只管自己玩,谁也不搭理我。"也许骁想起了与他同龄的孩子,回话的语气不再坚硬,白天掀桌子时的愤怒情绪,也早已经过去。

"今天的事,妈妈不搭理你也不对。但是我们很长时间都没有到奶奶家来了,奶奶忙了一天,爸爸想陪奶奶玩玩,难道说不行吗?"我慢条斯理地说。

"我只是想和你们玩。"骁用知错的低音回答。

"难道说你就不能动动脑筋想其他的办法?非要掀我们的桌子?小孩子家怎么能掀大人的桌子?这叫大逆不道!以后可不能这样子。"我停顿了几秒,接着提醒说:"那么,你想想看,现在该怎么做呢?"

"奶奶,对不起。我错了。"朦胧的月色下,骁撩开蚊帐走向对面的床,低声说。那甜中带涩的声音,再一次逗乐了毛毛。

"奶奶也不对,你这么久没回来,应该陪你玩,麻将随时都可以打。"婆婆谅解地说。

幸福和痛苦并不是绝对的,是通过比较相对而言的一种感受。骁和佳明的孩子相比,当然会感到幸福,而在环境变化时,则是另一种情形。

# 六岁·孩子的自控力

他也很希望能把字写好，但是事与愿违就是写不好。

他常常发怒把写字的纸一张一张地撕碎，把碎片丢在地上用脚猛踩，铅笔也被摔断好几支。

自己飞的麻雀

"妈妈,你什么时候到我们幼儿园来上班呀?"

十月底竣工办完成了它的使命,一纸调令把我安排到环境监测站工作。环境监测站设在科技大楼的一层东侧,与幼儿园只隔两栋四层的楼房,而且是我们出入幼儿园的必经之路。报到后的第一天,我接他回家路过此地时,将这一新的工作地点告诉他。也许几次调动让他有种错觉,以为只要我想到哪就能到哪,或者工作就是这样轮流调动,于是他顺着这种思路问。

"干吗要去幼儿园上班呀?"我问。

"你在幼儿园上班,我就是幼儿园老师的孩子。那样,上完课就不用呆呆地坐在那里,可以随便拿幼儿园的玩具玩,还可以弹琴。中午吃饭也可以不先报名,想吃就吃,觉得不好吃就不吃。你看,我今天没有报名,他们吃得香香的,我想吃,老师就不给。可是,她自己的小孩子没有报名,还不是一样也吃了。还有,下午也不用像个死人一样总躺在床上,非得等老师叫我们起床才能起床。老师的孩子想什么时候起床,就什么时候起床。还可以像老师那样给小朋友们发点心,好神气的……"

骁一股脑儿说出幼师子女所具有的特权,那种嫉妒的眼神和愤愤不平的表情,使我深深地感觉到,渴望特权不只是成年人的想法,孩子也一样。

一方面我们唾弃世道的不公行为,一方面又想涉足其间,去占有对自身有利益的一席之地。我们生活在社会的大家庭里,绝对的公平从来就没有过。我也想不通到底为什么会这样,但这就是现实,我们只能去面对。

"今天幼儿园里吃什么馋着你啦? 说给妈妈听, 妈妈做给你吃不就得了嘛。"尽管他说到了呆坐、玩具、吃饭、睡觉、点心,但在我看来,迫在眉睫的不公和痛苦应该是今天的午餐。

"我也不知道。他们喝的是排骨汤,饭里面还有鸡蛋。"幼儿园十一点开餐,一个小时前那香香的气味,似乎还在他鼻翼前转来转去。

"妈妈知道了,鸡蛋炒饭,里面有葱。走,回家妈妈给你做,保证比幼儿园好吃。排骨汤家里还有。小傻瓜,你以后甭管它好吃不好吃,只管报名就得了,一餐饭才一毛钱,妈妈付得起。"鸡蛋炒饭,我们平常只给晚归的单身男人做应急用。在我的记忆里还真没把它做给骁吃过。那是因为每餐菜都很丰富,我们不会把新鲜饭那样去炒,而且剩饭的机会也不多,邻居七八个小伙,就算米放得多了些也能够吃光。

"那不行,老师规定,在幼儿园里吃饭,就要在幼儿园里睡觉。"他煞有介事地说。

"那这样得了,你看着幼儿园什么东西好吃,回家告诉妈妈,妈妈给你做。"

"我就不信他们能做出妈妈那样的肉片汤来! 我一次也没瞧见他们吃过。"骁这会想起那道他千吃万吃也吃不厌的菜肴,精神抖擞十万分自信地说。

"对了。还有啊,老师把自己的孩子带在身边是违反规定的事。说不定哪天就有人把情况反映到厂里去,厂领导就会派人去查。查着了,就要扣老师的奖金,还不给加工资。"馋涎欲滴的念头消除以后,骁那受伤的表情也消失了,现在听到这些,更是转悲为喜,加快脚步跟着我往回走。

"再说,还有两年你就要上学了。难道说等你上学那会,妈妈到小学去当老师?上完小学上中学,上完中学上大学,难道说将来妈妈到大学去当老师?那你不成了一个永远也长不大的毛孩子!你还记得上次我们从水运伯伯家带回的那只小麻雀的命运吗?"我不能只解决他嘴馋和受控于人的问题,我还要鼓励他学会自立、自强。

"记得。那只小麻雀正在学飞行,不小心掉地上,被哥哥抓着,哥哥用绳子把它拴着。虽然哥哥每天给它水和米还有虫子,但它想学飞行,想妈妈,它也不知道哥哥给它的那些东西能不能吃。后来它到我们家,也同样不敢吃东西,两天就给饿死了。如果哥哥不抓着它,再过两天它就可以自由自在地飞翔找食,能够自己养活自己。"骁回想起春天饿死的那只麻雀,表情惋惜而感叹。

"是啊。小麻雀都知道长大了要学飞行,要离开妈妈自己去找食物,难道说你还不如小麻雀,总想着有妈妈的庇护?"我停下来等他回答。

"才不呢!骁不是小麻雀,也不学小麻雀。小麻雀只躲藏在人家的屋檐下,叽叽喳喳吵得上夜班的人睡不好觉。骁要学海燕,不怕风,不怕雨,到大海去翱翔,是不是?"我们沉默了几秒接着把思绪引向远方。

"是的。老跟着妈妈像个跟屁虫样没有出息。我要自己去飞!"骁一下子像吃了兴奋剂一样抖擞精神向前跑。

我小时候在《说谎的孩子》(放羊的孩子因说谎,结果给狼吃掉了的故事)的影响下,从来不敢越雷池半步,每时每刻都那么小心翼翼。然而,我的诚实却使小伙伴们挨父母的揍,小伙伴们称我是叛徒,谁也不和我玩。可笑的是二十多年过去了,我却没有吸取当年的教训,依然用这个故事去教育骁儿子。直到一次我带他去玩时，才忽然明白"说谎"还与机智有着联系，"说谎"有善意与恶意之分。

我们厂污水出口的监测点设在游泳池的防护栏内，我第一次去测流量时意外地发现管理员是我原来的同事，我们聊天时他很随意地问道："李里，玩碰碰船吗？玩的话我去加油，这里每天就我一个人值班，你想怎么玩就怎么玩。"

"今天不玩，星期五我带我儿子来玩，好不好？"我的体质较弱，像碰碰船这样能使人产生晕眩的东西根本无力去享受。但骁体质很好，很喜欢这种有刺激性的游戏。

"行。"同事很肯定。

眨眼间就到了我们约定的日子，那天早晨我和骁分手时，抬头看了看洁净的天空说："骁，等会妈妈带你去玩碰碰船。"

骁高兴得跳了起来，我赶紧俯身提醒他说："可不能告诉别人呀！"

上午九时，为了掩人耳目，同事王静拿着尺子、秒表、记录本走在后面，我假装若无其事地往幼儿园走。我的身影刚出现在幼儿园门口，骁腾地站起来挥手说："老师再见！"

"阳骁，你跑哪去！"陈老师追了出来。

"一会就回来。"我答道。

"骁，陈老师干吗追你？"我们仨为了尽量回避熟人或是领导，从紧邻幼儿园的集体宿舍的走廊穿过，来到一条僻静的水泥路上，我想了想问道。

"我们班在排练广播体操。老师说参加排练的小朋友天天都要上幼儿园。"

原来如此。

"参加的人多吗？"我打量着骁。

"只有三个小朋友没有参加。老师说凡凡、林林笨得要死。建建有病,总一个人关在角落里,老师用椅子围住他,不许他和我们玩。"

"哦,是这样啊。等会玩完了碰碰船,妈妈再把你送过去。"

"陈老师问我,我怎么回答?"

没想到骁还有点未雨绸缪的意识。

"哟,你还有点防患意识咧。你就说我想到外面去玩啊!这有什么关系嘛,又不是上学,何必还怕缺课。"王静感到很意外,笑逐颜开地帮忙出点子。

"你就说妈妈带我去找人,没找着。老师再问,你就装聋作哑不回答。排练的时候认真点,别惹老师生气。"我想了想一时没什么好点子。

"你妈妈带你到游泳池玩碰碰船的事,可不能说出来啊!这是违反厂里规定的事,说出来不只是扣你妈妈一个人的奖金,王伯伯,还有游泳池的李伯伯都要扣奖金,听见了吗?"

"妈妈,那这不是说谎?"骁煞有介事地。

"《小白兔智斗大老虎》中,如果小白兔对大老虎说真话,那结果会怎么样?《小兵张嘎》中,小胖子他爹在敌人面前如果不说谎,结果又会怎么样?"我故意停下来等他回想。

"小白兔就被大老虎吃掉!嘎子哥就被鬼子抓走!"骁很快回想起故事情节,抬起头来用肯定的目光仰视我。

"哟。你还懂得不少嘛!"王静睁大眼睛道。

"有些事就是不能说给别人听。那不叫说谎,叫机智。但是,不管什么事都要说给妈妈听,妈妈和骁是一边的。骁做错了,说给妈妈听,妈妈会告诉骁以后该怎么做,骁就越来越聪明伶俐。骁做对了,妈妈也高兴。骁就能开开心心地玩耍,免得一天到晚惶恐不安。因为骁还小,很多事情还分不清对与错。还有啊,老师也不是什么大老虎、敌人,骁今天不把玩碰碰船的事告诉老师,也不能说是个说谎的孩子。因为妈妈知道骁特别喜欢玩碰碰船,而这种机会特别难得,妈妈不知道幼儿园在排练广播体操,我们不是故意的,并不是有意骗老师。"

我们边走边说不知不觉到了游泳池,老李已把大门打开,正在给一辆红色的碰碰船加油,远远地看到我们就张嘴打招呼。

化工厂游泳池与省体育馆的游泳池相比毫不逊色。这时整个水面相连,深浅水区没有用网子将其分开,浩浩荡荡的水面在孩子眼里,你说它是湖,那就是湖,你说它是海,那就是海。我和王静身体都很差,没有能力去享受现代化的玩意儿。老李充当临时守护神,发动机器后就静坐观瞻,把操纵杆交给他。红色的船在水面高速前进,白色的浪花溅过头顶,银铃般的笑声从蓝白镶嵌的游泳池升起,在蓝天白云中消失。一箱油用完了,船开到岸边。老李慈眉善目地说:"你还玩不玩?还玩,我就再加油。"

骁知足地摇摇头,礼貌地说声:"谢谢!"跳下船舱往回走。

"去了这么久,搞得我们没办法排练!别的小朋友不来就不来,了不起到时候不要他参加。阳骁可是站第一个,后面的孩子要跟着他做,他一走,这群孩子傻了眼!"陈老师看到我有些生气地说。

"哟,还不错嘛,像个小人精,还站第一个!"放学回家的路上,我美滋滋地挑逗他说。

"今天排练的时候,陈老师骂他们说:'你们怎么都像猪一样笨啊,看人家阳骁做得多好。学着点!'妈妈,谁叫他们不动脑嘛!"骁骄傲地说着向前跑去。

五年的时光已去,孩子真的变化很大。我在欣慰的同时,想到一个新的问题:五岁的孩子有多少独立自主的能力?我很想找机会来测试。

厂电视台为了丰富电视节目内容,春节前在幼儿园搞了次选拔,骁被挑中参加儿歌朗诵,儿歌的名字叫《小小手》。歌词很押韵:"小小手,小小手，我们都有一双手。穿衣服，扣纽扣……"如果说有什么难度的话，那就是儿歌的长度，有十多句。

那天很冷，早霜把路面冻得滑滑的。我给他穿上刚做好的新衣服，那布料黑底，红点的大小稀疏都很适中。衣服的样式是向后系带子，两片半月形圆领用白色的的确良包边，胸前还镶嵌着一道白色波纹细条，苹果样式的小荷包，袖子用橡皮筋束拢。与他自由式的发型、白里透红的脸蛋儿相搭配，略显成熟，但丝毫不损活泼可爱的形象。

早餐以后我把他送到幼儿园，然后回监测站上班。十点钟因为闲暇我向幼儿园走去，也许是心有灵犀正巧赶上骁登台的当儿。我躲藏在人群的外围，静静地观察他的表情。面对闪光灯、话筒、人群、掌声，那表情虽说也还自然，但明显少了画龙点睛的活泼与顽皮。掌声过后，老师将一朵碗口粗的大红花戴在他的胸前。这时候，我从人群中挤过去轻轻叫了声他，竖起两个大拇指夸他。原本想他会像只快乐的鸟儿向我飞来，没想到他却眼泪汪汪、无地自容样把头埋没在我的怀里。

"怎么搞的？戴大红花，还哭鼻子。"我微笑着，既安慰又奖励地亲亲他说。把那小头儿撑起来，轻轻地给他擦拭快乐而委屈的泪滴。

"别人小朋友的爸爸妈妈早就来了，你这时候才来。"骁轻声地说出他的怨言。

我朝里看了看，参加选拔的只有三个孩子，另外两个是小女孩。于是底气十足地说："骁是男子汉呀，男子汉长大了要保卫祖国，从小就要勇敢。不能像小女孩那样娇气！别再哭丧着脸，让人取笑！"

我挠他痒痒，骁破涕为笑。

一九八八年春节，初四的晚上，在我们毫无思想准备的情况下，相隔千余公里的表哥来到化工厂。侄女佳佳比骁小八个月，她有双大大的黑眼珠，灵气机敏的小嘴，与裹着她矮小身体长可齐踝的棉衣、薄薄的膨体纱裤子搭配在一起，可爱又可怜。相逢的喜悦只有几秒，痛苦的回忆却使我整夜难眠。我常常从心底里贬弃那些没有能力，却不肯绝育的男男女女，甚至称他们是痛苦人生的缔造者！而我们家表哥，明知自己无法驾驭抚养三个孩子的生活重车，却偏偏选择艰难地拉着它向前走。我们房子小，晚上十点他们重新返回大哥家夜宿。

我心神沮丧地开始翻箱倒柜，寻找骁多余的或暂时能分出来的衣服，整理出一大包，心想次日给小侄女全部换上，让她那娇小可人的容貌放出光芒。

"骁，今天妈妈安排你去执行一项任务，把这袋子里的衣服提着送到大舅家，让舅舅给表妹换上，你说行不行？"早起以后，我想了想这孩子今天也许不愿去幼儿园，给他找点事做，也给他一个锻炼的机会。

"什么时候去？"骁非常乐意而又充满信心地问。

"八点钟是上班的高峰，人多、车多。八点半你提着包从家里往外走。不过，这是你第一次去执行任务，可不能像小马那样（故事《小马过河》中的小马）！你听着，一路上有四个十字路口，特别是那个铁路道口要特别小心。那天，一个小男孩在火车离道口三米左右的时候横穿道口，他的后脚跟刚提起，还没有落到轨道外，火车就从道口碾过，激起的风把他吹倒在轨道外侧，在场的人们都被吓得目瞪口呆。只是庆幸当时没有人喊出声来，否则，男孩哪怕是百分之一秒的停顿也会酿成大祸！你不上学，不赶时间，尽管慢慢走。横过马路要看清两头开过来的车辆，估计车的速度，快速穿过。如果在路的中间突然发现前面来车，也不能往后退，只能往前跑。如果今天你能顺利完成任务，以后下午就可以不上幼儿园。"

"好的，说话算数！"最后这句话使骁特别快乐和兴奋。他常把幼儿园描述成监狱，甚至是地狱！尤其是下午既不学习，又不许说话，要坐在小凳子上傻呆呆地等到四点半才发点心，然后等家长来接。

这条路虽说只有一公里，却是一条很不安全的路。家住路南的中学生到路北去上学，天天都由父母接送。我第一次尝试放飞孩子，除了需要胆量和勇气，担心是不可避免的。八点半以后，我从监测站往外走，走过一栋宿舍，来到食堂旁边的一处交叉路中，这里是这条路的中点。东西两向可以瞭望七八百米的路况，两三分钟后，骁提着包走下台阶，过了铁路道口。他没有想到我会在这里观察，提着包靠边走着，有时还停下来向左右打探一下。在与我相距百来米的路段才发现我在前面等他。于是向我跑来。

"提得动吗？"包有点重量。

"提得动。妈妈，我一定能够完成任务。你去上班吧，等会我到办公室来找你。"骁干劲十足地朝前走，丝毫没有畏惧和胆怯的意思。

"走路的时候不要总低着头，小心车辆开过来了自己还没有发现，那就惨了！"我再次提醒。

他出色地完成了任务，我也得信守诺言。可是，他下午不去幼儿园怎么打发时间？我想到他到了该学写字的时候，现在骁不再讨厌识字，但对坐下来写字却恨之入骨。用什么方法来让性子急躁的骁学会写字？

哈密瓜和自控力

春节以后年仅五岁的骁每天只上半天幼儿园。下午，我们上班后他开始脱衣午睡。睡觉的时间由自己决定，睡醒了自己穿衣、戴帽、起床、叠被子。家里的门锁钥匙也给他一套，出门时挂在脖子上。

现在他学会了二十以内的加减法，顺着倒着从一数到一百，能写能认这些数字符号。我每天还会给他讲故事，他也能看图编故事。然而，他写字却依然困难。开始的时候我用粉笔在黑板上教他写字，但他不停地擦，搞得满屋子灰尘。我知道粉尘对身体的危害性，就改用纸和铅笔。骁性子急躁，特容易出错。一个很简单的字也得写了擦，擦了写，如此反复好几次。一张白纸三下两下就被他擦出个洞来。一支新铅笔的橡胶擦不了几个字，就擦得只剩下铅皮。

他也很希望能把字写好，但是事与愿违就是写不好。他常常发怒把写字的纸一张一张地撕碎，把碎片丢在地上用脚猛踩，铅笔也被摔断好几支。那写字用的桌子（实际上是方凳）推倒过无数次，他有时把自己坐着写字的小板凳举起来往地上砸，有时用脚踢。

我知道学习是件苦差事，很少有孩子天生爱学习；我知道他必须读书，时代没有给予他选择的权利；我知道读书必须写字，没有什么方法可以替代；我知道写字的事很细致，非得坐下来一笔一画地写；写字不像做算术，可以走着玩，想到答案再填。我知道他是心浮气躁，自己恨自己，我不能去打他、辱骂他。

能不能让学习像听故事一样给他带来快乐和享受？我苦苦地思索和分析，从建林、邻居给孩子讲故事中得到启发，认为是可以的，只是我还没有找到方法。他们有时也给孩子讲故事，同样一个孩子，同样一个故事，但听的人打不起精神来。

我试着在他的脑子里建立起难和苦的必然这个概念，使他对自己有信心。给他讲诺贝尔奖金的来由，居里夫人对科学的贡献，农药"六六六"的诞生，带他观察小孩子学走路，教他从中领悟一种坚韧不拔、百折不挠的精神。

杨柳青青，春暖花开的星期天早晨，我对正在吃饭的儿子说："骁，吃完饭你先练习写会儿字。妈妈做完家务，爸爸买菜回家以后，我们就去河边野炊。看看去年冬天被我们烧焦的枯草，是不是像白居易写的那样'春风吹又生'，中午我们不回家。"

骁特别喜欢这种活动。于是麻利地把方凳搬过去摆好，一心想抓紧时间多写几个字。不知道他是心花怒放还是心猿意马，总之是不停地写过来，擦过去。等我把家务收拾停当走进房间用眼一瞅：碎纸满地，铅笔无影无踪，桌子四脚朝天，凳子躲在床底下。他一头热气，两手叉腰，怒目双瞪。这时，建林提着菜走进屋子，虽说知道是骁的牛劲儿又犯了，但也没吱声。

"骁，过来，把包背上。"我们提着事前准备好的东西向河边走去。柔和的阳光撒向大地，河边垂柳随着轻风摇动而嗖嗖声响，细长的叶子鲜嫩欲滴。我不由得想起了贺知章的《柳枝词》，有意引导他把诗和景联系起来遐想。我牵着他的手，来到柳树下，摸摸柳树的新叶子。

"碧玉妆成一树高，万条垂柳绿丝绦。"我用愉悦的声音读到。

"不知细叶谁裁出，二月春风似剪刀。"骁用稚嫩味道的嗓门接读。堤岸另一侧几处融融嫩芽黄的小草中透出斑斑黑土，那是冬天被游人点火焚烧过的地方。骁像是发现了什么人间奇事一样，拉着我的手兴高采烈地跑过去，朗诵道："离离原上草，一岁一枯荣。野火烧不尽，春风吹又生。"

我们在堤岸寻觅着像这样的新草，让骁充分领略大自然神话般的力量和色彩，充分理解诗赋的意趣。

太阳升到头顶，我们躺在软软的草地上，伸直四肢，让阳光尽情地洗礼。"呜……隆……"火车鸣着长长的汽笛穿隔莆大桥而过。

"妈妈，隔莆河这么窄，为什么要修两座桥？这边跑火车，那边跑汽车。为什么不能像武汉长江大桥那样？上面跑汽车，中间跑火车，下面跑轮船？"骁思潮起伏，不解地翻过身来把身体压在我身上问道。

"嘿，嘿！这个问题你妈回答不了。来，爸爸告诉你。"建林神秘地打着口哨，弹着指头得意地说。

骁用目光询问我，我示意他爬过去，听建林讲。

"那边那座过汽车的桥，当时设计就是过火车的。那时候汽车少，国家穷，也没打算修汽车桥。"建林有意捉弄骁，好像千载难逢有这么个显露的机会，说几句话，他挤眉看看骁，又停下。

"那为什么后来又修这座火车桥？"骁两眼直勾勾地望着建林。

"就是因为设计那座桥的工程师把数据搞错了。国家花了一大笔钱，按照他的设计数据把桥修好。可是，一通车，桥却支撑不住火车的重量。试车那天，两岸人山人海，十里八乡的人们举着红旗，敲锣打鼓赶到这里。地区各县市的领导都来出席通车典礼。当头带红花的火车远远地驶进人们的视线，锣鼓、鞭炮、掌声、欢呼声拔地而起，一浪高过一浪。说不定天上的牛魔王、蝎子精也听到了鼓声、鞭炮、掌声、欢呼声。一辆满载货物的列车，鸣着长长的汽笛向大桥驶来，一秒、二秒！就在人们狂笑着竭尽全力庆祝胜利的时刻，嘣！嘣！山崩地裂的几声巨响，火车冒着滚滚黑烟一头扎进滔滔的河水中。刹那间天空飞舞的是鸡蛋、鲜血、猪肉、人的头颅！河水鲜红地流淌着！那横尸遍野的场面惨不忍睹！后来国家把设计这座桥梁的工程师给枪毙了！"

建林的叙说非常生动，极具感染力。我听着情不自禁地流下了泪。半晌，骁才从建林的身边向我爬来。

这件事的真假虚实对我其实不重要，却无意中给了我一个教育骁的好题材。我们静坐了几分钟后，我瞅他一眼，诱导地说："很早的时候我听别人说，那个工程师，从小就像头犟驴，谁的话他都不听。读书的时候上课就不认真，做作业也不仔细检查，只会耍嘴皮子、吹牛。老师批评他，他跑去拿绳子上吊，用死来威胁老师。老师在他作业本做错了的地方用红笔打叉，他嫌不好看，就把本子撕得粉碎。又是抓自己的头发，又是甩笔。就说设计这座大桥吧，其实审核的人发现了他的计算错误，让他修改。他嘴上说改，但就是不行动。你看，给国家和人民造成多少损失啊！"

骁像个乖乖兔样缩在我的身边，我知道他在沉思悔悟，只是不知如何是好。于是我下意识地再瞅他一眼接着说："就说你吧，如果长大了想当科学家,或者说像大舅一样当领导,想为国家作更多的贡献。那么,从现在起,一定要改掉那些坏毛病!你说,你自己写字,自己不动脑筋把字写错了,那些笔和纸它们哪地方惹着你啦!写字之前要动动脑子,看看这个字到底怎么样写,然后再动笔。你看你,随手去乱画,怎么能不写错嘛?再说,就算写错了也不要紧,你还小,还没有到上学的年龄。妈妈看你闲得无聊,才教你写字,你着什么急呀?生气、撕本子、甩笔、踢桌子、踢凳子、哭,难道说就能把字写好!如果这样能解决问题,火车是不会掉河里去的!被你撕掉的那些白纸,是工人叔叔的汗水筑成的劳动成果,是国家的财富,这样被你白白地浪费了,多可惜啊!以后,可不能任着自己的性子乱来呀!"

"妈妈,我明白了,你放心吧,我改!"

傍晚我们回到家,骁不声不响地将地面的碎纸片捡起来,钻到床下把宝宝凳拿出来,重新搭起桌子开始写字。我紧挨着他坐下,思考着今天要换一种方法来教他写字。

"骁,从现在开始,字写错了,不准擦掉,重新开始往前写。写字之前先看清字的笔画,不能随意拿起笔就写。看看这个字应该先写什么,再写什么,接着写什么,最后写什么。先点后横,先横后竖,先撇后捺,先左后右这些基本原则,不光是要记住,还要会用。"当他把铅笔换过头来,准备擦的时候我阻止说。

要改变一种习惯,哪怕它还只是雏形的,也不是件容易的事。骁现在就遵循我的教导,一门心思写字。错误的痕迹一个接一个,因错而来擦拭的念头也越来越强烈。小孩子其实也和成人一样,是有面子观念的,我们要珍惜它,利用它。这不,当错误的痕迹一排一排隔三差五躺在眼前时,骁揪心地说:"错字不擦掉,放在纸上像个什么吗?难看死了!"

"这就对了。以前妈妈没有指出这一点,是妈妈的思维方式不对。你因此而走了弯路。现在,妈妈经过反复思考,认为你必须这样坚持下去。

也许近几天,或者说时间还长一些,你不能看到成果。但是最多一个月,你一定会突飞猛进,一改从前的坏习惯!这是因为这些留在跟前的什么都不是的东西,它使你的大脑产生对它的厌恶。说简单些吧,也就是说你瞅着这些东西烦,你讨厌它,你就得想办法不让它出现在纸上。而原来的办法是擦,现在的办法是逼迫自己在动手前把它的结构先写在脑子里,然后再写到纸上。你有的是时间,离上学的日子还远着!马上要吃饭了,把东西收好,妈妈给你讲个故事。"

"日照香炉生紫烟,遥看瀑布挂前川。飞流直下三千尺,疑是银河落九天。"这首诗是唐代诗人李白写的,他所描述的瀑布就是庐山瀑布。这样一位伟大的诗人,他小时候也不乐意读书,对那些难记难懂的古文恨之入骨。

他逃学不去上课,有一天他逃到河边去玩。看到有一位老奶奶蹲在河滩的石头边,在石头上磨一根很粗的铁棒子,水浪在石头上打过来又打过去,老奶奶双手握着铁棒一前一后来回在石头上磨呀磨。李白蹲在旁边看了很久,那老奶奶磨呀磨,李白怎么也弄不明白,心里直打鼓,心想:"老奶奶到底要干什么呢?"于是他好奇地问。

老奶奶告诉李白说要把这根铁棒子磨成一根绣花针,给女儿绣花用。李白惊呆了,心想:"这怎么可能呢!"看到李白不相信,老奶奶就说:"只要有恒心,铁棒磨成针!"

李白受到老奶奶的启发,从此不再逃学,发奋读书,终于成为一代大诗人。

有个词叫"自控",自控能力差的人容易被诱惑。我从"苹果教育"中懂得从小训练孩子自控力的必要性,几年后邻居给了我希望的结果。

我们厂那两年开始兴建家属楼,邻居开始搬家,而像我们这样一时搬不走的住户就大胆地抢占房子。新的住户搬不进来,邻居慢慢减少,孩子们一批批走进小学校园。几年前那种浩浩荡荡的娃娃队虽说没有烟消云散,但孩子们相聚嬉戏的时间明显减少。

"骁骁,走。刘阿姨想到你们家去玩玩。"某个傍晚骁刚踏进小刘的门,小刘却举着哈密瓜赶他往回走。

"李里,给。"小刘情真意切地把半个哈密瓜递给我。

"骁,拿着。"我把哈密瓜递过去。

"谢谢刘阿姨。"骁接过哈密瓜微笑着感激地说。

"李里,说真的。这个哈密瓜我放了三天,就等这个狗东西来。"她轻轻地揪了揪骁的耳朵根,接着说:"这几天我们在那边搞房子,总是错过了。刚看他来了,我把它切开,和波波各分一半,虽说不是什么稀世珍宝,但我们这里确实买不到。这是那天我从武汉回来上火车时,我哥哥给我的,一直放着,就等他。"她停下来,甜蜜地微笑着,眼角的笑纹是那么清晰地表达出邻里间的和蔼可亲。接着她用犹豫的目光看看我,好像有特别的话要说。我不知道该怎么办,莫名等她往下说,那表情表示我在洗耳恭听。

"李里,你不知道。这个小狗东西,如果没有你的同意,谁给东西他都不吃,他看都懒得看一眼。我是试过很多次了。平常多了就不说,只说那天我和吴爱国都在屋里的事。波波上幼儿园去了,他下午睡完觉起床,看见我们屋里有人,就进来玩。我好喜欢的!李里,怎么现在伢少了、大了,都在搞什么学习,好像一连几天都不来玩一样。我们知道你家大人都不在家,就拿根香蕉给他吃。他硬是头也不抬,他玩他的,摇摇头说不要。我和吴爱国都说,不要紧,李里不在家。吴爱国还把凳子搬到门口说,你只管大胆吃,吴叔叔坐在这里看着,李里一上楼梯我就叫你放下,难道说你吃到肚子里去了的东西,那李里还用刀挖出来不成!你猜他怎么说?"她审慎地看着我,想让我接过她的话。

我茫茫然。

"我知道你猜不出,还是我来说。骁想都不想就说:'哪能对妈妈撒谎啊！'吴爱国硬是想不通就说：'你妈的，这是什么鬼啊！硬是被李里调教得服服帖帖的。'吴爱国想再逗他，看他再怎么说。吴爱国说：'那李里有什么了不起，她说的话就非得听！她说的话又不是什么皇帝的圣旨！有什么违抗不得！'我在旁边心想，这下他总得哑口无言了吧！我装模作样地说：'来，看你还说什么？'我的话还没说完，骁说：'人家杨康（《射雕英雄传》中的人物）那么坏，也不敢对娘亲撒谎咧，难道说我还不如杨康？'吴爱国很少骂人吧，你也知道。那天，吴爱国硬是想不过地说：'你个狗日的！刘阿姨只是要你吃香蕉，又没说要你拿刀去杀人！杨康啊杨康！'骁赶紧说：'那杨康也不是生下来就那么坏，还不是小时候馋嘴，好吃。长大了贪图荣华富贵，最后认贼作父，丧尽天良！'他一套一套的道理，把我和吴爱国搞得无话可说。李里，我不是说着玩的，这楼上楼下来来去去总有几十个伢，表面上看起来，都不吃别人东西，但如果大人看不见，你给他，他照吃。我波波只怕也一样。只有骁骁，他真的做到了。我们家吴爱国不知有多喜欢他，经常叫我跟你学，把波波教成骁一半就好。我说：'哪个能跟李里比吧！要学，你自己去学。'天天听你讲故事，讲得津津有味，我也买了书，讲着没味，波波不听。我还发现骁现在认的字比波波还多，真是"人比人，气死人"，再过两个月波波就要上学了。我们明天搬家，以后常带骁去玩啊。"小刘再次像亲骨肉般搂着骁亲了亲。

小刘说这番话的意图是想证明她送哈密瓜完全是真心，没有半点假意做作，卖弄人情的成分。关于假意做作卖弄人情这一点其实我从来没有那种想法，我有我的人生哲理。但今天小刘所说琐事，给我一种超越自我的感觉，那是我需要的甚至是渴望的思想意识。

友好的邻居就这样一家一家离开我们。现在二楼只剩下三个孩子，余烨还是那么顽皮，骁不爱和他玩。刚搬来的果果虽说年龄相差无几，他爸还在军营，他妈说话特别难懂，那孩子有些自闭和自卑，也很少出来玩。进入夏天，我感觉到骁学习进步很快，而年龄又预示着他一九八八年不能入学。骁每天午睡后挂着锁匙,在外面闲逛,虽说他能在我们下班之前赶回家,但还是存在一定的风险性。这个问题怎么办?

电子游戏的诱惑

"骁,咱们去买扑克、买象棋。以后星期天你也不用学习,休息休息,让爸爸教你下棋,妈妈教你打扑克。"麻将骁早已能玩,有时星期天我们在婆婆家团聚,大人们离开牌桌后,我就带着三个孩子玩几把。现在听说要学玩象棋、扑克,他简直有些不相信,用诧异的眼神看着我询问道:"是真的吗?"

有句成语是这样说的:"只许州官放火,不许百姓点灯。"在我们的视野里常常是大人围满牌桌,孩子们却不许观望。像骁这样年龄的孩子和大人同垒是绝对不可能的事,骁也从来没有见过这种场面。我让他学习这些东西和他一起玩是出于一种长远的考虑。我觉得这些东西不管我是否允许,是否愿意他去接触,迟早结果是一样的。与其让他偷偷摸摸跟着别人学,还不如让他在无所事事时跟着我学,在教他的过程中我才有机会来分析他的心理,剖析他的人格,在他年幼的心里撒下抵抗赌博的种子。

我们一起把扑克买回家,拆开包装就教他认。把那些有特别意思的牌一张一张讲给他听,在我的印象中"争上游"是最容易的一种玩法,培训阶段我们把牌公开来玩。培训阶段结束以后,他赢了就刮我的鼻子,反之我揪他的耳朵。这是他自己定的处罚标准,也是由他的先天缺陷而决定的。每当牌局开始时他一本正经地说:"我的鼻梁塌不能刮,越刮越低不漂亮；我的耳朵跟往下耷，要把它拉起来。"说着怪搞笑的。

别以为他天资一般，教他读书写字那么费劲，教他玩扑克却很省心。几天的工夫，这孩子就玩上了瘾。回到家或者说我们只要一闲着，他就吵着打牌。而且，最后一把一定要保证他赢，否则，不肯罢休！建林不愿意和他玩，而玩的时候总是让着他，他总是能赢。

我们仨一起玩的时候，建林就偷偷地把大牌塞给他，或者用大换小。最先几次我没有注意，有一次被我发现了，我就盯着他们，他得不到建林的帮助，也就不容易赢牌。后来，建林帮着他来压我，反正他只能赢，输了就耍赖。

世界上没有只赢不输的事儿，这种只能赢不能输的理念一旦扎根成型，那后果同样不堪设想！于是，我给他讲了这样一个故事：

从前，有一个财主，他家里先养了一条狗，这条狗又漂亮又乖巧，主人非常宠爱它。他家里有很多长工，剩菜、剩饭都不忍心给狗吃。但是，财主也很小气，剩菜、剩饭绝对不会倒掉，他把剩菜、剩饭全给长工吃，狗吃香喷喷的红烧肉拌饭。狗最喜欢啃骨头，财主把骨头买回来，先让狗啃过以后，再炖汤给长工加餐吃！狗有专用的狗房和狗床，还有狗保姆。狗在财主家生活得多么幸福啊！

可是，好景不长。财主家有个小姐，这个小姐是财主唯一的孩子，独生女。有一天小姐在街上玩，看到一只波斯猫，那金色的眼睛，洁白的长毛，让人看了很是喜欢。财主花了很多银子把猫买了回家。

猫比狗小，显得更加可爱。小姐整天把猫抱在怀里，晚上还跟猫睡觉。猫喜欢吃鱼，小姐又担心鱼刺咔着猫，于是就吩咐佣人把鱼刺、鱼骨头给挑出来去喂狗。在猫来之前，狗从来都没吃过别人唾弃的东西啊！于是，狗受不了这种生活上的虐待，整天哭个不停。

这还不算，狗哭了几次以后也就认了。可是，小姐非要狗陪着猫在花园里散步、玩耍。那狗和猫又不是同科，很久以前，它们还是天敌！狗早就想吃掉这只猫，只是有主人在它不能那么做。如果主人不在，狗和猫玩耍的时候，狗就偷偷地使劲去踩猫的尾巴。这只猫又娇气，动不动，有时甚至是狗不小心踩着它了，猫就"喵喵"叫个不停。猫每尖叫一次，狗就挨打一次。

有一次狗和猫玩捉迷藏的游戏，狗实在是不小心，把猫身上的毛给扯掉几根，猫一尖叫，主人把狗的腿给打伤了，使得狗好长时间都跛着脚走路。从这以后，狗再也不敢伤害猫了。它们天天在花园里玩啊玩，有时候，猫还钻进狗床去睡一觉。在小姐眼里，狗对猫也特别疼爱，决不会有伤害猫的行为发生了，小姐就放松了警惕性。

那天，小姐吩咐狗带猫出去玩，一路上猫时而让狗背着，时而让狗骑着。狗也很习惯，就宠着猫。它们来到郊外，郊外绿色的草地上一群流浪狗在玩耍。这只狗好久好久都没有见着自己的同类，它太高兴了，于是，就跑了过去，猫也跟在后面跑。那群流浪狗一齐向猫扑来，猫惨叫一声，就装进了这群野狗的肚子中。

故事讲完了，我一如既往地停了停接着开始提问。

"骁，能不能告诉妈妈，猫为什么会被野狗吃掉？"

"财主家的狗不吃它，是被主人给逼的。"

"你和爸爸打牌，为什么你总赢？"

"爸爸怕我耍赖，让着我。"

"如果你跟这些叔叔打牌，他们会不会让着你？"

"不会。"骁果断地说。

"对的。胜败乃兵家常事。愿赌就服输。失败乃成功之母，输了要总结经验。想一想，是牌不好，还是处理得不好，这样牌技才会提高。否则，当你离开爸爸，最多走出走廊，你的下场比猫好不到哪里去！"

单身男人闲着没事干，听说骁会打牌，首先是诧异，接着碗一推，立马就有人要求得到验证。开始还很善意，相互来打发时间陪骁休闲取乐，输赢都由手中的牌来决定。

孩子就是孩子，输赢的表情完全不同，特别是如果连输不赢时还会流泪。他一哭，陪他玩的叔叔们就笑。慢慢地人们像重新找到了乐子，有意来挑逗他。

楼上刚搬来不久的小龚，制造了一件桃色新闻，从二楼跳窗，摔断了右脚。现在走起路来还有点瘸，反正他年轻，大家都敢取笑他。住一楼的理发师也姓龚，天生瘸腿，年纪也比我们大，大家不会有意取笑他。

制造桃色新闻的小龚鬼点子多，只玩了几天，就想些招来惩罚骁，让他总得不了上游，总是被揪耳朵。他们三个大人联合起来互相看牌，保证有一个人能先通过。姜江只是轻轻地揪揪他，小唐有时会揪得重些，小龚心狠手辣一把也不放过，总是咬牙切齿装出一幅泄愤的面孔，把骁揪得要流泪才罢手。

有一天下午，骁实在是疼得有些火了，哭着跑了回来说："就那么多牌，他们耍赖！这样看来看去，还商量。我手里的牌全被他们知道了，根本就赢不了。特别是这个龚跛子，下手又重，把我耳朵都要揪掉了！"那玩牌的三个男人笑得前仰后合，随着骁一齐走进屋子。

"骂得好！去把大擀面杖拿来，让妈妈打死这只总欺负我儿子的猫！"我瞅着儿子满脸的愤怒和委屈，装着要给他出气的架势说。

骁转悲为喜，迅速从门后把擀面杖拿来递给我。我握着擀面杖去打他们，几个人推来推去，骁退到窗前，我还在门口，那三个男人在我们屋子里笑得跺脚，把地板跺得嘣嘣响。我一边挥着擀面杖，一边叨叨唠唠地说："打死个龚跛子！打死个欺负人的猫！打死个龚跛子！"

"啊哟！妈！你看后面。"忽然间骁用手指着门外，猛地一跳，在床上打起滚来。

也许楼上过分吵闹，给楼下的人一种打架斗殴的猜测，把楼下的理发师给吸引上来了。他跛着脚、猫着腰，像鸭子跑步般跑到我家门口来偷看热闹，那三个男人见到这种场面，都跺着脚笑趴下了。

我默然往后一看，真正的龚跛子出现在眼前，真是太尴尬了。惊呼道："我的妈呀，你怎么这时候出现了呢！"

喧闹过后，我提醒骁说："以后跟叔叔们玩牌，首先把条件讲好，他们耍赖的话，就不跟他们玩。"

"那样他们就去玩他们的，谁跟我玩吗？"没有玩伴的日子也并不开心，骁紧锁眉头深有感触地说。

"玩牌只是一种换脑子的休息方法，你有那么多的玩具，可以想着法子玩，也可以看人家怎么玩，偷着学点技巧。你还要学习，可以把纸箱里的书拿出来重新看看，回忆下妈妈讲的故事对不对，试着想想还可不可以用另一种方法讲。你看你，学会打牌以后，一天到晚只记得打牌，都快成了牌精！难道说你准备打一辈子牌！还有啊，玩的时候要动动脑筋，你和他们玩，你是小白兔，他们就是大老虎！是敌人！要智斗！还有就是不要怕输，赢了就偷偷地乐，输了就哈哈大笑，气气他们。你越是生气，他们就越高兴。你越想赢，他们就越不让你赢！是不是这样？你好好想想。"通过这次事件，骁也长了些心术，玩牌的次数也慢慢减少了些。他的棋艺也在提高，建林说他能想到第三步。

从孩子出生到现在，近六个春秋过去了，莆阳这块金色的土地不仅给了我谋生的工作，给了我爱情，给了我家，还给了延续我生命的轨迹。现在我的老父亲年到古稀，告老还乡的愿望越来越强烈，虽说我依然深爱着莆阳，为了老父亲，也为了尽可能给骁寻找一块教育资源相对丰富点的学习空间，我们一家人开始迁徙。

夏天，我从电视新闻中得知"电子游戏"这个新事物，报纸、杂志接连不断地整篇幅地介绍它开发儿童大脑的神奇功能。再经家住武汉的同事对其亲身体验的描述,诸如高科技、国外进口,这些闪亮的词儿给我一种神秘感。那些描写通过操纵游戏机能够达到手脑结合,集中思想,提高学习兴趣,增加记忆力的功能,更是搅得我日思夜想,恨不能立刻把家搬到城市去,巴不得骁能够尽早地去触摸它,感觉它的神奇和伟大!

企盼已久的日子终于来到了。十月末的清晨,我和骁、老父亲各自拎着随身携带的物品,踩着薄薄的晨曦,迎着黎明的灯光走出火车站,踏上有铁路交通枢纽之称的康德市。想到要办理安家落户的各种手续,一老一小跟着我多有不便,我们来到城南的表姐家,想把他们暂时安置在这里。

年近五十的姨表姐一家人热情地把我们迎进家门。尽管这是我们今生的第一次相见,尽管我们的年龄相差几乎一代人,有老父亲在,浓浓的亲情把初识的陌生冲淡了,大家很快热络起来。

我们迁徙的目的地,是康德城北的一家在我国同行业中享有江南明珠之称的大型企业。我初来乍到,事务繁忙,当时住房和工作都还没有最终敲定,根据事先安排,两天后建林会押运行李到此安家落户。在建林到达之前,我必须把人事关系和住房安排妥当。表姐为了让我能安心、轻松地开展工作,命令她二十多岁的长子阿康请假带骁玩耍。她自己请假陪伴照顾我的老父亲。

在这样一种特殊情况下,阿康为了让骁能够乖巧地跟着他,首选的就是电子游戏。有天,阿康把骁带到市中心最大的电子游戏中心,让他见识到这个最新兴的娱乐项目。

骁听到电子游戏的名字时,在我们面前高兴得手舞足蹈,此前他已经早有耳闻了。他跟着阿康走进游戏中心,被眼前密集的人群、花里胡哨的电子声音和从几十台电子游戏机屏幕散射的七彩电光所震撼,立刻被深深地吸引了。

这里原本是康德少年科技馆宽敞明亮的展厅,现在井然有序摆着几十台从日本进口的电子游戏机。这种游戏机操作很简单,接上电源开关,手握配置好的控制方位的杆式手柄,就可以在具有新鲜色彩的电子游戏中驰骋沙场了。

由于经济利益的驱使,还有舆论的强烈影响,早先挂在展厅的天文地理等科技图片,现已不知去向。这里不仅电子游戏机多,电子游戏种类的也名目繁多,堪称康德一绝。虽说不是星期天,但由家人领着来此"开发智力"的孩子,从吃奶的婴儿到学前儿童每个年龄层次的都有。特别是放学后,这里更是门庭若市、热闹非凡。

家长们节衣缩食,心甘情愿地把钱从贴身的包内取出,乐此不疲地挤到窗口前兑换游戏币;孩子们心花怒放在另一边排队等候。游戏机前的小人儿们,眼睛直愣愣地盯着瞬息万变的画面,在嘈杂和喧闹中不知疲惫地摆动着控制手柄。骁在这里乐不思蜀,跟着阿康玩了整整两天。

我们的新家未安顿好之前,厂领导安排我们暂住招待所。当时我并不知道招待所的楼下就是电游室。第三天,也就是建林到达的第二天吃完早餐后,我们仨来到招待所楼下等人。

"妈妈,这里有电游。"我们刚刚站定,骁忽然透出一副机灵的眼神兴奋地说。

我对新的环境还没有来得及了解,根据以往的经验,我认为电视、报纸等媒体所介绍的高科技产品,它应该在少年科技馆这种等级的场所才有。即便不是这样,门前也应该有很明显的标志。我半信半疑地扫射了一下周围的环境,没有看见任何招牌。于是,寻思片刻问道:"你怎么知道?"

"你听,里面有声音。我想去玩。"骁何止是眉开眼笑。

"是吗?太好了!给。"我自豪地打量着骁,很随意地从钱包中掏出五元钱。

建林一改从前默然的态度,也许是好奇,也许是担忧,跟着骁寻声走进电游室。大概只有几分钟,我还没有从庆幸的心态中走出来时,建林两手架着骁,"呵呵"假笑着来到我跟前。

"妈妈,我还要玩。"骁用百般依恋的目光看着我说。

"去呀!"我用赞同的语调对骁说。同时睥睨建林,责备他没有丝毫的耐心。

"爸爸不给钱!"骁白眼珠往上一翻,瞅着建林。

我疑惑地盯着建林,心想:"只要它能开发智力,五块钱有什么了不起,也许明天真开发个科学家什么的来。"

然而,建林却说:"那玩得!排了半天队,摸了几下,拾块钱没有了。"

"什么?走!"我的心一下子扑腾起来。这会工夫就玩了拾块钱,这种高科技它怎么这么神奇,我得去眼见为实!

我跟着骁走进一间集餐饮和游戏于一体的大厅,再用一元钱买了两个电游币。这里有四台机子,每台机子前都排着长队,其中最短的一支也有二十来人。骁站在后面翘首排着,我挤到机前的人堆里去观察。

这种游戏机屏幕有二十多时大,画面瞬间变换,一会儿枪林弹雨,一会儿人嘶马叫,人与荧屏的绝对距离最多只有二三十公分。机前的孩子屏气凝神,几次画面闪过,一旦没有币就死机。老板坐在特制的高脚靠背椅上回收电游币。队伍前进的速度也很快,很少有人能用一个电游币把手柄捂热,前一个依依不舍刚侧身,后一个就紧跟其上。

两个币,骁上前不到一分钟就死机了。通过短暂的观察,我虽然没有弄明白游戏机的构造、工作原理、游戏的程序,但已对舆论导向大失所望。认定它不仅不能开发儿童的智力,还是残害儿童智力的凶手!

我拉着骁的手往外走,到了门外,蹲下去很肯定地说:"骁,这种电游是害人的东西,它绝对不能开发你的智力!你看,那屏幕比咱们家电视屏幕还大,你眼睛到屏幕的距离那么近,你还在发育阶段,长期下去会成近视眼!"

"近视眼没关系,像你一样戴上眼镜不就得了嘛!"也许在骁的心目中,我戴上眼镜有一种品味。所以近视眼这个词不但没有起到作用,反而给他一种期待。

"你不是想当飞行员吗？近视眼怎么能开飞机？天空那么高，说不定把大海当成了机场，那不就完蛋了！是不是？"我一时想不出合适的词，只好胡编一通。

骁依然很留恋这种新颖游戏，但一时找不着词来反驳我，只得狠狠地摆弄着手指。

我抓紧机会接着说："那里面的游戏内容，实际上就是我们平常玩的东西。屏幕上代表你的一方，实际上并不是你。而敌对的一方却是你真正的敌人。你永远也赢不了它！这是一种不公平的赌博！老板才是赢家！那操纵杆就前后左右四个方向，只要老板把锁眼一开，你站着不去摸它，画面一样走动。那些坦克、汽车、杀人、放火的画面一点意思也没有。这东西如果玩一整天，咱们先不管玩不玩得起，到晚上睡觉的时候，那怪里怪气的电子声音在你脑子里嘤嘤叫。"

最后这句话像一台心理探测仪，准确无误地指出了问题所在。骁像被算命先生言中一样，眼神豁然地看着我。

"妈妈，你怎么知道？阿康哥带我玩，晚上睡觉就是那样。"

中国有句成语："打蛇要打七寸！"如果说电子游戏是残害青少年身心健康的毒蛇，我这句话就击中了它的七寸！

"妈妈学过生理学，知道这东西会让人上瘾。还有，那些闪来闪去的画面使你的思想过于集中，不经意间就把它刻在脑子里了。那些在手柄控制下运动着的小人、小汽车样的图形就像橡皮擦，它可以把你脑子里装的知识一点一点地抹掉，而让你光记住那些东西，最后搞得你精神恍惚，吃不香，睡不着，根本无法学习。不信的话，过几年咱们看。只是你以后千万别再玩这东西啊！"

"能不能进去看看？"也许是我一针见血地指出了电子游戏对睡眠的干扰，所以骁对我进一步的分析有几分相信。但电子游戏的诱惑力很强,骁依然很留恋。

半年前为了丰富骁儿子的童年生活,我教骁打牌、打麻将、下棋,这种行为曾多次被邻居们视为不宜,甚至于好心来劝止。在邻居眼里打牌、打麻将过去是一种游戏,但现在已经演变为赌博的一种方式,所以不能教孩子玩。而我认为,即使是这样,它的赌资可以是多种多样,它给人们带来娱乐的同时,可以不直接参与金钱交易。如前面所说到的刮鼻子、揪耳朵、打手板等等都可以视为一种赌资。但眼前这种让孩子迷恋的电子游戏,它的每一个画面都必须用金钱来做交易。

"不行!你玩它几天,你能不能告诉我,学到了点什么知识?(骁摇摇头)它像魔鬼一样对小朋友有吸引力!看着看着就想去试一试。还有,这东西特别花钱。你想,你今天玩了几下,十多元钱就没有了!我们还吃不吃饭?这东西再玩几天就会成瘾!就像天天打麻将的大人,到了打麻将的时候什么事也不想做,情不由衷地往麻将馆走,晚上睡觉做梦都是清七对、自摸!就像我们天天要吃饭那样,到时候大脑就发出信号,到那时再去控制就来不及了,就像抽烟、吸毒那样可怕!这个坏东西首先是不利于你的成长,其次是爸爸、妈妈的工资不够你玩。成瘾以后如果你没有钱,你还是会想玩,怎么办呢,你就会想办法去偷!"

当我说到这里,我们要等的人出现在我们的视野里……

从这天起不管舆论怎么吹捧,别人怎么推荐,我始终保持着自己的观点,在和骁的谈话中也做到有的放矢。但我也深知现实社会的影响力是巨大的。比如,被家长们所禁止的打牌、打麻将这类玩技,当孩子们长到十岁左右一般都能无师自通。而这种被媒体大张旗鼓宣传的高科技游戏,我说禁止就能禁止吗?显然是不可能的。

我明白随着年龄的增长,骁的求知欲望也在增长,在强有力的舆论导向下,我的力量是微不足道的。骁现在生活圈很小,暂时还能听从于我,但上学以后,随着同龄人对电游的熟悉,如果他不去接触,就会少一项谈资，他会产生自叹弗如的感觉。如果不能从正常渠道获得这项知识，探索的心海不会那么容易平静。我想，如果说要让我的禁止成为一个有效的禁止，我必须在禁止的同时加以引导，尽可能使他自己在玩的过程中产生免疫力。

我去北京出差时给他买了两个小型电游器，我哥哥送给他一台学习机和几张电游卡。这样，他不需要跑到游戏室去，不受时间限制，可以自由自在地学习和摒弃。而且，在他玩游戏的时候，我要求他加快速度，提高分值。慢慢地他也觉得在玩电游时自己没有学到什么知识，还不如打玻璃珠、看书那么有趣。所以，渐渐只在放假时偶尔玩上一到两个小时。而且，在我的指导下，他学会了正确使用键盘的指法。

另外，我们的家有些特殊：在闲暇时辈分不分，一家四口经常坐在一起打牌、打麻将，七十多岁的老人和几岁的孩子一起公平游戏。每当骁看到白色的纸条在老外公的前额飘来飘去，建林从桌底下爬来爬去时，高兴得手舞足蹈。

我们从莆阳来到康德，第一次住进单元家属楼，居住条件有所改善，新的日常工作吸引着骁。

什么是帮助

我们的新家在湘江边一座名叫狮子山的半山腰处，工厂、家属区、森林公园成梯级排开。峭壁下是工厂，悬崖上是鳞次栉比的家属楼，一道高二米的青砖围墙把居住地与公园隔开。

我们住在当时条件较好的独生子女楼里。一栋十二户人家，每家一个孩子。这十二个孩子中有三个和骁同年,最大的也才上小学四年级。我们家住在最西边的一楼,紧临通向厂区的公路。屋前有一处宽敞的平地,也算是我们的活动场所。

在化工厂的时候我们住招待所的房子,没有专用厨房和厕所。每户人家只需把日常积聚的垃圾用扫帚扫到门外公用走廊上,等着清洁工定时来清理,无需用垃圾桶。现在的新居是成套单元房,垃圾得自己先收集,再倒弃到垃圾箱去。

进入新居那天,我在门外放了个垃圾盆,引起了骁的好奇。接着他目睹邻居的孩子去倒垃圾的过程,也许觉得这件事很新鲜,也许他想证明自己也能干活,那个深红色的垃圾盆刚放下,他就四处找些废纸往里丢,接着逼我赶紧把菜拣好。我拣菜的时候他就蹲在门口守候着垃圾盆,那严肃的表情,寸步不离的劲儿,就像是担心有人把垃圾偷走一样。并且,还特意叮咛我老父亲说:"外公,这个活是我一个人的,您别抢!"

"你说话可要算数啊!别新开茅厕三天香,搞两天又不搞了啊!"我爹也很开朗,慈眉善目地微笑着,用一口湖南口音提醒他。

我知道骁最怕脏,只是当前大垃圾箱刚刚换上,里面空着呢,冬天又没有蚊子、苍蝇,垃圾盆又是新的,要不了几天,垃圾箱垃圾堆成小山,垃圾盆也污渍累累,他肯定不能坚持。

特别是第一盆垃圾,由于他心急,我们也没有那么多垃圾,看他等着倒的样子,特别滑稽可笑!于是我说:"想倒的话,现在去倒得了,不一定非得装满嘛。"

这句话如同赛场的枪声,余音未过,骁立马端起垃圾盆往外跑去。垃圾箱与家的距离大概十来米,跑去跑来眨眼工夫就了结了。第一天我们的垃圾盆哪怕是只装十分之一,他也会去倒掉;第二天也还凑合;第三天气温反常,垃圾箱堆成小山堆状,垂死挣扎的绿头苍蝇趴在上面晒太阳。

午餐过后，我们的垃圾已是满满一盆。建林从烟盒中取出最后一根香烟，推开门把烟盒往垃圾盆里丢，顺便开玩笑说："垃圾满了，怎么没人倒？"回过头来盯着骁。

我没有吱声，我爹笑容满面地瞅着骁。

也许是外公嘲讽的笑容刺激到他，尽管不情愿，也只好硬着头皮端起垃圾盆，往垃圾箱走去。来到拐角处，他侧目看垃圾箱，密乍乍的绿头苍蝇，三米之外就让他直恶心！想退回来，却怕被我们取笑。于是他挺挺身继续往前走，隔着半米远举起垃圾盆，往前猛甩一下，连盆带垃圾一起扔进了垃圾箱。

"嗡！"苍蝇成群飞起来。骁不由自主地哆嗦了一下身体，同时用双手紧紧地抱住头颅，迅速往后退到几米外才回过头去。这时，苍蝇退回原地。他轻手轻脚走过去捡盆子，苍蝇再次起飞。虽说苍蝇并没有直接攻击他，但骁总感觉有苍蝇钻进他的头发、衣服内，感觉到那些五颜六色的小嘴在啄他！跑到家里已是脸色苍白，甩掉垃圾盆，猛地把半开着的门推得全开。

"你们好过，都坐在屋里，要我一个人去倒垃圾，差点被苍蝇给吃掉了！我不干了！"骁暴跳如雷。

"赶快去洗手。"瞅见骁苍白的脸和惊魂未定的表情，我有些好笑地说。

"谁让你倒垃圾嘛，你自己争着干的！"建林笑得合不拢嘴。

"那不行！我说了，不能只搞三天，说话算数。"我父亲一本正经地说。

"反正我不干了！又脏、又臭！不算数就不算数。妈妈，我没有对你保证过。外公不算！"骁边洗手边耍赖说。

我点点头，思忖了几十秒说："现在冬天苍蝇不算多，也飞得不快。夏天比这还要多几十、几百倍，飞得快几百倍，还有蛆虫、蚊子，妈知道你干不了，现在是可以不干。但是，如果不好好学习，去玩电游，长大了就说不定要去干那种活，去清理垃圾桶、垃圾箱，处理垃圾。因为长到十八岁,如果你考不上大学,你就得去参加工作,自己赚钱养活自己。其他的行业都需要文化,而倒垃圾可以不要文化。"

"哪个说的!现在人家现代化垃圾处理场还要招收大学生!"建林适时地插嘴。

如果说倒垃圾这件事,给我提供了鞭策骁儿子的教材,那么面对一个衣衫褴褛的乞丐,我能对骁进行什么样的教育?

十二月十四是个星期天。午餐后我跟骁迎着微微轻风,在若隐若现的太阳光下,手牵手向公园走去。

从家往公园的方向,与公园的小门相距十几米处是一个平台,平台上有个下水道井盖,还有几棵上了年岁的樟树。樟树的绿荫像一把巨伞,夏天这里是浓荫诱人的纳凉场所,现如今却有些潮湿阴暗。当我们迈步走在与井盖相隔几米之远的时候,骁忽然神色慌张指向井盖上蜷缩的黑团说:"妈!那是什么?"

"好像是个人!可能是个神经病。以后看到这种人千万别去理睬他,小心他打你!"随他手指的方向望去,那个黑乎乎躯体蜷曲在井盖上,我不由自主地抽了一下说。

"他打我,我告公安局来抓他!"骁瞪了他一眼。

"你知道吗,神经病打人是不负法律责任的。不然的话,我们怎么常用'神经病'去形容反常的人呢?"

"哦!那神经病不就成了无法无天的人?哪有这种事!"骁把眼睛睁得怎大,愤愤不平地说。

"是啊,有神经病的人应该由他的家人对其进行监管,不许他在外面乱跑。对于那些有危险行为的精神病人,应该由他的监护人送到神经病医院去治疗。精神病人对他人造成的伤害要由他的监护人负责赔偿,这一点我们国家早有法律规定。但是,国家这么大,人口这么多,很多事情法律也无能为力。假如，我们现在给他打了，没有人能告诉我们他来自何方，叫什么名字，你抓着他，还得给他治病，给他洗澡，给他买衣服，给他饭吃。退一万步说，如果政府的民政部门可以替他来负责任，我们的痛感还不得由我们来承担。而且，这样的政府全世界也没有。这种神经病人大多来自边远的农村，他们也不知道爸爸妈妈是谁！边远农村的人大多没有文化，祖祖辈辈都不认识字，他们没有正式的名字，就按出生先后排队取名。"

"妈妈，是不是像奶奶那样，大姑叫大毛，二姑叫二毛，接着叫三毛，再接着叫毛毛。"

"差不多。只是姑姑们还有正式的名字。那些大毛、二毛是一种爱称。就像妈妈叫你，一会儿叫骁，一会叫骁骁，一会叫小狗狗，一会叫小乖乖。而上学以后老师和同学都叫你阳骁，阳骁就是你正式的名字。"我顺理成章地解释说。

骁点头。我接着刚才的法律话题说："他们不知道国家的法律。那地方很穷，正常人生病也没有钱去医治，哪有钱把一个精神病人送医院去，他们也不知道有这样的医院。那地方的人都有干不完的活，哪有闲暇功夫去看管精神病人。精神病人只是他的脑子有毛病，他分不清哪些该做，哪些不该做。他的四肢是健全的，可以到处乱跑。跑累了蓝天当帐，大地当床，地上各种脏东西，哪怕是苍蝇、死老鼠都是他的美味佳肴。他一天到晚就这么走啊走，早就不知回家的路，也没有家、名字、父母这些概念。谁都拿他没办法，谁撞着他谁自认倒霉。他这会睡着了，我们轻轻溜过去。"

我们走进公园，这个公园围山而成，人文景观所占的面积比自然风光要小得多。时至冬天，满地落叶，景色有些萧索。山中也有很多长绿科植物，配上人工绿化的成果，局部一派生机。我们依然手拉着手，时而摇摆，时而依偎，时而立定眺望。我们爬到云峰阁下，如果登上阁楼，站在楼阁的瞭望窗口,遥望东西南北,可以鸟瞰整个康德城。

"妈妈,买瓶饮料,我们也上去看看好不好?"云峰阁的出入口处,一群游客在谈笑风生中下来,另一群游客乘兴而上,来来往往的游人热闹非凡,勾起骁的游兴,同时他还有些口渴。

"算了吧,咱们家没钱了。妈身上就三块五毛钱,万一明天上午不发工资,还得用它买菜混一天。下星期再来好不好?我们现在下山,坚持一下到家里去喝水。"登阁的门票费只需两毛,但一瓶饮料要两块五毛。我摸了摸钱包说。

"我的脚本来就走疼了,这么高的塔,未必爬得上去,下星期来还好些。"骁不但没有反对,还顺势给我解难,这种口是心非的表现,促使我俯下身去亲亲他的前额。

四点多钟,我们从原路返回,那人还在,只是身子挪了个位置,离开井盖,紧依樟树根躺着。我们很小心地走过去。走进屋子,骁先喝些水,再休息一会,当听到外面有孩子追逐的声音时,他跑了出去,远远地瞅见两个男孩用树棍当武器去戳那人的背。接着又来了几个孩子,有的手握砖头,有的手握石子,有的手握泥块。

孩子们认为那人就是神经病,一门心思想把他赶走,担心他会窜到哪个屋子来偷吃,或者打人。

孩子们闹哄哄的声音把那人给吵醒了,在喧闹声中,他清醒过来,从樟树下慢慢站起来,跌跌撞撞走到墙根。似乎由于体力实在不支,只能依墙根而坐。这一动作与孩子们希望的相反。顿时,十多个孩子乱成一团。接着他们再用砖头、石子、土块去砸他,边砸边大声嚷嚷:"打死个神经病!打死个神经病!"

"我不是神经病。哥哥,不要打我。我是猪婆风(癫痫病的俗称)。哥哥,做点好事。哥哥,讨点水我喝……"面对武器和谩骂,那人用手护着头,声嘶力竭地哀求着。

"哈哈哈！他喊我们哥哥！"一群不知世态炎凉的顽劣少年,面对悲哀的祈求,不仅无动于衷,还觉得特别可笑。

这时有个一直跟着男孩追逐的女孩，只是在追逐的人群中观察,并没有去伤害他。她见那人的眼神和动作似乎与神经病有些区别,于是就问男孩说:"他说的猪婆是什么意思？"那女孩没听清后面那个字,把猪婆风说成了猪婆。

孩子们停下来讨论，没人能说出个所以然。有的说就是神经病,有的说比神经病还可怕,有的说口吐白沫,有的说四肢抽搐……

那人再次哀求，孩子们只是停止了对他的攻击。但没人敢靠拢他,更没人答应给他水喝。那人见求援无望,再次强打精神往我们居住的地方靠拢。可是,他只挪过一栋房子就再次摊在地上喘息。他的这次小小的挪动却吓坏了骁,他以最快的速度,失魂落魄地跑回家哆嗦着说:"妈妈！妈妈！不得了啦。那人就要走到我们家来了。他对我们说,他是什么猪婆病,要喝水。"

"不怕,猪婆风不可怕,我们来帮助他。"我将正在编织的毛衣赶紧丢下,先从凉水壶倒出半碗凉开水,再加些热开水,用嘴试了试温度。顾不得关门,端着碗水大步往外走。

就近看,这人是个五十多岁的农民,嘴唇干枯得裂了口。他几乎是抢夺似把水接过去,咕嘟咕嘟倒进喉咙。然后,用满是污垢的袖筒擦擦嘴角的水珠,恭恭敬敬欠了欠身子,把碗递了回来。

"你肚子饿吗？"我打量着他沾满污垢的脸膛和黯淡的眼神。

"我三天没吃没喝了。"他的声音低沉而苦涩。

"骁,快回去抓一把小包子来给他吃。"

骁快速跑回去,又快速跑回来。只是他有些胆怯,没有直接把包子递过去,而把包子给了我。

"给,这是我们家今天中午蒸的鲜肉包子,全是瘦肉,味道很好。"我把包子递给农民。

"我还想喝水。"农民先是看了下包子,接着看了下我,紧接着两腮微微抽动。为了掩盖吞咽的动作,他把头低了下去。

很显然,他很饥饿。然而,他的自尊心仍在,这使他不再像喝水时那么急迫。

"好。你先拿着包子。"我同情地点着头,把包子送近一步。这样的近距离,他一定能闻到香香的味道儿,一秒、二秒,我保持着这种姿势,他依然低着头,不把手伸出来。我瞅着他那双黑手和黑脸,温和地说:"我的手不脏。"

他明白了我的用意,感激地看了我一眼,同时也把手伸了过来。也许他一辈子也没吃过那么白净细腻又香又鲜的包子,等我再次端来温开水时,五个包子全没有了影儿。骁再给他拿来了五个,我把水和包子同时递给他说:"别急,慢慢吃。先喝口水。你几天没吃饭,现在得先休息一会,等胃肠缓和过来再吃。"

他看我的目光中,感激之情更多了,伸出双手把水和包子接了过去。

接着围观的人越来越多,大伙七嘴八舌盘问他的情况,他噙着酸楚的泪,断断续续地说:"我来自桑植,听人说,玻璃厂劳动服务公司招工,带了几十块钱,坐火车来到这里,半路上病发了,钱和衣服都不见了。我看见这山上树好多,本来想到山里用裤腰带在树上吊死算了!没想到只差几步,发病了,我……"说到这里泪珠儿成串成串往下滴,再也说不下去了。

"我们都是玻璃厂的职工,从来也没听说招工。你被人骗了!回去吧,好死不如赖活着!"围观的人解释说。

"唉,我现在身无分文,想回也回不去。"他哀叹一声,边说边用手捶自己的头。

"要多少钱,才能回家?我们来帮你。"我环顾四周,鼓足勇气说。

"十八元钱的车票。"他低声说。

"来,在这里的兄弟姐妹,解囊相助吧!"我把口袋的钱全掏出来,放在他盘坐的地方。接着大伙都掏钱放在地上,有两个人跑回家拿来钱放下了。我蹲下去,将地上的钱收起来清点,一共有三十八块。

"拿着,路费足够了。你看看,这么多素不相识的人这么热情帮你。还有去死的理由吗?"我将钱递过去。他再次用沾满尘土的袖子擦了擦眼睛,再用渗血的眼睛看了看周围的人群,把撮着的拳头打开,让我把钱放了进去。

这时又有人给他送来饭和水。我重新回到屋里,给他准备好带在路上吃的包子、馒头和咸菜。他用最传统最古老的方式向我们拜别,大伙目送他踏上回家的路途。人群散去,我们各回各的家。

"妈妈,我们明天吃什么?"骁用担忧的目光盯着我。

"吃饭啊。"我没有理会骁的话意,脱口而出。

"拿什么去买菜?"然而,骁却想到了我身无分文。

我在他的提醒下,意识到捉襟见肘的处境。但没有丝毫后悔。我说:"你看那人多可怜呀,如果他不被我们发现,如果我们不帮他,说不定他今晚真的成为吊死鬼。俗话说:'救人一命,胜造七级浮屠。'就算明天上午不发工资,妈妈就假装忘了带钱,找人借。反正值。是不是?"

骁点点头。接着我给他讲伟人毛泽东小时候看着自己家的谷子被雨淋湿,帮邻居收谷子的故事。

我们虽然捉襟见肘,但谈不上贫困和窘迫。这件事对骁的心灵触动很大,他第一次目睹真正的贫困和窘迫。从前在故事中听我描述过的诸如衣不蔽体、贫病交加、生不如死、餐风露宿、狼吞虎咽的场面,今天都呈现在他的眼前。

七岁·上学了

夏收过后,农民在广阔的田野里播下新的种子,
插上嫩绿的禾苗,期盼着下一个收获的季节。骁
的婴幼儿期就这样结束了。

假冒的少先队员

我们邻居家的孩子大多数是小学学生,在历经了倒垃圾和救助他人的事件后,现在骁很渴望早日成为一名学生。

厂区小学与我们家的直线距离只有十多米。学校上课的日子,站在屋前的绿地上朝西看,可以看到操场上飘扬的五星红旗,侧耳细听,会有孩子们朗朗的读书声传来。

有一天学校搞大扫除,操场上传来叽叽喳喳的声音,骁很好奇地追声而去,站在去校园的坡道上观望操场。没有多久邻居英子发现了他,英子一招手,骁顺着往下走。步入操场边,一群孩子围了过来,在英子的提示下,七嘴八舌地让他用莆阳话说诸如"吃饭"、"完了"等词句,这与康德人的乡音差别很大。

骁不知道这是别人拿他逗乐,所以没有丝毫不适的感觉。他每说一个词,就会引起一阵笑声。笑着笑着,听他说话的同学越聚越多,而搞大扫除的同学却越来越少。四点钟到了,少先队大队长手端记录本向老师办公室走去,这个情节被英子发现了,她神色紧张地提醒大伙儿说:

"快,老师要来了。"同学们应声散去。骁退到原地继续观察。

校园里扫的扫、拖的拖、抹的抹、提水的提水,正在大伙忙得热火朝天时,两个人向操场走来。骁定睛一看,个子高的像女教师,个子矮的是我们的邻居小男孩,叫梁思奇。

思奇穿着蓝色镶白条的校服,自由式的发型把前额遮去一半,浓浓的眉毛下大大的眼睛左右张望,胸前飘扬的红领巾把白白的脸蛋印得微红。思奇在前,老师在后。思奇一手握笔,一手端着笔记本,一个红白镶嵌的标志牌,在思奇臂膀上醒目地晃悠着。

"耶!那是什么牌牌?"骁诧异地进一步观察。

校园内忙忙碌碌的学生中有系红领巾的,有不系红领巾的;系红领巾的人中有的佩戴臂章,有的不佩戴臂章;臂章上有的二条杠,有的一条杠。系红领巾和不系红领巾的人数大概差不多,佩戴臂章的人很少,臂章上二条杠的比一条杠的人少,而整个校园就只有梁思奇一个人的臂章有三条杠。只有他一个人跟在老师后面,像老师那样说说写写,指指点点。

"妈呀。梁思奇原来是个大官!这是个什么官?"骁带着心中的疑问,离开校园来到我上下班的必经之路上等着我,远远看到我,他跑过来很神秘很羡慕地说:"妈妈,不得了啦!你知道吗?我们这栋楼住着个大官!"

我在脑海中搜索了一番,好像本栋楼的这十二户人家都很普通,科长都没听谁称呼过。心想是谁家当官的亲戚,也许开着高级轿车来了,让他联想到权力。于是,我轻蔑地说:"谁呀?哪有什么大官。"

"妈妈,你不知道吧,他叫梁思奇!你看,人家红牌牌上最多也只有二条杠,而他一个人三条杠。还拿个本子,像老师那样写啊写的。真了不起!"

骁说话的表情既天真有趣,又无知可笑。我忍俊不禁搂住他的胳膊打个转,接着亲亲他的脸蛋儿解释说:"你知道吗,那是个大队长标志。小孩子上学后,听老师的话,成绩优秀,到了七岁就可以加入少先队,红领巾就是少先队员的标志。班里少先队员多了,就成立中队。中队长的标志就是二条杠。一条杠是小队长。整个小学就是一个大队,只有一个大队长。"

"哦。是这样啊!"骁豁然开朗地答道。"妈妈,你说我能不能当大队长?"

"你现在还不行,你还没有上学。再等到九月份你上学了,成绩好考试打一百分,满七岁以后就可以加入少先队,戴上红领巾。但是,这还不能当大队长,当大队长的人要年年被评为五好学生,还要是高年级的学生。否则的话,那一年级的小弟小妹怎么能管得住高年级的哥哥姐姐吗?到了高年级,还要有工作能力,才能够当大队长。"

骁用失落和无可奈何的目光看了看远方,几秒过后,头一扭,灵光一闪说:"妈妈,你当过少先队员,一定戴过红领巾。我觉得戴红领巾特别神气。我也算是个听话的孩子吧。你就把你戴过的红领巾给我戴上玩一玩吧。"

"好的,我们去找一找。"

我打开柜子,有些事真是说不清道不明,三十多年来南北东西的迁徙,不知道有多少值钱的东西被我们丢弃,唯独那条红领巾却留在碎布包中,这会儿可以拿出来抚慰他那追求荣耀的心。骁戴上红领巾可高兴了,从早到晚在房前屋后跳啊跑啊。

可是好景不长,三天以后,邻居黎老师特意把他拉过去,撅撅嘴说:"阳骁,你是个假冒的少先队员。你还没上学,红领巾应该是学校里发的。你自己家的不能算数!赶快别戴了,小心警察抓你。"

原来,骁系上红领巾在屋前的草坪上心花怒放地玩,黎老师家的小女儿沁沁看着心里痒痒的,追着黎老师要。她们家又没有,黎老师这般说来息事宁人。

黎老师简短的话语像蛇的毒液,喷得骁晕晕的,全身上下都不得劲。骁除了沮丧,还有种犯罪感,红着脸跑回家,取下红领巾,很珍惜地把红领巾叠好交给我。

黎老师和骁在窗前说话时，我正好坐在写字台前的凳子上织毛衣，一字不拉全听到了。瞅着原本笑眯眯的孩子，被黎老师说得像个小犯人样，我放下手中的活，把骁揽入怀中亲亲他的前额说："没事。你本来只是带着玩，不是假冒少先队员。上学以后好好学习，争取在沁沁前面戴上红领巾。"

"好的，妈妈你等着瞧。"骁用铆足了劲的目光看着我。

学前班开学的日子，在苦苦的等待中来到了。

三月十日，骁背着书包走进学前班，被排在第三组的第四座位上，这个位置比较居中。

骁是从幼儿园中班休学的孩子，幼儿园没有迟到、早退的概念，没有铃声的催促，也没有"起立"、"坐下"的口令。

我对"学前班"一词也很陌生，一些很基本的东西，诸如上课由班长喊"起立"，班长由老师指派这样的事项，也没有给他讲过。只是告诉他要按时上学，不到放学的时间不准跑回家，上课不准喝水、不准上厕所。骁不是个特别聪明的孩子，一些很简单的事情人家知道，但我不讲，他就不知道。

每当老师夹着书本，表情严肃地出现在教室前门，稍作停顿，咳嗽一声，刚才闹哄哄的教室立马鸦雀无声。随着一声"起立"，几十个孩子同时站起肃立，那场面严肃、壮观，甚至在他看来有些气势磅礴。"起立"的口令，内涵的魅力深深地吸引着他。

骁不明白，喊口令是需要老师来指派的。他看到喊口令的豆豆是个小女生，和他同坐一个教室，就以为她不过是眼尖，第一个发现老师而已。他觉得，只要他能抢在前面看见老师走上讲台，早那么一丁点喊，同学们一样会听他的命令。骁上完了第一天的课程，第二天蠢蠢欲试，却没把握好时机,所以暂未成功,接着第三天,他暗下决心一定要成功!

清脆的铃声响起,他直直地坐着,目不转睛地盯着门口老师前进的脚步,老师走上讲台,还差不到半步就要转过身来面对学生了。骁屁股蛋已经离开座位,他使出吃奶的劲喊:"起立!"

这声音强劲而有力,像塞在孩子们屁股下面同时开花的炸弹,几十个孩子被弹起来直立着。然而,当他还没有来得及享受成功的快乐时,砰的一声,老师的教鞭敲着讲台,响声在屋顶盘旋,使人心惊肉跳。

"谁?谁在喊起立?!"声音像一颗炮弹,击得骁魂飞魄散,孩子们知道上当受骗了,一个个坐了下去。老师拿着教鞭,寻声往下走,用严肃的目光向孩子们扫射。骁的脸火辣辣的,心脏像关在笼中的兔子,扑通扑通地窜。

去年在中二班时,骁经历过这样一件事:

一天中二班的老师们都不在场,孩子们就跑去私自抢玩具玩,骁也在其中。大概只有几分钟,老师回来了。孩子们丢掉玩具,跑到位子上坐下来,假装什么也没有发生。老师瞅见满屋子的玩具,也是大声说:"谁把玩具拿出来的!"骁受故事的影响,认为不承认就是说谎。于是就站起来很小心地说:"我。"其他的孩子不管老师怎么追问都不吱声。接着老师表扬他说:"阳骁是个诚实的孩子,是个好孩子……"还特意奖励给他一朵小红花。

想到这件事,骁低着头站起来说:"老师,对不起。下次不敢了。"

"好的。请坐下。"老师同样宽容了他。

六月底学前班结业,骁第一次休假,第一次可以名正言顺地不上幼儿园,也再一次尝到顽皮带给他的痛苦。

我们的新居四周绿化很好,晴空万里的时候站在屋前的绿草皮上,可以眺望北去的湘江。盛夏时节,房前屋后的樟树、栗树、玉兰树的树枝上,歇息着灰褐色的知了和紫红色的蜂讧。孩子们随着它们的叫声,爬树把它们捉回家,用细绳拴住腿,控制飞行的高度和距离,以此玩耍。每天放学以后,邻居的孩子总绕着树儿转,他们歪着脑袋伸长脖子,不一会的工夫就从树上捕获到知了和蜂讧,成功的喜悦洋溢在脸上。这些深深地触动了骁那不甘示弱的心灵。当他第一次从树下往树上搜索时,恰巧我下班看到了,就在他伸手爬树的关键时刻,我提醒他说:"别,别动,树上有活闹子,万一被它蜇着可难受啦!"

"他们怎么不怕活闹子蜇呢?"骁在突如其来的声音下收了手,显出一脸不服气的表情。

"你别管人家,也许他们被蜇时你没看见。来,我帮你抓。"我轻轻地拨开树枝,将一只紫色的蜂讧从枝干上捉了下来。我们一起走进屋子,我把蜂讧递给他。这种小虫的腿上有很多扎人的毛刺,虽说扎人的力度很小,但他稚嫩的肌肤第一次被它扎到之后,立刻把手缩了回去。

他遵照我的吩咐,从缝纫机抽屉找来线团,让我用线将其系好后给他牵着飞。我知道他不会因有一只蜂讧而罢休,这只蜂讧被他玩不了一天就会飞不动的。于是,再次提醒他说:"骁,妈妈说树上的活闹子蜇人,可不是吓唬你的呀,那东西蜇着会疼得受不了的。你千万不要去试试它的威力!如果你发现树上有知了、蜂讧想抓的话,爸爸妈妈不在家就只能找外公帮忙。如果外公也不在家,那就只能放弃。"

七月中旬,单位派我到省环保局去学习。这时学前班已放假,虽说很想带他去玩,但考虑到上课带着他不便,就把他留在家里。我按照通知书的要求周六上午去报到,办完手续后才知道要等到周一开课,于是当天下午我又往回赶。那天长沙井湾子一带堵车,车子开少停多,好容易出了城,每走几分钟又有人上下车,这一路停停走走,车速很慢,直到傍晚才回到家里。

我们的家在半山腰,从坡下到坡上的家直线距离只有几米,而之字形的道路有百多米长。当我步入山下时,儿子清晰的惨叫声传入耳际。

我心一阵惊怵,加快脚步往家跑。

"叫什么叫!毛毛虫子咬一下有什么了不起!装什么蒜!再吵,老子一巴掌打死你!"一墙之隔时,室内传来建林威严的骂声。

"骁,妈妈回来了。"我三步并作两步跨进门。灯光下建林正在端详骁被蜇的那条腿,企图寻找咬伤的部位。

"妈妈,快来救我,我的腿要死了!"骁痛苦地说。

"什么也没有,就是鬼作!你妈回了正好,给给给,让你妈看!"建林巴不得快点弃他而去,说着起身往旁边站。

"那天我说被活闹子蜇了会难受,你不相信。是不是乘妈妈不在家,擅自去爬树捉蜂讧,果真被活闹子蜇了啊!"建林从我手中接走包,我蹲下去时说。

我侧头在他的腿上看,那腿上数不清的茸茸毛,像一根根细微的银针,直挺挺地插在他的肌肤里,面积有一巴掌大。看样子这孩子是穿着短裤爬树。大腿上还有两处小点的地方被另一种毛毛虫蜇起了疙瘩,因看不到茸茸毛,所以可以肯定不是同一种虫子的作品。

骁打着寒战,一声接一声地"唉哟",我先用花露水把大腿上的两处疙瘩抹了抹。

"这里不疼,妈妈。唉哟!是这里疼!"大疼压住了小疼,如果没有腿肚子上那个巴掌大的肿块疙瘩,这大腿上的小疙瘩也会让他疼得难受。

"这下完了。你看这上面的茸茸毛,它们都是有生命的。活闹子要报复你!怎么样才能把它们拔掉呢?"看着骁疼痛难忍的表情,我有些为难地说。

"用胶布沾。胶布可以把汗毛拔掉,难道说活闹子毛拔不掉!"建林想着汗毛长在肉里,活闹子毛再怎么也是外来物,于是建议道。

"活闹子毛比汗毛软多了,你来看看它有多密!现在皮肤肿了,活闹子毛一定插得很紧,不一定能拔掉。但是现在也没有别的办法,先试试吧。"我说。

"妈的,这小毛毛虫子真的这么狠啊!"建林按照我教给他的方法,斜着看过去,惊讶地说。

"唉哟!妈妈!唉哟哟!你快想办法救救我吧!"建林站起来时,骁竭力叫了起来。

"你看你妈回了,越叫越凶。再叫!"建林可能感到那叫声来得突然,边骂边做了个打他的手势。

"别!别!建林。你没被活闹子蜇过,你没尝过这种滋味,你不知道它有多厉害。我小时候被活闹子蜇过,全身都发抖。"

我剪下胶布往他的肿块上粘啊、撕啊,撕啊、粘啊。借着灯光观察效果。

"唉哟!妈妈!妈妈!"骁儿子歇息了几秒钟,现在像有人用棒击他那样惊叫。

"你这小东西,就一个毛毛虫!又不是什么遥控炸弹,疼就疼啰,怎么隔一阵叫一下,叫起来吓死人的!"建林猫着腰帮我撕胶布,被骁这一声声尖叫搞得猝不及防,胶布掉地上了。

"确实是一个遥控炸弹!活闹子丢了这么多毛,它自己也会死去。但是它死以前还要作垂死挣扎。当它疼得搅动身体时这些茸茸毛就往肉里钻。它歇息这些茸茸毛也歇息。所以一阵一阵地疼。"我解释说。

"哪有那回事啊!你说得太危险了!"建林否定说。

"哎哟!"骁又在惊叫。

"若是知道是哪只活闹子蜇的就好。把它提来,掐死,把它的汁涂抹在上面就没事了。活闹子一死它就不疼了,那汁可以让那些茸茸毛失去作用。可是现在天黑没办法找到它。"这是我们小时候惯用的方法,为了防止这种厄运再次降临到骁的身边,我郑重地再次告诫他。

"搞点茶油抹一抹,可惜,我们家没有。"在胶布用完时,对门邻居告诉我们一个新的方法。

我拿着碗转身跨出家门,跑过百多米的路程,来到山下的同事家中求援。同事再向她的邻居求援,最后在同事的邻居家中的壶底,用碎布沾了点茶油渣滓。再跑步回到家中给他涂上,折腾了一个多小时,疼痛间歇的时间和力度才慢慢减缓。

　　"这会那只活闹子可能快死了,奄奄一息,只是身子微微颤动,可能跳不动了。"我打趣地分析说。

　　"遥控炸弹要失效了。我去做饭,肚子都饿扁了。"建林同样打趣地说着,走进厨房。

　　"小东西,你如果听妈妈的话,今天就不会这样子遭罪! 你以为妈妈瞎说,趁妈妈出差偷着去爬树。今天如果妈妈不回家,你爸他不知道有这么难受,看你不挨打才怪!"我收拾屋子时责备道。

　　"翔翔天天爬树,怎么活闹子不蜇她吗!这活闹子也欺负我!"骁把毛毛虫想象成有思想的人了。

　　"是的。明天你去问活闹子好了,看看这是什么道理!还有,翔翔天天吃鳝鱼条子炒肉(被筋条抽打的戏称),你吃不吃啊?"建林边切菜边幸灾乐祸地笑着插嘴。

　　"翔翔天天吃鳝鱼条子炒肉,天天在太阳底下晒,她的皮厚厚的,像牛皮,活闹子蜇不进去。"对门的邻居忍俊不禁,笑逐颜开地跑过来说。

　　夏收过后,农民在广阔的田野里播下新的种子,插上嫩绿的禾苗,期盼着下一个收获的季节。

　　骁的婴幼儿期就这样结束了。有道是:"三岁看大,七岁看老。"然而,当骁进入童年,背着书包走进一年级的教室,在新的教育模式下,灵性却在一天天消失。